Friedrich Schiller, Carl Schüddekopf

Die Räuber - ein Schauspiel

Friedrich Schiller, Carl Schüddekopf

Die Räuber - ein Schauspiel

ISBN/EAN: 9783743643772

Hergestellt in Europa, USA, Kanada, Australien, Japan

Cover: Foto ©Andreas Hilbeck / pixelio.de

Weitere Bücher finden Sie auf **www.hansebooks.com**

Friedrich Schiller, Carl Schüddekopf

Die Räuber - ein Schauspiel

ISBN/EAN: 9783743643772

Hergestellt in Europa, USA, Kanada, Australien, Japan

Cover: Foto ©Andreas Hilbeck / pixelio.de

Weitere Bücher finden Sie auf **www.hansebooks.com**

Die Räuber

Ein Schauspiel

Frankfurt und Leipzig
1781

Im Faksimile-Neudruck
nebst der unterdrückten ursprünglichen Fassung
und einem litterarhistorisch-kritischen Anhang
herausgegeben von

Dr. Carl Schüddekopf

Leipzig
im Verlage von Adolf Weigel
1905

Dieſes Buch wurde in 550 numerierten Exemplaren
bei J. J. Weber in Leipzig gedruckt:

Nr. 1—50 auf Japaniſches Büttenpapier,
Nr. 51—550 auf Holländiſches Büttenpapier
(van Gelder Zonen).

Dieſes Exemplar iſt Nr. **308**

Die
Räuber.

Ein Schauspiel.

Frankfurt und Leipzig.

1781

Hippocrates.

Quæ medicamenta non fanant, *ferrum*
fanat, quæ ferrum non fanat, *ignis* fanat.

Personen:

Maximilian, regierender Graf von Moor.

Karl,
Franz,
} seine Söhne.

Amalia, von Edelreich.

Spiegelberg,
Schweizer,
Grimm,
Razmann,
Schufterle,
Roller,
Kosinsky,
Schwarz,
} Libertiner, nachher Banditen.

Herrmann, Bastard von einem Edelmann.

Daniel, Hausknecht des Grafen von Moor.

Pastor Moser.

Ein Pater.

Räuberbande.

Nebenpersonen.

(Der Ort der Geschichte ist Teutschland, die
Zeit ohngefehr zwei Jahre.)

Vorrede.

Man nehme dieses Schauspiel für nichts
anders, als eine dramatische Ge=
schichte, die die Vortheile der dramatischen
Methode, die Seele gleichsam bei ihren ge=
heimsten Operationen zu ertappen, benuzt,
ohne sich übrigens in die Schranken eines
Theaterstücks einzuzäunen, oder nach dem so
zweifelhaften Gewinn bei theatralischer Ver=
körperung zu geizen. Man wird mir einräu=
men, daß es eine widersinnige Zumuthung
ist, binnen drei Stunden drei ausserordentliche

* 3

Men=

Franzen all die verworrenen Schauer des Gewissens in ohnmächtige Abstraktionen auf,
skeletisirt die richtende Empfindung, und
scherzt die ernsthafte Stimme der Religion
hinweg. Wer es einmal so weit gebracht hat,
(ein Ruhm, den wir ihm nicht beneiden)
seinen Verstand auf Unkosten seines Herzens
zu verfeinern, dem ist das Heiligste nicht
heilig mehr — dem ist die Menschheit, die
Gottheit nichts — Beide Welten sind nichts
in seinen Augen. Ich habe versucht, von
einem Mißmenschen dieser Art ein treffendes
lebendiges Konterfey hinzuwerffen, die voll-
ständige Mechanik seines Lastersystems auseinander zu gliedern — und ihre Kraft an der
Wahrheit zu prüfen. Man unterrichte sich
demnach im Verfolg dieser Geschichte, wie
weit ihr's gelungen hat — Ich denke, ich
habe die Natur getroffen.

Nächst

Nächst an diesem stehet ein anderer, der vielleicht nicht wenige meiner Leser in Verlegenheit sezen möchte. Ein Geist, den das äusserste Laster nur reizet um der Grösse willen, die ihm anhänget, um der Kraft willen, die es erheischet, um der Gefahren willen, die es begleiten. Ein merkwürdiger wichtiger Mensch, ausgestattet mit aller Kraft, nach der Richtung, die diese bekömmt, nothwendig entweder ein Brutus oder ein Katilina zu werden. Unglükliche Konjunkturen entscheiden für das zweyte und erst am Ende einer ungeheuren Verirrung gelangt er zu dem ersten. Falsche Begriffe von Thätigkeit und Einfluß, Fülle von Kraft, die alle Geseze übersprudelt, mußten sich natürlicher Weise an bürgerlichen Verhältnissen zerschlagen, und zu diesen enthousiastischen Träumen von Grösse und Wirksamkeit durfte sich nur eine Bitterkeit gegen die unidealische Welt gesellen, so war

der

der seltsame Donquixote fertig, den wir im
Räuber Moor verabscheuen und lieben, bewundern und bedauern.   Ich werde es hof-
fentlich nicht erst anmerken dörfen, daß ich
dieses Gemählde so wenig nur allein Räubern vorhalte, als die Satyre des Spaniers
nur allein Ritter geisselt.

Auch ist izo der grosse Geschmak, seinen
Wiz auf Kosten der Religion spielen zu lassen, daß man beinahe für kein Genie mehr
paßirt, wenn man nicht seinen gottlosen Sa-
tyr auf ihren heiligsten Wahrheiten sich her-
umtummeln läßt.   Die edle Einfalt der
Schrift muß sich in alltäglichen Assembleen
von den sogenannten wizigen Köpfen mißhandeln, und ins lächerliche verzerren lassen;
denn was ist so heilig und ernsthaft, das,
wenn man es falsch verdreht, nicht belacht
werden kann? — Ich kann hoffen, daß ich

der

der Religion und der wahren Moral keine
gemeine Rache verschafft habe, wenn ich diese
muthwillige Schriftverächter in der Person
meiner schändlichsten Räuber dem Abscheu der
Welt überliefere.

Aber noch mehr. Diese unmoralische
Karaktere, von denen vorhin gesprochen wurde,
mußten von gewissen Seiten glänzen, ja oft
von Seiten des Geistes gewinnen, was sie von
Seiten des Herzens verlieren. Hierinn habe
ich nur die Natur gleichsam wörtlich abge-
schrieben. Jedem, auch dem lasterhaftesten ist
gewissermaßen der Stempel des göttlichen
Ebenbilds aufgedrükt, und vielleicht hat der
grosse Bösewicht keinen so weiten Weg zum
grossen Rechtschaffenen, als der kleine; denn
die Moralität hält gleichen Gang mit den
Kräften, und je weiter die Fähigkeit, desto
weiter

weiter und ungeheurer ihre Verirrung, desto imputabler ihre Verfälschung.

Klopstoks Abramelech wekt in uns eine Empfindung, worinn Bewunderung in Abscheu schmilzt. Miltons Satan folgen wir mit schauderndem Erstaunen durch das unwegsame Chaos. Die Medea der alten Dramatiker bleibt bei all ihren Greueln noch ein grosses staunenswürdiges Weib, und Shakespears Richard hat so gewiß am Leser einen Bewunderer, als er auch ihn hassen würde, wenn er ihm vor der Sonne stünde. Wenn es mir darum zu thun ist, ganze Menschen hinzustellen, so muß ich auch ihre Vollkommenheiten mitnehmen, die auch dem böseften nie ganz fehlen. Wenn ich vor dem Tyger gewarnt haben will, so darf ich seine schöne

blen-

blendende Flekenhaut nicht übergehen, damit man nicht den Tyger beym Tyger vermisse. Auch ist ein Mensch, der ganz Bosheit ist, schlechterdings kein Gegenstand der Kunst, und äussert eine zurükstossende Kraft, statt daß er die Aufmerksamkeit der Leser fesseln sollte. Man würde umblättern, wenn er redet. Eine edle Seele erträgt so wenig anhaltende moralische Dissonanzen, als das Ohr das Gekrizel eines Messers auf Glas.

Aber eben darum will ich selbst mißrathen haben, dieses mein Schauspiel auf der Bühne zu wagen. Es gehört beiderseits, beim Dichter und seinem Leser, schon ein gewisser Gehalt von Geisteskraft dazu; bei jenem, daß er das Laster nicht ziere, bei diesem, daß er sich nicht von einer schönen Seite beste=

bestechen lasse, auch den häßlichen Grund zu schäzen. Meiner Seits entscheide ein Dritter — aber von meinen Lesern bin ich es nicht ganz versichert. Der Pöbel, worunter ich keineswegs die Gassenkehrer allein will verstanden wissen, der Pöbel wurzelt, (unter uns gesagt) weit um, und gibt zum Unglük — den Ton an. Zu kurzsichtig mein Ganzes auszureichen, zu kleingeistisch mein Grosses zu begreifen, zu boshaft mein Gutes wissen zu wollen, wird er, fürcht' ich, fast meine Absicht vereiteln, wird vielleicht eine Apologie des Lasters, das ich stürze, darinn zu finden meynen, und seine eigene Einfalt den armen Dichter entgelten lassen, dem man gemeiniglich alles, nur nicht Gerechtigkeit wiederfahren läßt.

Es

Vorrede.

Es ist das ewige Dacapo mit Abdera und Demokrit, und unsre gute Hippokrate müßten ganze Plantagen Nießwurz erschöpfen, wenn sie dem Unwesen durch ein heilsames Dekokt abhelfen wollten. Noch so viele Freunde der Wahrheit mögen zusammenstehen, ihren Mitbürgern auf Kanzel und Schaubühne Schule zu halten, der Pöbel hört nie auf, Pöbel zu seyn, und wenn Sonne und Monb sich wandeln, und Himmel und Erde veralten wie ein Kleid. Vielleicht hätt' ich den schwachherzigen zu frommen der Natur minder getreu seyn sollen; aber wenn jener Käfer, den wir alle kennen, auch den Mist aus den Perlen stört, wenn man Exempel hat, daß Feuer verbrannt, und Wasser ersäuft habe, soll darum Perle — Feuer — und Wasser konfiscirt werden?

Ich

Vorrede.

Ich darf meiner Schrift, zufolge ihrer merkwürdigen Katastrophe mit Recht einen Plaz unter den moralischen Büchern versprechen; das Laster nimmt den Ausgang, der seiner würdig ist. Der Verirrte tritt wieder in das Gelaise der Geseze. Die Tugend geht siegend davon. Wer nur so billig gegen mich handelt, mich ganz zu lesen, mich verstehen zu wollen, von dem kann ich erwarten, daß er — nicht den Dichter bewundere, aber den rechtschaffenen Mann in mir hochschäze.

Geschrieben in der Ostermesse.
1781.

Der Herausgeber.

Erster Akt.

Erste Scene.

Franken

Saal im Moorischen Schloß.

Franz. Der alte Moor.

Franz. Aber ist euch auch wohl, Vater? Ihr seht so blaß.

Der alte Moor. Ganz wol, mein Sohn — was hattest du mir zu sagen?

Franz. Die Post ist angekommen — ein Brief von unserm Korrespondenten in Leipzig —

D. a. Moor. *Begierig.* Nachrichten von meinem Sohne Karl?

Franz. Hm! hm! — So ist es. Aber ich fürchte — ich weiß nicht — ob ich — eurer Gesundheit? — Ist euch wirklich ganz wol, mein Vater?

D. a. Moor. Wie dem Fisch im Wasser! Von mei-

A

meinem Sohne schreibt er? — wie kommst du zu dieser Besorgniß? Du hast mich zweymal gefragt.

Franz. Wenn ihr krank seyd — nur die leiseste Ahndung habt es zu werden, so laßt mich — ich will zu gelegnerer Zeit zu euch reden, halb vor sich. Diese Zeitung ist nicht für einen zerbrechlichen Körper.

D. a. Moor. Gott! Gott! was werd ich hören?

Franz. Laßt mich vorerst auf die Seite gehn, und eine Träne des Mitleids vergießen um meinen verlornen Bruder — ich sollte schweigen auf ewig — denn er ist euer Sohn: Ich sollte seine Schande verhüllen auf ewig — denn er ist mein Bruder. — Aber euch gehorchen ist meine erste traurige Pflicht — darum vergebt mir.

D. a. Moor. O Karl! Karl! wüßtest du wie deine Aufführung das Vaterherz foltert! Wie eine einzige frohe Nachricht von dir meinem Leben zehen Jahre zusetzen würde — mich zum Jüngling machen würde — da mich nun jede, ach! — einen Schritt näher ans Grab rückt!

Franz. Ist es das, alter Mann so lebt wol — wir alle würden noch heute die Haare ausraufen über eurem Sarge.

D. a. Moor. Bleib! — Es ist noch um den kleinen kurzen Schritt zu thun — laß ihm seinen Willen, indem er sich niedersetzt. Die Sünden seiner Väter

Väter werden heimgesucht im Dritten und vierten Glied — laß ihns vollenden.

Franz nimmt den Brief aus der Tasche. Ihr kennt unsern Korrespondenten! Seht! Den Finger meiner rechten Hand wollt ich drum geben, dürft ich sagen, er ist ein Lügner, ein schwarzer giftiger Lügner — — Faßt euch! Ihr vergebt mir, wenn ich euch den Brief nicht selbst lesen lasse — Noch dörft ihr nicht alles hören.

D. a. Moor. Alles, alles — mein Sohn, du ersparst mir die Krücke.

Franz liest. „Leipzig vom 1. May. — Verbände mich nicht eine unverbrüchliche Zusage dir auch nicht das geringste zu verhelen, was ich von den Schicksalen deines Bruders auffangen kann, liebster Freund, nimmermehr würde meine unschuldige Feder an dir zur Tyranninn geworden seyn. Ich kann aus hundert Briefen von dir abnehmen, wie Nachrichten dieser Art dein brüderliches Herz durchbohren müßen, mir ists als säh ich dich schon um den Nichtswürdigen, den Abscheulichen“ — — Der alte Moor verbirgt sein Gesicht. Seht Vater! ich lese euch nur das glimpflichste — „den Abscheulichen in tausend Thränen ergossen,“ ach sie floßen — stürzten stromweis von dieser mitleidigen Wange — „mir ists, als säh ich schon deinen alten, frommen Vater Todtenbleich“ — Jesus Maria! ihr seyds, eh ihr noch das mindeste wisset?

D. a. Moor. Weiter! Weiter!

Franz. „Todtenbleich in seinen Stuhl zurücktaumeln, und dem Tage fluchen an dem ihm zum erstenmal Vater entgegengestammelt ward. Man hat mir nicht alles entdecken mögen, und von dem wenigen das ich weis erfährst du nur weniges. Dein Bruder scheint nun das Maas seiner Schande gefüllt zu haben; ich wenigstens kenne nichts über dem was er wirklich erreicht hat, wenn nicht sein Genie das meinige hierinn übersteigt. Gestern um Mitternacht hatte er den großen Entschluß, nach vierzig tausend Dukaten Schulden — ein hübsches Taschengeld Vater — nachdem er zuvor die Tochter eines reichen Banquiers allhier entjungfert, und ihren Galan einen braven Jungen von Stand im Duell auf den Tod verwundet mit sieben andern, die er mit in sein Luderleben gezogen dem Arm der Justiz zu entlauffen“ — Vater! Um Gotteswillen Vater! wie wird euch?

D. a. Moor. Es ist genug. Laß ab mein Sohn!

Franz. Ich schone euer — „man hat ihm Steckbriefe nachgeschickt, die Beleidigte schreyen laut um Genugthuung, ein Preiß ist auf seinen Kopf gesezt — der Name Moor“ — Nein! Meine arme Lippen sollen nimmermehr einen Vater ermorden! *zerreißt den Brief.* Glaubt es nicht Vater! glaubt ihm keine Silbe!

D. a.

D. a. Moor *weint bitterlich.* Mein Nahme! Mein ehrlicher Name!

Franz *fällt ihm um den Hals.* Schändlicher, dreimal schändlicher Karl! Ahndete mirs nicht, da er noch ein Knabe den Mädels so nachschleuderte mit Gaßenjungen und elendem Gesindel auf Wiesen und Bergen sich herumhezte, den Anblick der Kirche, wie ein Missethäter das Gefängniß, floh, und die Pfennige, die er euch abquälte dem ersten dem besten Bettler in den Hut warf, während daß wir daheim mit frommen Gebeten, und heiligen Predigtbüchern uns erbauten? — Ahndete mirs nicht da er die Abendtheuer des Julius Cäsar und Alexander Magnus und anderer stockfinsterer Heyden lieber las als die Geschichte des bußfertigen Tobias? — Hundertmal hab ichs euch geweissagt, denn meine Liebe zu ihm war immer in den Schranken der kindlichen Pflicht, — der Junge wird uns alle noch in Elend und Schande stürzen! — O daß er Moors Nahmen nicht trüge! daß mein Herz nicht so warm für ihn schlüge! Die gottlose Liebe, die ich nicht vertilgen kann, wird mich noch einmal vor Gottes Richterstuhl anklagen.

D. a. Moor. Oh — meine Aussichten! Meine goldenen Träume!

Franz. Das weis ich wol. Das ist es ja was ich eben sagte. Der feurige Geist, der in dem Buben lodert, sagtet ihr immer, der ihn für jeden

Reiz von Größe und Schönheit so empfindlich macht; diese Offenheit die seine Seele auf dem Auge spiegelt, diese Weichheit des Gefühls, die ihn bey jedem Leiden in weinende Sympathie das hinschmelzt, dieser männliche Muth der ihn auf den Wipfel hundertjähriger Eichen treibet, und über Gräben und Pallisaden und reißende Flüße jagt, dieser kindische Ehrgeiz, dieser unüberwindliche Starrsinn, und alle diese schöne glänzende Tugenden, die im Vatersöhnchen keimten, werden ihn bereinst zu einem warmen Freund eines Freundes, zu einem treflichen Bürger, zu einem Helden, zu einem großen großen Manne machen — seht ihrs nun Vater! — der feurige Geist hat sich entwickelt, ausgebreitet, herrliche Früchte hat er getragen. Seht diese Offenheit, wie hübsch sie sich zur Frechheit herumgedreht hat, seht diese Weichheit wie zärtlich sie für Koketten girret, wie so empfindsam für die Reize einer Phryne! Seht dieses feurige Genie, wie es das Oel seines Lebens in sechs Jährgen so rein weggebrannt hat, daß er bei lebendigem Leibe umgeht, und da kommen die Leute, und sind so unverschämt und sagen: c'est l'amour qui a fait ça! Ah! seht doch diesen kühnen unternehmenden Kopf, wie er Pläne schmiedet und ausführt, vor denen die Heldenthaten eines Kartouches und Howards verschwinden! — Und wenn erst diese prächtigen Keime zur vollen Reife erwachsen,

— was

— was läßt sich auch von einem so zarten Alter Vollkommenes erwarten? — Vielleicht Vater erlebet ihr noch die Freude, ihn an der Fronte eines Heeres zu erblicken, das in der heiligen Stille der Wälder residiret, und dem müden Wanderer seine Reise um die Hälfte der Bürde erleichtert — vielleicht könnt ihr noch, eh ihr zu Grabe geht, eine Wallfarth nach seinem Monumente thun, das er sich zwischen Himmel und Erden errichtet — vielleicht, o Vater, Vater, Vater — seht euch nach einem andern Nahmen um, sonst deuten Krämer und Gaßenjungen mit Fingern auf euch, die euren Herrn Sohn auf dem Leipziger Marktplaz im Portrait gesehen haben.

D. a. Moor. Und auch du mein Franz auch du? O meine Kinder! Wie sie nach meinem Herzen zielen!

Franz. Ihr seht, ich kann auch witzig seyn, aber mein Witz ist Skorpionstich. — Und dann der trockne Alltagsmensch, der kalte, hölzerne Franz, und wie die Titelgen alle heißen mögen, die euch der Contrast zwischen ihm und mir mocht eingegeben haben, wenn er euch auf dem Schooße saß oder in die Backen zwickte — der wird einmal zwischen seinen Gränzsteinen sterben, und modern und vergeßen werden, wenn der Ruhm dieses Universalkopfs von einem Pole zum andern fliegt — Ha! mit gefaltnen Händen dankt dir o Himmel!

der

der kalte, trockne, hölzerne Franz — daß er nicht ist wie dieser!

D. a. Moor. Vergib mir mein Kind; zürne nicht auf einen Vater, der sich in seinen Planen betrogen findet. Der Gott der mir durch Karln Tränen zusendet, wird sie durch dich mein Franz aus meinen Augen wischen.

Franz. Ja Vater aus euren Augen soll er sie wischen. Euer Franz wird sein Leben dran sezen das eurige zu verlängern. Euer Leben ist das Orakel, das ich vor allem zu Rathe ziehe, über dem was ich thun will, der Spiegel durch den ich alles betrachte — keine Pflicht ist mir so heilig die ich nicht zu brechen bereit bin, wenn's um euer kostbares Leben zu thun ist. — Ihr glaubt mir das?

D. a. Moor. Du hast noch große Pflichten auf dir mein Sohn — Gott seegne dich für das was du mir warst und seyn wirst!

Franz. Nun sagt mir einmal — Wenn ihr diesen Sohn nicht den Euren nennen müßtet, ihr wärt ein glücklicher Mann?

D. a. Moor. Stille o stille! da ihn die Wehmutter mir brachte hub ich ihn gen Himmel und rief: Bin ich nicht ein glücklicher Mann?

Franz. Das sagtet ihr. Nun habt ihrs gefunden? Ihr beneidet den schlechtesten eurer Bauren, daß er nicht Vater ist zu diesem — Ihr habt Kummer so lang ihr diesen Sohn habt. Dieser Kum=

mer

mer wird wachſen mit Karln. Dieſer Kummer wird euer Leben untergraben.

D. a. Moor. Oh! er hat mich zu einem achtzigjährigen Manne gemacht.

Franz. Nun alſo — wenn ihr dieſes Sohnes euch entäuſſertet?

D. a. Moor auffahrend. Franz! Franz! was ſagſt du?

Franz. Iſt es nicht dieſe Liebe zu ihm die euch all den Gram macht. Ohne dieſe Liebe iſt er für euch nicht da. Ohne dieſe ſtrafbare dieſe verdammliche Liebe iſt er euch geſtorben — iſt er euch nie gebohren. Nicht Fleiſch und Blut, das Herz macht uns zu Vätern und Söhnen. Liebt ihr ihn nicht mehr, ſo iſt dieſe Abart auch euer Sohn nicht mehr, und wär er aus eurem Fleiſche geſchnitten. Er iſt euer Augapfel geweſen bisher, nun aber, ärgert dich dein Auge, ſagt die Schrift, ſo reiß es aus. Es iſt beſſer einäugig gen Himmel, als mit zwey Augen in die Hölle. Es iſt beſſer Kinderlos gen Himmel, als wenn beyde Vater und Sohn in die Hölle fahren. So ſpricht die Gottheit!

D. a. Moor. Du willſt ich ſoll meinen Sohn verfluchen?

Franz. Nicht doch! nicht doch! — Euren Sohn ſollt ihr nicht verfluchen. Was heißt ihr euren Sohn? — dem ihr das Leben gegeben habt, wenn er ſich auch alle erſinnliche Mühe gibt das eurige zu verkürzen?

 D. a.

D. a. Moor. Oh das ist allzuwahr! das ist ein Gericht über mich. Der Herr hats ihm geheißen!

Franz. Seht ihrs, wie kindlich euer Busenkind an euch handelt. Durch eure väterliche Theilnehmung erwürgt er euch, mordet euch durch eure Liebe, hat euer Vaterherz selbst bestochen euch den Garaus zu machen. Seyd ihr einmal nicht mehr, so ist er Herr eurer Güter, König seiner Triebe. Der Damm ist weg, und der Strom seiner Lüste kann izt freyer dahinbrausen. Denkt euch einmal an seine Stelle! Wie oft muß er den Vater unter die Erde wünschen — wie oft den Bruder — die ihm im Lauf seiner Erceße so unbarmherzig im Weeg stehen. Ist das aber Liebe gegen Liebe? Ist das kindliche Dankbarkeit gegen väterliche Milde? Wenn er dem geilen Kitzel eines Augenblicks zehn Jahre eures Lebens aufopfert? wenn er den Ruhm seiner Väter der sich schon sieben Jahrhunderte unbefleckt erhalten hat, in Einer wollüstigen Minute aufs Spiel setzt? Heißt ihr das euren Sohn? Antwortet? heißt ihr das einen Sohn?

D. a. Moor. Ein unzärtliches Kind! ach! aber mein Kind doch! mein Kind doch!

Franz. Ein allerliebstes köstliches Kind, dessen ewiges Studium ist, keinen Vater zu haben — O daß ihrs begreiffen lerntet! daß euch die Schuppen fielen vom Auge! aber eure Nachsicht muß ihn in seinen Liederlichkeiten beveſtigen; euer Vorſchub ihnen Rechtmäßigkeit geben. Ihr werdet freilich den Fluch von seinem Haupte laden, auf euch, Vater, auf euch wird der Fluch der Verdammniß fallen.

D. a. Moor. Gerecht! sehr gerecht! — Mein mein iſt alle Schuld!

Franz. Wie viele Tauſende, die voll gesoffen haben vom Becher der Wolluſt, ſind durch Leiden gebeſſert worden. Und iſt nicht der körperliche Schmerz, den jedes Uebermaaß begleitet, ein Fingerzeig des göttlichen Willens. Sollte ihn der Menſch durch seine grauſame Zärtlichkeit verkehren? Soll der Vater das ihm anvertraute Pfand auf ewig zu Grund richten? — Bedenkt Vater, wenn ihr ihn seinem Elend auf einige Zeit preiß geben werdet, wird er nicht entweder umkehren müſſen und ſich beſſern? oder er wird auch in der großen Schule des Elends ein Schurke bleiben, und dann — wehe dem Vater der die Rathschlüſſe einer höheren Weißheit durch Verzärtlung zernichtet! — Nun Vater?

D. a. Moor. Ich will ihm schreiben, daß ich meine Hand von ihm wende.

Franz. Da thut ihr recht und klug daran.

D. a. Moor. Daß er nimmer vor meine Augen komme.

Franz. Das wird eine heilſame Wirkung thun.

D. a.

D. a. Moor. *zärtlich.* Biß er anders worden!

Franz. Schon recht, schon recht — Aber, wenn er nun kommt mit der Larve des Heuchlers, euer Mitleid erweint, eure Vergebung sich erschmeichelt, und morgen hingeht und eurer Schwachheit spot=
tet im Arm seiner Huren? — Nein Vater! Er wird freywillig wiederkehren, wenn ihn sein Gewis=
sen rein gesprochen hat.

D. a. Moor. So will ich ihm das auf der Stelle schreiben.

Franz. Halt! noch ein Wort Vater! Eure Ent=
rüstung, fürchte ich, möchte euch zu harte Worte in die Feder werffen, die ihm das Herz zerspalten würden — und, dann — glaubt ihr nicht daß er das schon für Verzeihung nehmen werde, wenn ihr ihn noch eines eigenhändigen Schreibens werth haltet? Darum wirds besser seyn! ihr überlaßt das Schreiben mir.

D. a. Moor. Thu das mein Sohn. — Ach! es hätte mir doch das Herz gebrochen! Schreib ihm — —

Franz. *schnell.* Dabey bleibts also?

D. a. Moor. Schreib ihm daß ich tausend bluti=
ge Tränen, tausend schlaflose Nächte —Aber bring meinen Sohn nicht zur Verzweiflung.

Franz. Wollt ihr euch nicht zu Bette legen Vater? Es griff euch hart an,

D. a. Moor. Schreib ihm daß die Väterliche Brust

Ich

— Ich sage dir bring meinen Sohn nicht zur Ver=
zweiflung.   *Geht traurig ab.*

Franz. *mit Lachen ihm nachsehend.* Tröste dich Al=
ter, du wirst ihn nimmer an diese Brust drücken, der
Weg dazu ist ihm verrammelt, wie der Himmel
der Hölle — Er war aus beinen Armen gerissen,
ehe du wußtest daß du es wollen könntest — da
mußt ich ein erbärmlicher Stümper seyn, wenn ichs
nicht einmal so weit gebracht hätte einen Sohn
vom Herzen des Vaters los zu lösen, und wenn
er mit ehernen Banden daran geklammert wäre —
Ich hab einen magischen Kreis von Flüchen um
dich gezogen, den er nicht überspringen soll —
Glück zu Franz! Weg ist das Schooskind — Der
Wald ist heller. Ich muß diese Papiere vollends
aufheben, wie leicht könnte jemand meine Hand=
schrift kennen? *er ließt die zerrissenen Briefstüke zusammen.*
— Und Gram wird auch den Alten bald fortschaf=
fen, — und ihr muß ich diesen Karl, aus dem
Herzen reissen, wenn auch ihr halbes Leben dran
hängen bleiben sollte.

Ich habe grosse Rechte, über die Natur un=
gehalten zu seyn, und bey meiner Ehre! ich will
sie geltend machen. — Warum bin ich nicht der
erste aus Mutterleib gekrochen? Warum nicht der
Einzige? Warum mußte sie mir diese Bürde von
Häßlichkeit auflaben? gerade mir? Nicht anders
als ob sie bey meiner Geburt einen Rest gesezt
hätte?

hätte? Wann gerade mir die Lappländers Nase? Gerade mir dieses Mohrenmaul? Diese Hottentotten Augen? Wirklich ich glaube sie hat von allen Menschensorten das Scheußliche auf einen Hauffen geworffen, und mich daraus gebacken. Mord und Tod! Wer hat ihr die Vollmacht gegeben jenem dieses zu verleyhen, und mir vorzuenthalten? Könnte ihr jemand darum hofiren, eh er entstund? Oder sie beleidigen, eh er selbst wurde? Warum gieng sie so partenlich zu Werke?

Nein! Nein! Ich thu ihr Unrecht. Gab sie uns doch Erfindungs = Geist mit, setzte uns nackt und armselig ans Ufer dieses grossen Ozeans Welt — Schwimme, wer schwimmen kann, und wer zu plump ist geh unter! Sie gab mir nichts mit; wozu ich mich machen will, das ist nun meine Sache. Jeder hat gleiches Recht zum Grösten und Kleinsten. Anspruch wird an Anspruch, Trieb an Trieb, und Krafft an Krafft zernichtet. Das Recht wohnet beym Ueberwältiger, und die Schranken unserer Krafft sind unsere Geseze.

Wohl gibt es gewiße gemeinschäfftliche Pakta, die man geschloßen hat, die Pulse des Weltzirkels zu treiben. Ehrlicher Nahme! — Wahrhaftig eine reichhaltige Münze mit der sich meisterlich schachern läßt, wers versteht, sie gut auszugeben. Gewissen, — o ja freilich! ein tüchtiger Lumpenmann, Sperlinge von Kirschbäumen wegzuschrklen! —

auch)

auch das ein gut geschriebener Wechselbrief mit dem auch der Bankerotirer zur Noth noch hinauslangt.

In der That, sehr lobenswürdige Anstalten, die Narren im Respekt und den Pöbel unter dem Pantoffel zu halten, damit die Gescheiden es desto bequemer haben. Ohne Anstand, recht schnakische Anstalten! Kommen wir für, wie die Hecken die meine Bauren gar schlau um ihre Felder herumführen, daß ja kein Haase drüber sezt, ja beileibe kein Haase! — Aber der gnädige Herr gibt seinem Rappen den Sporn, und galoppirt weich über der Weyland Aerndte.

Armer Haase! Es ist doch eine jämmerliche Rolle, der Haase seyn müßen auf dieser Welt — Aber der gnädige Herr braucht Haasen!

Also frisch drüber hinweg! Wer nichts fürchtet ist nicht weniger mächtig als der, den alles fürchtet. Es ist izo die Mode, Schnallen an den Beinkleidern zu tragen, womit man sie nach Belieben weiter und enger schnürt. Wir wollen uns ein Gewissen nach der neuesten Façon anmessen lassen, um es hübsch weiter aufzuschnallen wie wir zulegen. Was können wir dafür? Geht zum Schneider! Ich habe Langes und Breites von einer sogenannten Blutliebe schwazen gehört, das einem ordentlichen Hausmann den Kopf heiß machen könnte — Das ist dein Bruder! — das ist verdollmetscht; Er ist

aus

aus eben dem Ofen geschossen worden, aus dem
du geschossen bist — also sei er dir heilig! —
Merkt doch einmal diese verzwickte Consequenz,
diesen poßierlichen Schluß von der Nachbarschaft
der Leiber auf die Harmonie der Geister; von eben
derselben Heimat zu eben derselben Empfindung;
von einerley Kost zu einerley Neignng. Aber weiter — es ist dein Vater! Er hat dir das Leben gegeben, du bist sein Fleisch, sein Blut — also sey
er dir heilig. Wiederum eine schlaue Konsequenz!
Ich mbchte doch fragen, warum hat er mich gemacht? doch wol nicht gar aus Liebe zu mir, der
erst ein Ich werden sollte? Hat er mich gekannt
ehe er mich machte? Oder hat er mich gedacht,
wie er mich machte? Oder hat er mich gewünscht,
da er mich machte? Wußte er was ich werden
würde? das wollt ich ihm nicht rathen, sonst mbcht
ich ihn dafür strafen, daß er mich doch gemacht hat?
Kann ichs ihm Dank wissen, daß ich ein Mann
wurde? So wenig als ich ihn verklagen könnte,
wenn er ein Weib aus mir gemacht hätte. Kann
ich eine Liebe erkennen, die sich nicht auf Achtung
gegen mein Selbst gründet? Konnte Achtung gegen mein Selbst vorhanden seyn, das erst dardurch
entstehen sollte, davon es die Voraussetzung seyn muß?
Wo stikt dann nun das Heilige? Etwa im Aktus
selber durch den ich entstund? — Als wenn dieser
etwas mehr wäre als viehischer Prozeß zur Stil-
lung

lung viehischer Begierden? Oder stikt es vielleicht im Resultat dieses Aktus, der doch nichts ist als eiserne Nothwendigkeit, die man so gern wegwünsch= te, wenns nicht auf Unkosten von Fleisch und Blut geschehn müßte. Soll ich ihm etwa darum gute Worte geben, daß er mich liebt? das ist ei= ne Eitelkeit von ihm, die Schoossünde aller Künst= ler, die sich in ihrem Werk kokettieren, wär es auch noch so heßlich. — Sehet also das ist die ganze Hexerey, die ihr in einen heiligen Nebel verschleyert unsre Furchtsamkeit zu mißbrauchen. Soll auch ich mich dadurch gängeln lassen wie ei= nen Knaben?

Frisch also! mutig ans Werk! — Ich will alles um mich her ausrotten, was mich einschränkt daß ich nicht Herr bin. Herr muß ich seyn, daß ich das mit Gewalt ertroße, wozu mir die Liebens= würdigkeit gebricht ab.

Zweyte Scene.

Schenke an den Gränzen von Sachsen.

Karl v. Moor in ein Buch vertieft. **Spiegel= berg** trinkend am Tisch.

Karl v. Moor legt das Buch weg. Mir ekelt vor diesem Tintenklecksenden Sekulum, wenn ich in meinem Plutarch lese von großen Menschen.

<table><tr><td>B</td><td>Spie=</td></tr></table>

Spiegelberg *stellt ihm ein Glas hin, und trinkt.* Den
Josephus mußt du lesen.

Moor. Der lohe Lichtfunke Prometheus ist
ausgebrannt, dafür nimmt man izt die Flamme
von Verlappenmeel — Theaterfeuer, das keine
Pfeiffe Tabak anzündet. Da krabbeln sie nun,
wie die Ratten auf der Keule des Herkules, und
stubieren sich das Mark aus dem Schädel was
das für ein Ding sey, das er in seinen Hoden geführt hat? Ein franzdsischer Abbe dozirt, Alexander sei ein Haasenfuß gewesen, ein schwindsüchti-
ger Professor hält sich bey jedem Wort ein Fläschgen Salmiakgeist vor die Nase, und ließt ein Kol-
legium über die Kraft. Kerls, die in Ohnmacht
fallen wenn sie einen Buben gemacht haben, krit-
teln über die Taktik des Hannibals — feuchtohri-
ge Buben fischen Phrases aus der Schlacht bey
Kannä, und greinen über die Siege des Scipio,
weil sie sie exponiren müßen.

Spiegelberg. Das ist ja recht Alexandrinisch-
geflännt.

Moor. Schöner Preiß für euren Schweiß in
der Feldschlacht, daß ihr jetzt in Gymnasieu lebet,
und eure Unsterblichkeit in einem Bücherriemen
mühsam fortgeschleppt wird. Kostbarer Ersaz eures verpraßten Blutes, von einem Nürnberger Krämer um Lebkuchen gewickelt — oder, wenns glüklich geht, von einem franzdsischen Tragödienschrei-

ber

ber auf Stelzen geschraubt, und mit Drathfäden gezogen zu werden. Hahaha!

Spiegelberg trinkt. Lies den Josephus, ich bitse dich drum.

Moor. Pfui! Pfui über das schlappe Kastraten-Jahrhundert, zu nichts nüze, als die Thaten der Vorzeit wiederzukäuen, und die Helden des Alterthums mit Kommentationen zu schinden, und zu verhunzen mit Trauerspielen. Die Kraft seiner Lenden ist versiegen gegangen, und nun muß Bierhefe den Menschen fortpflanzen helfen.

Spiegelberg. Thee, Bruder, Thee!

Moor. Da verrammeln sie sich die gesunde Natur mit abgeschmackten Konvenzionen, haben das Herz nicht ein Glas zu leeren, weil sie Gesundheit dazu trinken müßen — belecken den Schuhpuzer, daß er sie vertrete bei Ihro Gnaden, und hudeln den armen Schelm, den sie nicht fürchten. Vergöttern sich um ein Mittageßen, und möchten einander vergiften um ein Unterbett, das ihnen beim Aufstreich überboten wird. — Verdammen den Sadduzäer, der nicht fleißig genug in die Kirche kommt, und berechnen ihren Judenzins am Altare — fallen auf die Knie, damit sie ja ihren Schlamp ausbreiten können — wenden kein Aug von dem Pfarrer, damit sie sehen, wie seine Perücke frisirt ist. — Fallen in Ohnmacht, wenn sie eine Gans bluten sehen, und klatschen in die Hände, wenn

ihr

ihr Nebenbuhler bankerott von der Börse geht —
— So warm ich ihnen die Hand drückte — „nur
noch einen Tag“ — Umsonst! — Ins Loch mit
dem Hund! — Bitten! Schwüre! Tränen auf den
Boden stampfend. Hölle und Teufel!

Spiegelberg. Und um so ein paar tausend
lausige Dukaten —

Moor. Nein ich mag nicht daran denken.
Ich soll meinen Leib pressen in eine Schnürbrust,
und meinen Willen schnüren in Gesetze. Das Ge‐
sez hat zum Schneckengang verdorben, was Adler‐
flug geworden wäre. Das Gesez hat noch keinen
großen Mann gebildet, aber die Freyheit brütet
Kolosse und Extremitäten aus. Sie verpallisadiren
sich ins Bauchfell eines Tyrannen, hofiren der
Laune seines Magens, und lassen sich klemmen
von seinen Winden. — Ah! daß der Geist Herr‐
manns noch in der Asche glimmte! — Stelle mich
vor ein Heer Kerls wie ich, und aus Deutschland
soll eine Republik werden, gegen die Rom und
Sparta Nonnenklöster seyn sollen. Er wirft den De‐
gen auf den Tisch und steht auf.

Spiegelberg aufspringend. Bravo! Bravissimo!
du bringst mich eben recht auf das Chapitre. Ich
will dir was ins Ohr sagen Moor, das schon lang
mir mir umgeht, und du bist der Mann dazu —
sauf Bruder sauf — wie wärs wenn wir Juden
wür‐

würden, und das Königreich wieder aufs Tapet
brächten?

Moor *lacht aus vollem Halse.* Ah! Nun merk ich
— nun merk ich — du willst die Vorhaut aus
der Mode bringen, weil der Barbier die deinige
schon hat?

Spiegelberg. Daß dich Bärenhäuter! Ich bin
freylich wunderbarerweiß schon voraus beschnitten.
Aber sag, ist das nicht ein schlauer und herzhafter
Plan? Wir lassen ein Manifest ausgehen in alle
vier Enden der Welt und zitiren nach Palästina,
was kein Schweinefleisch ißt. Da beweiß ich nun
durch trifftige Dokumente, Herodes der Vierfürst
sei mein Großahnherr gewesen, und so ferner.
Das wird ein Viktoria abgeben, Kerl, wenn sie
wieder ins Trockene kommen, und Jerusalem wie=
der aufbauen dörfen. Izt frisch mit den Türken
aus Asien, weil's Eisen noch warm ist, und Zedern
gehauen aus dem Libanon, und Schiffe gebaut,
und geschachert mit alten Borden und Schnallen
das ganze Volk. Mittlerweile —

Moor *nimmt ihn lächelnd bey der Hand.* Kamerad!
Mit den Narrenstreichen ists nun am Ende.

Spiegelberg *stuzig.* Pfui, du wirst doch nicht
gar den verlorenen Sohn spielen wollen? Ein Kerl
wie du der mit dem Degen mehr auf die Gesich=
ter gekrizelt hat, als drey Substituten in einem
Schaltjahr ins Befehlbuch schreiben! Soll ich dir

B 3

von

von der großen Hundsleiche vorerzehlen? ha! ich
muß nur dein eigenes Bild wieder vor dich rufen,
das wird Feuer in deine Adern blasen, wenn dich
sonst nichts mehr begeistert. Weißt du noch wie
die Herren vom Kollegio deiner Dogge das Bein
hatten abschießen lassen, und du zur Revange lie-
sest ein Fasten ausschreiben in der ganzen Stadt.
Man schmollte über dein Rescript. Aber du nicht
faul, läßest alles Fleisch aufkauffen in ganz L. ·
daß in acht Stund kein Knoch mehr zu nagen ist
in der ganzen Rundung, und die Fische anfangen
im Preiße zu steigen. Magistrat und Bürgerschaft
büßelten Rache. Wir Pursche frisch heraus zu
siebzehn hundert, und du an der Spize, und Mez-
ger, und Schneider und Krämer hinterher, und
Wirth und Barbierer und alle Zünfte, und fluchen,
Sturm zu lauffen wider die Stadt wenn man den
Purschen ein Haar krümmen wollte. Da giengs
aus, wie's Schießen zu Hornberg, und mußten
abziehen mit langer Nase. Du läßest Doktores
kommen ein ganzes Koncilium, und botst drey
Dukaten wer dem Hund ein Recept schreiben würde. Wir sorgten die Herren werden zuviel Ehr
im Leib haben und Nein sagen und hattens schon
verabredt sie zu forciren. Aber das war unnbtig,
die Herren schlugen sich um die drey Dukaten,
und kams im Abstreich herab auf drei Bazen,
in einer Stund sind zwölf Recepte geschrieben, daß
das Thier auch bald brauf verreckte. Mo-

Moor. Schändliche Kerls!

Spiegelberg. Der Leichenpomp wird veran=
ſtaltet in aller Pracht, Karmina gabs die ſchwere
Meng um den Hund, und zogen wir aus des
Nachts gegen tauſend, eine Laterne in der einen
Hand, unſre Raufdegen in der andern, und ſo fort
durch die Stadt mit Glockenſpiel und Geklimper,
bis der Hund beigeſezt war. Drauf gabs ein Freſ=
ſen, das währt bis an den lichten Morgen, da
bedankteſt du dich bey den Herren für das herzli=
che Beileid, und ließeſt das Fleiſch verkauffen uns
halbe Geld. Mort de ma vie, da hatten wir dir
Reſpekt, wie eine Garniſon in einer eroberten Ve=
ſtung —

Moor. Und du ſchämſt dich nicht damit groß
zu pralen? Haſt nicht einmal ſo viel Schaam dich
dieſer Streiche zu ſchämen?

Spiegelberg. Geh, geh. Du biſt nicht mehr
Moor. Weiſt du noch wie tauſendmal du die
Flaſche in der Hand den alten Filzen haſt aufge=
zogen, und geſagt: Er ſoll nur drauf los ſchaben
und ſcharren, du wolleſt dir dafür die Gurgel ab=
ſauffen. — Weiſt du noch? he? weiſt du noch?
O du heilloſer, erbärmlicher Pralhanß! das war
noch männlich geſprochen, und edelmänniſch, aber —

Moor. Verflucht ſeyſt du, daß du mich dran
erinnerſt! Verflucht ich, daß ich es ſagte! Aber es

war nur im Dampfe des Weins, und mein Herz
hörte nicht was meine Zunge pralte.

Spiegelberg schüttelt den Kopf. Nein! nein! nein!
das kann nicht seyn. Unmöglich Bruder, das kann
dein Ernst nicht seyn. Sag, Brüderchen, ist es
nicht die Noth die dich so stimmt? Komm, laß
dir ein Stükchen aus meinen Bubenjahren erzählen. Da hatt ich neben meinem Hauß einen Graben, der, wie wenig, seine acht Schuh breit war,
wo wir Buben uns in die Wette bemühten hinüber
zu springen. Aber das war umsonst. Pflumpf!
lagst du, und ward ein Gezisch und Gelächter über
dir, und wurdest mit Schneeballen geschmissen über
und über. Neben meinem Hauß lag eines Jägers
Hund an einer Kette, eine so bißige Bestie, die dir
die Mädels wie der Bliz am Rockzipfel hatte,
wenn sie sichs versahn, und zu nah dran vorbey
strichen. Das war nun mein Seelengaudium, den
Hund überall zu necken wo ich nur konnte, und
wollt halb krepiren vor Lachen wenn mich dann das
Luder so gifftig anstlerte, und so gern auf mich losgerannt wär, wenns nur gekonnt hätte. — Was
geschieht? Ein andermal mach ichs ihm auch wieder so, und werf ihn mit einem Stein so derb an
die Ripp, daß er vor Wuth von der Kette reißt
und auf mich dar, und ich wie alle Donnerwetter
reißaus und davon — Tausend Schwerenoth! Da
ist dir just der vermaledehte Graben dazwischen.

Was

Was zu thun? Der Hund ist mir hart an den Fer=
sen und wüthig, also kurz resolvirt — ein Anlauf
genommen — drüben bin ich. Dem Sprung hatt
ich Leib und Leben zu danken; die Bestie hätte mich
zu Schanden gerissen.!

Moor. Aber wozu izt das?

Spiegelberg. Dazu — daß du sehen sollst,
wie die Kräffte wachsen in der Noth. Darum laß
ich mirs auch nicht bange seyn, wenns aufs äusser=
ste kommt. Der Muth wächst mit der Gefahr;
Die Kraft erhebt sich im Drang. Das Schicksal
muß einen großen Mann aus mir haben wollen,
weil's mir so queer durch den Weg streicht.

Moor ärgerlich. Ich wüßte nicht wozu wir den
Muth noch haben sollten, und noch nicht gehabt
hätten.

Spiegelberg. So? — Und du willst also dei=
ne Gaben in dir verwittern lassen? Dein Pfund
vergraben? Meynst du, deine Stinkereyen in Leip=
zig machen die Gränzen des menschlichen Witzes
aus? Da laß uns erst in die große Welt kommen.
Paris und London! — wo man Ohrfeigen einhan=
delt, wenn man einen mit dem Nahmen eines ehr=
lichen Mannes grüßt. Da ist es auch ein Seelen=
jubilo, wenn man das Handwerk ins große prakti=
zirt. — Du wirst gaffen! Du wirst Augen machen!

Wart, und wie man Handschriften nachmacht, Würffel verdreht. Schlösser aufbricht, und den Koffern das Eingeweid ausschüttet — das sollst du noch von Spiegelberg lernen! Die Kanaille soll man an den nächsten besten Galgen knüpfen, die bei geraden Fingern verhungern will.

Moor zerstreut. Wie? Du hast es wol gar noch weiter gebracht?

Spiegelberg. Ich glaube gar, du setzest ein Mißtrauen in mich. Wart, laß mich erst warm werden; du sollst Wunder sehen, dein Gehirnchen soll sich im Schädel umdrehen, wenn mein kreisender Witz in die Wochen kommt. — Steht auf, hitzig. Wie es sich aufhellt in mir! Große Gedanken dämmern auf in meiner Seele! Riesenplane gähren in meinem schöpfrischen Schedel. Verfluchte Schlafsucht! Sich vor'n Kopf schlagend. Die bisher meine Kräffte in Ketten schlug, meine Aufsichten sperrte und spannte; ich erwache, fühle wer ich bin — wer ich werden muß!

Moor. Du bist ein Narr. Der Wein bramarbasirt aus deinem Gehirne.

Spiegelberg bitziger. Spiegelberg, wird es heißen, kannst du hexen Spiegelberg? Es ist Schade daß du kein General worden bist. Spiegelberg, wird der König sagen, du hättest die Oestreicher durch

ein

ein Knopfloch gejagt.   Ja, hör ich die Dokters jammern, es ist unverantwortlich daß der Mann nicht die Medizin studirt hat, er hätte ein neues Kropfpulver erfunden.   Ach! und daß er das Kamerale nicht zum Fach genommen hat, werden die Sullns in ihren Kabinetten seufzen, er hätte aus Steinen Louißd'ore hervorgezanbert.   Und Spiegelberg wird es heißen in Osten und Westen, und in den Koth mit euch ihr Memmen, ihr Kröten, ins deß Spiegelberg mit ausgespreiteten Flügeln zum Tempel des Nachruhms empor fliegt.

Moor. Glück auf den Weeg! Steig du auf Schandsäulen zum Gipfel des Ruhms.   Im Schatten meiner väterlichen Hayne, in den Armen meiner Amalia lockt mich ein edler Vergnügen.   Schon die vorige Woche hab ich meinem Vater um Vergebung geschrieben, hab ihm nicht den kleinsten Umstand verschwiegen, und wo Aufrichtigkeit ist, ist auch Mitleid und Hilfe.   Laß uns Abschied nehmen Moriz.   Wir sehen uns heut, und nie mehr. Die Post ist angelangt.   Die Verzeihung meines Vaters ist schon innerhalb dieser Stadtmanren.

Schwei=

Schweizer. Grimm. Roller. Schufterle.
Razmann treten auf.

Roller. Wißt ihr auch, daß man uns auskundschaftet?

Grimm. Daß wir keinen Augenblick sicher sind aufgehoben zu werden?

Moor. Mich wunderts nicht. Es gehe wie es will! saht ihr den Schwarz nicht? sagt er euch von keinem Brief, den er an mich hätte?

Roller. Schon lang sucht er dich, ich vermuthe so etwas.

Moor. Wo ist er, wo, wo? will eilig fort.

Roller. Bleib! wir haben ihn hieher beschieden. Du zitterst? —

Moor. Ich zittre nicht. Warum sollt ich auch zittern? Kameraden! dieser Brief — freut euch mit mir! Ich bin der Glücklichste unter der Sonne, warum sollt ich zittern?

Schwarz tritt auf.

Moor fliegt ihm entgegen. Bruder, Bruder, den Brief! den Brief!

Schwarz.

Schwarz *giebt ihm den Brief, den er haſtig aufbricht.* Was iſt dir? wirſt du nicht wie die Wand?

Moor. Meines Bruders Hand!

Schwarz. Was treibt denn der Spiegelberg?

Grimm. Der Kerl iſt unſinnig. Er macht Geſtus wie beym ſankt Veits Tanz.

Schufterle. Sein Verſtand geht im Ring herum. Ich glaub er macht Verſe.

Razmann. Spiegelberg! He Spiegelberg! — Die Beſtie hört nicht.

Grimm *ſchüttelt ihn,* Kerl! träumſt du, oder? —

Spiegelberg *der ſich die ganze Zeit über mit den Pantomimen eines Projektmachers im Stubeneck abgearbeitet hat, ſpringt wild auf.* La Bourse ou la vie! *und pakt Schweizern an der Gurgel, der ihn gelaſſen an die Wand wirft, —* Moor läßt den Brief fallen, und rennt hinaus. *Alle fahren auf.*

Roller *ihm nach.* Moor! wonaus, Moor? was beginnſt du?

Grimm. Was hat er, was hat er? Er iſt bleich wie die Leiche.

Schweizer. Das müſſen ſchöne Neuigkeiten ſeyn! Laß doch ſehen!

Rol=

Roller nimmt den Brief von der Erde, und liest.

„Unglücklicher Bruder!" der Anfang klingt lustig. „Nur kürzlich mus ich dir melden, daß deine Hoffnung vereitelt ist — du sollst hingehen, läßt dir der Vater sagen, wohin dich deine Schandthaten führen. Auch, sagt er, werdest du dir keine Hoffnung machen, iemals Gnade zu seinen Füssen zu erwimmern, wenn du nicht gewärtig seyn wollest, im untersten Gewölb seiner Thürme mit Wasser und Brob so lang traktirt zu werden, bis deine Haare wachsen wie Adlers-Federn, und deine Nägel wie Vogelsklauen werden. Das sind seine eigene Worte. Er befiehlt mir den Brief zu schliessen. Leb wohl auf ewig! Ich bedaure dich —

Franz von Moor."

Schweizer. Ein zukersüßes Brüdergen! In der That! — Franz heißt die Kanaille?

Spiegelberg sachte herbey schleichend. Von Wasser und Brob ist die Rede? Ein schönes Leben! Da hab ich anders für euch gesorgt! Sagt' ichs nicht, ich müßt' am Ende für euch alle denken?

Schweizer. Was sagt der Schafskopf? der Esel will für uns alle denken?

Spiegelberg. Haasen, Krüppel, lahme Hun-
be

de seyd ihr alle, wenn ihr das Herz nicht habt etwas Grosses zu wagen?

Roller. Nun, das wären wir freylich, du hast recht — aber wird es uns anch aus dieser vermaledeyten Lage reissen, was du wagen wirst? wird es? —

Spiegelberg mit einem stolzen Gelächter. Armer Tropf! aus dieser Lage reissen? hahaha! — ans dieser Lage reissen? — und auf mehr raffinirt dein Fingerhut voll Gehirn nicht? und damit trabt deine Mähre zum Stalle? Spiegelberg müßte ein Hundsvot seyn, wenn er mit dem nur anfangen wollte. Zu Helden, sag ich dir, zu Freyherrn, zu Fürsten, zu Göttern wirds euch machen!

Razmann. Das ist viel auf einen Hieb, wahrlich! Aber es wird wohl eine halsbrechende Arbeit seyn, den Kopf wirds wenigstens kosten.

Spiegelberg. Es will nichts als Muth, denn was den Witz betrifft, den nehm ich ganz über mich. Muth, sag ich, Schweizer! Muth, Roller, Grimm, Razmann, Schufterle! Muth! —

Schweizer. Muth? Wenns nur das ist —
Muth

Muth hab ich genug nm baarfus mitten durch die Hölle zu gehn.

Schufterle. Muth genug, mich unterm lichten Galgen mit dem leibhaftigen Teufel um einen armen Sünder zu balgen.

Spiegelberg. So gefällt mirs ! Wenn ihr Muth habt, tret einer auf, und sag: Er habe noch etwas zu verlieren, und nicht alles zu gewinnen ! —

Schwarz. Wahrhaftig, da gäbs manches zu verlieren, wenn ich das verlieren wollte, was ich noch zn gewinnen habe!

Razmann. Ja, zum Teufel! und manches zu gewinnen, wenn ich das gewinnen wollte, was ich nicht verlieren kann.

Schufterle. Wenn ich das verlieren müßte, was ich auf Borgs auf dem Leibe trage, so hätt' ich allenfalls morgen nichts mehr zu verlieren.

Spiegelberg Also denn! Er stellt sich mitten unter sie mit beschwörendem Ton. Wenn noch ein Tropfen
deut=

deutschen Heldenbluts in euren Adern rinnt —
kommt! Wir wollen uns in den böhmischen Wäldern niederlassen, dort eine Räuberbande zusammen
ziehen, und — Was gafft ihr mich an? — ist
euer bißgen Muth schon verdampft?

Roller. Du bist wohl nicht der erste Gauner,
der über den hohen Galgen weggesehen hat —
und doch — Was hätten wir sonst noch für eine
Wahl übrig?

Spiegelberg. Wahl? Was? nichts habt ihr
zu wählen! Wollt ihr im Schuldthurm stecken, und
zusammenschnurren bis man zum jüngsten Tag po-
saunt? Wollt ihr euch mit der Schaufel und
Haue um einem Bissen trocken Brod abquälen?
Wollt ihr an der Leute Fenster mit einem Bänkel-
sänger Lied ein mageres Allmosen erpressen? oder
wollt ihr zum Kalbsfell schwören — und da ist
erst noch die Frage, ob man euren Gesichtern traut —
und dort unter der milzsüchtigen Laune eines ge-
bieterischen Korporals das Fegfeuer zum voraus
abverdienen? oder bey klingendem Spiel nach dem
Takt der Trommel spazieren gehn, oder im Gal-
lioten Parabis das ganze Eisen-Magazin Vulkans
hinterschleifen? Seht, das habt ihr zu wählen, da
ist es beysamen, was ihr wählen könnt!

Roller. So unrecht hat der Spiegelberg eben
nicht. Ich hab auch meine Plane schon zusamen-
gemacht, aber sie treffen endlich auf eins. Wie
C   wärs

wärs, dacht ich, wenn ihr euch hinseztet, und ein Taschenbuch oder einen Almanach, oder so was ähnlichs zusamensudeltet, und um den lieben Groschen retensirtet, wie's wirklich Mode ist?

Schusterle. Zum Henker! ihr rathet nach zu meinen Projekten. Ich dachte bey mir selbst, wie wenn du ein Pietist würdest, und wöchentlich deine Erbauungsstunden hieltest?

Grimm. Getroffen! und wenn das nicht geht, ein Atheist! Wir könnten die vier Evangelisten aufs Maul schlagen, liessen unser Buch durch den Schinder verbrennen, und so gleng's reissend ab.

Razmann. Oder zögen wir wieder die Franzosen zu Felde — ich kenne einen Dokter, der sich ein Haus von purem Queksilber gebauet hat, wie das Epigramm auf der Hausthüre lautet.

Schweizer. Steht auf und gibt Spiegelberg die Hand. Moriz, du bist ein grosser Mann! — oder es hat ein blindes Schwein eine Eichel gefunden.

Schwarz. Vortreffliche Plane! honete Gewerbe! Wie doch die grossen Geister sympathisiren! Izt fehlte nur noch, daß wir Weiber und Kupplerinnen würden, oder gar unsere Jungferschaft zu Markte trieben.

Spiegelberg. Possen, Possen! Und was hinderts, daß ihr nicht das meiste in einer Person seyn könnt? Mein Plan wird euch immer am höchsten poussiren, und da habt ihr noch Ruhm und

Un=

Unſterblichkeit! Seht arme Schluker! Auch ſo weit
muß man hinausdenken! Auch auf den Nachruhm,
das ſüſſe Gefühl von Unvergeßlichkeit —

Roller. Und oben an in der Liſte der ehrlichen
Leute! Du biſt ein Meiſter-Redner, Spiegelberg,
Wenns drauf ankommt, aus einem ehrlichen Mann
einen Hollunken zu machen — Aber ſag doch einer,
wo der Moor bleibt? —

Spiegelberg. Ehrlich, ſagſt du? Meynſt du,
du ſeyſt nachher weniger ehrlich, als du izt biſt?
Was heiſt du ehrlich? Reichen Filzen ein Drittheil
ihrer Sorgen vom Hals ſchaffen, die ihnen nur
den goldnen Schlaf verſcheuchen, das ſtockende
Geld in Umlauf bringen, das Gleichgewicht der Güter
wieder herſtellen, mit einem Wort, das goldne
Alter wieder zurükrufen, dem lieben Gott von
manchem läſtigen Koſtgänger helfen, ihm Krieg,
Peſtilenz, theure Zeit und Dokters erſparen —
ſiehſt du, das heiß ich ehrlich ſeyn, das heiß ich
ein würdiges Werkzeug in der Hand der Vorſehung
abgeben, — und ſo bey jedem Braten den man
ißt, den ſchmeichelhaften Gedanken zu haben; den
haben dir deine Finten, dein Löwenmuth, deine
Nachtwachen erworben — von groß und klein re-
ſpektirt zu werden —

Roller. Und endlich gar bey lebendigem Leibe
gen Himmel fahren, und truz Sturm und Wind,
truz dem gefräſſigen Magen der alten Urahne Zeit

unter Sonn und Mond und allen Firsternen schwe-
ben, wo selbst die unvernünftigen Vögel des Himmels, von edler Begierde herbeygelockt, ihr himm-
lisches Koncert musiciren, und die Engel mit
Schwänzen ihr hochheiliges Synedrium halten?
Nicht wahr? — und wenn Monarchen und Poten-
taten von Motten und Würmern verzehrt werden,
die Ehre haben zu dürfen, von Jupiters königlichem
Vogel Visiten anzunehmen? — Moriz, Moriz,
Moriz! nimm dich in Acht! nimm dich in Acht,
vor dem dreybeinigten Thiere!

Spiegelberg. Und das schrökt dich, Hasen-
herz? ist doch schon manches Universal-Genie, das
die Welt hätte reformiren können, auf dem Schind-
Anger verfault, und spricht man nicht von so einem Jahrhunderte, Jahrtausende lang, da mancher
König und Curfürst in der Geschichte überhüpft
würde, wenn sein Geschichtschreiber die Lüke in der
Succeſſions-Leiter nicht scheute, und sein Buch
dadurch nicht um ein paar Oktavseiten gewönne,
die ihm der Verleger mit baarem Gelde bezahlt —
Und wenn dich der Wanderer so hin und her fliegen sieht im Winde — der muß auch kein Waſſer
im Hirn gehabt haben, brummt er in den Bart,
und seufzt über die elenden Zeiten.

Schweizer. *klopft ihn auf die Achsel.* Meisterlich,
Spiegelberg! Meisterlich! Was, zum Teufel, steht
ihr da, und zaudert?

Schwarz,

Schwarz. Und laß es auch Prostitution heiß=
sen — Was folgt weiter? Kann man nicht auf
den Fall immer ein Pulvergen mit sich führen, das ei=
nen so im stillen übern Acheron fördert, wo kein Hahn
darnach kräht! Nein, Bruder Moriz! dein Vorschlag
ist gut. So lautet auch mein Katechismus.

Schufterle. Bliz! Und der meine nicht minder.
Spiegelberg, du hast mich geworben!

Razmann. Du hast, wie ein anderer Orpheus,
die heulende Bestie, mein Gewissen in den Schlaf
gesungen. Nimm mich ganz, wie ich da bin.

Grimm. Si omnes consentuint ego non dis=
sentio. Wohlgemerkt ohne Komma. Es ist ein
Aufstreich in meinem Kopf; Pietisten — Quak=
salber—Rezensenten und Jauner. Wer am meisten
bietet, der hat mich. Nimm diese Hand Moriz.

Roller. Und auch du Schweizer? giebt Spiegelberg
die rechte Hand. Also verpfänd ich meine Seele dem
Teufel.

Spiegelberg. Und deinen Nahmen den Sternen!
was liegt daran, wohin auch die Seele fährt?
Wenn Schaaren vorausgesprengter Kuriere unsere
Niederfahrt melden, daß sich die Satane festtäglich
herauspuzen, sich den tausendjährigen Ruß aus den
Wimpern stäuben, und myriaden gehörnter Köpfe
aus der rauchenden Mündung ihrer Schwefel=Ka=
mine hervorwachsen, unsern Einzug zu sehen? Kame=
raden! aufgesprungen frisch auf! Kameraden! was in der

Welt wiegt diesen Rausch des Entzückens auf? Kommt Kameraden!

Roller. Sachte nur! Sachte! wohin? das Thier muß auch seinen Kopf haben, Kinder.

Spiegelberg. *Giftig.* Was predigt der Zauberer? Stand nicht der Kopf schon, eh noch ein Glied sich regte? folgt Kameraden.

Roller. Gemach sag ich. Auch die Freyheit muß ihren Herrn haben. Ohne Oberhaupt gieng Rom und Sparta zu Grunde.

Spiegelberg. *Geschmeidig.* Ja — haltet — Roller sagt recht. Und das muß ein erleuchteter Kopf seyn. Versteht ihr? Ein feiner politischer Kopf muß das seyn. Ja! wenn ich mirs denke, was ihr vor einer Stunde waret, was ihr izt seyd. — durch Einen glüklichen Gedanken seyd — Ja freylich, freylich, müßt ihr einen Chef haben — Und wer diesen Gedanken entsponnen, sagt, muß das nicht ein erleuchteter politischer Kopf seyn?

Roller. Wenn sichs hoffen ließe — träumen ließe — Aber ich fürchte er wird es nicht thun.

Spiegelberg. Warum nicht? Sags lek heraus, Freund! — So schwer es ist das kämpffende Schiff gegen die Winde zu lenken, so schwer sie auch drükt die Last der Kronen — Sags unverzagt, Roller, — Vielleicht wird ers doch thun.

Roller. Und lek ist das Ganze wenn ers nicht thut. Ohne den Moor sind wir Leib ohne Seele.

Spie-

Spiegelberg. Unwillig von ihm weg. Stokfisch!

Moor tritt herein in wilder Bewegnng, und läuft heftig im Zimmer auf und nieder, mit sich selber.

Moor. Menschen — Menschen! falsche, heuchlerische Krokodilbrut! Ihre Augen sind Wasser! Ihre Herzen sind Erzt! Küsse auf den Lippen! Schwerder im Busen! Löwen und Leoparde füttern ihre Jungen, Raben tischen ihren Kleinen auf dem Aas, und Er, Er — Bosheit hab ich dulden gelernt, kann dazu lächeln, wenn mein erboster Feind mir mein eigen Herzblut zutrinkt — aber wenn Blutliebe zur Verrätherinn, wenn Vaterliebe zur Megäre wird; o so fange Feuer männliche Gelassenheit, verwilde zum Tyger sanftmüthiges Lamm, und jede Faser recke sich auf zu Grimm und Verderben.

Roller. Höre Moor! Was denkst du davon? Ein Räuberleben ist doch auch besser, als bey Wasser und Brod im untersten Gewölbe der Thürme?

Moor. Warum ist dieser Geist nicht in einem Tyger gefahren, der sein wütendes Gebiß in Menschenfleisch haut? Ist das Vatertreue? Ist das Liebe für Liebe? Ich möchte ein Bär seyn, und die Bären des Norblands wider diß mörberische Geschlecht anhezen — Reue, und keine Gnade! — Oh ich möchte den Ocean vergiften, daß sie

den

den Tod aus allen Quellen saufen! vertrauen, uns
überwindliche Zuversicht, und kein Erbarmen!

Roller. So höre doch, Moor, was ich dir sage!

Moor. Es ist unglaublich, es ist ein Traum
eine Täuschung — So eine rührende Bitte, so ei=
ne lebendige Schilderung des Elends und der zer=
fliessenden Reue — die wilde Bestie wär in Mit=
leid zerschmolzen! Steine hätten Tränen vergossen,
und doch — man würde es für ein boshaftes
Pasquill aufs Menschengeschlecht halten, wenn ichs
aussagen wollte — und doch, doch — oh daß ich
durch die ganze Natur das Horn des Aufruhrs
blasen könnte, Luft, Erde und Meer wider das
Hyänen=Gezücht ins Treffen zu führen!

Grimm. Höre doch, höre! vor Rasen hörst du
ja nicht.

Moor. Weg, weg von mir! Ist dein Name
nicht Mensch? Hat dich das Weib nicht geboren?
— Aus meinen Augen du mit dem Menschenge=
sicht! — Ich hab ihn so unaussprechlich geliebt!
so liebte kein Sohn, ich hätte tausend Leben für
ihn — schäumend auf die Erde stampfend. ha! — wer
mir izt ein Schwerd in die Hand gäb, dieser Ot=
terbrut eine brennende Wunde zu versezen! wer
mir sagte: wo ich das Herz ihres Lebens erzielen,
zermalmen, zernichten — Er sey mein Freund,
mein Engel, mein Gott — ich will ihn anbeten!

Rol=

Roller. Eben diese Freunde wollen ja wir seyn, laß dich doch weisen!

Schwarz. Komm mit uns in die böhmischen Wälder! Wir wollen eine Räuberbande sammeln, und du — Moor stiert ihn an.

Schweizer. Du sollst unser Hauptmann seyn! du mußt unser Hauptmann seyn!

Spiegelberg wirft sich wild in einen Sessel. Sklaven und Memmen!

Moor. Wer blies dir das Wort ein? Höre, Kerl! indem er Rollern hart ergreift. Das hast du nicht aus deiner Menschenseele hervorgeholt! wer blies dir das Wort ein? Ja, bey dem tausendarmigen Tod! das wollen wir, das müssen wir! der Gedanke verdient Vergötterung — Räuber und Mörder! — So wahr meine Seele lebt, ich bin euer Hauptmann!

Alle mit lermendem Geschrey. Es lebe der Hauptmann!

Spiegelberg aufspringend, vor sich. Bis ich ihm hinhelfe!

Moor. Siehe, da fällts wie der Staar von meinen Augen! was für ein Thor ich war, daß ich ins Kefig zurückwollte! — Mein Geist dürstet nach Thaten, mein Athem nach Freyheit, — Mörder, Räuber! — mit diesem Wort war das Gesez unter meine Füsse gerollt — Menschen haben Menschheit vor mir verborgen, da ich an Menschheit appellirte, weg dann von mir Sympathie und menschliche Schonung! — Ich habe keinen Vater mehr, ich habe keine Liebe mehr, und Blut und Tod soll mich vergessen lehren, daß mir jemals etwas theuer war! Kommt, kommt! — Oh ich will mir eine fürchterliche Zerstreuung machen — es bleibt dabey, ich bin euer Hauptmann! und Glück zu dem Meister unter euch, der am wildesten sengt, am gräßlichsten mordet, denn ich sage euch, er soll königlich belohnet werden — tretet her um mich ein jeder, und schwöret mir Treu und Gehorsam zu bis in den Tod! — schwört mir das bey dieser männlichen Rechte.

Alle geben ihm die Hand. Wir schwören dir Treu und Gehorsam bis in den Tod!

Moor. Nun und bey dieser männlichen Rechte! schwör ich euch hier, treu und standhaft euer Hauptmann zu bleiben bis in den Tod! Den soll dieser Arm gleich zur Leiche machen, der jemals zagt oder zweifelt, oder zurücktritt! Ein gleiches wiederfahre mir von jedem unter euch, wenn ich meinen Schwur verletze! Seyd ihrs zufrieden? Spiegelberg läuft wüthend auf und nieder.

Alle mit aufgeworfenen Hüthen. Wir sinds zufrieden.

Moor. Nun dann, so laßt uns gehn! Fürchtet euch nicht vor Tod und Gefahr, denn über uns waltet ein unbeugsames Fatum! Jeden ereilet endlich sein Tag, es sey auf dem weichen Küssen

von

von Pflaum, oder im rauhen Gewühl des Ge=
fechts, oder auf offenem Galgen und Rad! Eins
davon ist unser Schickſal!

Sie gehen ab.

Spiegelberg ihnen nachſehend, nach einer Pauſe. Dein
Regiſter hat ein Loch. Du haſt das Gift wegge=
laſſen.			Ab.

Dritte Scene.

Im Moorſchen Schloß. Amaliens Zimmer.

Franz. Amalia.

Franz. Du ſiehſt weg, Amalia? verdien ich
weniger, als der, den der Vater verflucht hat?

Amalia. Weg! — ha des liebevollen barm=
herzigen Vaters, der ſeinen Sohn Wölffen und
Ungeheuern Preis gibt! daheim labt er ſich mit
ſüſſem köſtlichem Wein, und pflegt ſeiner morſchen
Glieder in Kiſſen von Eiber, während ſein groſſer
herrlicher Sohn darbt — ſchämt euch, ihr Unmen=
ſchen! ſchämt euch, ihr Drachenſeelen, ihr Schande
der Menſchheit! — ſeinen einzigen Sohn!

Franz. Ich dächte, er hätt ihrer zween.

Amalia. Ja, er verdient ſolche Söhne zu ha=
ben, wie du biſt. Auf ſeinem Todbett wird er
umſonſt die welken Hände ausſtrecken nach ſeinem
Karl, und ſchaudernd zurückfahren, wenn er die

eis=

eiskalte Hand seines Franzens faßt — oh es ist süß, es ist köstlich süß, von deinem Vater verflucht zu werden! Sprich Franz, liebe brüderliche Seele! was muß man thun, wenn man von ihm verflucht seyn will?

Franz. Du schwärmst, meine Liebe, du bist zu bedauren.

Amalia. O ich bitte dich — bedauerst du deinen Bruder? — Nein Unmensch, du hassest ihn! du hassest mich doch auch?

Franz. Ich liebe dich wie mich selbst, Amalia.

Amalia. Wenn du mich liebst, kannst du mir wol eine Bitte abschlagen?

Franz. Keine, keine! wenn sie nicht mehr ist als mein Leben.

Amalia. O, wenn das ist! Eine Bitte, die du so leicht, so gern erfüllen wirst, *froh.* — Hasse mich! Ich müßte feuerroth werden vor Scham, wenn ich an Karln denke, und mir eben einfiel, daß du mich nicht hassest. Du versprichst mirs doch? — Izt geh, und laß mich, ich bin so gern allein!

Franz. Allerliebste Träumerinn! wie sehr bewundere ich dein sanftes liebevolles Herz, *ihr auf die Brust klopfend.* Hier hier herrschte Karl wie ein Gott in seinem Tempel, Karl stand vor dir im Wachen, Karl regierte in deinen Träumen, die ganze Schöpfuug schien dir nur in den einzigen zu

zerfliessen, den einzigen wiederzuſtralen, den ein=
zigen dir entgegen zu tönen.

Amalia bewegt. Ja wahrhaftig, ich geſteh es.
Euch Barbaren zum Trutz will ichs vor aller Welt
geſtehen — ich lieb ihn!

Franz. Unmenſchlich, grauſam! Dieſe Liebe ſo
zu belohnen! Die zu vergeſſen —

Amalia auffahrend. Was, mich vergeſſen?

Franz. Hatteſt du ihm nicht einen Ring an
den Finger geſtekt? einen Diamantring zum Un=
terpfand deiner Treue! — Freylich nun, wie kann
auch ein Jüngling den Reizen einer Meze Wider=
ſtand thun? Wer wirds ihm auch verdenken, da
ihm ſonſt nichts mehr übrig war wegzugeben, —
und bezahlte ſie ihn nicht mit Wucher dafür mit ih=
ren Liebkoſungen, ihren Umarmungen?

Amalia aufgebracht. Meinen Ring einer Meze?

Franz. Pfui, pfui! das iſt ſchändlich. Wol
aber, wenns nur das wäre! — Ein Ring, ſo koſt=
bar er auch iſt, iſt im Grunde bey jedem Juden
wieder zu haben — vielleicht mag ihm die Arbeit
daran nicht gefallen haben, vielleicht hat er einen
ſchönern dafür eingehandelt.

Amalia heftig. Aber meinen Ring — ich ſage
meinen Ring?

Franz. Keinen andern, Amalia — ha! ſolch
ein Kleinod, und an meinem Finger — und von
Amalia! — von hier ſollt ihn der Tod nicht ge=
riſ=

riſſen haben — nicht wahr, Amalia? nicht die Koſt=
barkeit des Diamants, nicht die Kunſt des Gepra=
ges — die Liebe macht ſeinen Werth aus — Lieb=
ſtes Kind, du weineſt? wehe über den, der dieſe
koͤſtliche Tropfen aus ſo himmliſchen Augen preßt
— ach, und wenn du erſt alles wüßteſt, ihn ſelbſt
ſaͤheſt, ihn unter der. Geſtalt ſaͤheſt? —

Amalia. Ungeheuer! wie, unter welcher Ge=
ſtalt?

Franz. Stille, ſtille, gute Seele, frage mich
nicht aus! wie vor ſich, aber laut. Wenn es doch
wenigſtens nur einen Schleyer haͤtte, das garſtige
Laſter, ſich dem Auge der Welt zu entſtehlen!
aber da blickts ſchrecklich durch den gelben bley=
farbenen Augenring; — da verraͤth ſichs im toben=
blaſſen eingefallenen Geſicht, und dreht die Kno=
chen heßlich hervor — da ſtammelts in der halben
verſtuͤmmelten Stimme — da predigts fuͤrchterlich
laut vom zitternden hinſchwankenden Gerippe —
da bnrchwuͤhlt es der Knochen innerſtes Mark,
und bricht die mannhafte Staͤrke der Jugend —
da, da ſprizt es den eittichten freſſenden Schaum
aus Stirn und Wangen und Mund, und der gan=
zen Flaͤche des Leibes zum ſcheußlichen Auſſaz her=
vor, und niſtet abſcheulich in den Gruben der vie=
hiſchen Schande — pfui, pfui! mir eckelt. Naſen,
Augen, Ohren ſchuͤtteln ſich — du haſt jenen Elen=
den geſehen, Amalia, der in unſerem Siechenhau=
ſe

se seinen Geist ausleuchte, die Schaam schien ihr
scheues Auge vor ihm zuzublinzen — du ruftest
Wehe über ihn aus. Ruf dis Bild noch einmal
ganz in deine Seele zurück, und Karl steht vor
dir! — Seine Küsse sind Pest, seine Lippen ver=
giften die deinen!

Amalia schlägt ihn. Schaamloser Lästerer!

Franz. Graut dir vor diesem Karl? Eckelt dir
schon von dem matten Gemälde? Geh, gaff ihn
selbst an, deinen schönen, englischen göttlichen
Karl! Geh, sauge seinen balsamischen Athem ein,
und laß dich von den Umbrosia=Düften begraben,
die aus seinem Rachen dampfen! der bloße Hauch
seines Mundes wird dich in jenen schwarzen tod=
ähnlichen Schwindel hauchen, der den Geruch ei=
nes berstenden Aaases und den Anblick eines Lei=
chenvollen Wahlplatzes begleitet.

Amalia wendet ihr Gesicht ab.

Franz. Welches Aufwallen der Liebe! Welche
Wollust in der Umarmung — aber ist es nicht
ungerecht einen Menschen um seiner siechen Auf=
senseite willen zu verdammen? Auch im elendesten
Aesopischen Krüppel kann eine große liebenswürdi=
ge Seele, wie ein Rubin aus dem Schlamme
glänzen, boshaft lächelnd. Auch aus blattrichten Lip=
pen kann ja die Liebe —

Freylich, wenn das Laster auch die Festen des
Karakters erschüttert, wenn mit der Keuschheit auch
die

die Tugend davon fliegt, wie der Duft aus der welken Rose verdampft — wenn mit dem Körper auch der Geist zum Krüppel verdirbt —

Amalia froh aufspringend. Ha! Karl! Nun erkenn ich dich wieder! du bist noch ganz! ganz! alles war Lüge! — weißt du nicht, Bösewicht, daß Karl unmöglich das werden kann? Franz steht einige Zeit tiefsinnig, dann dreht er sich plötzlich um zu gehn. Wohin so eilig, fliehst du vor deiner eigenen Schande?

Franz mit verhülltem Gesicht. Laß mich, laß mich! — meinen Tränen den Lauf lassen — tyrannischer Vater! den besten deiner Söhne so hinzugeben dem Elend — der ringsumgebenden Schande — laß mich, Amalia! ich will ihm zum Füßen fallen, auf den Knien will ich ihn beschwören, den ausgesprochenen Fluch auf mich, auf mich zu laden — mich zu enterben — mich — mein Blut — mein Leben — alles —

Amalia fällt ihm um den Hals. Bruder meines Karls, bester, liebster Franz!

Franz. O Amalia! wie lieb ich dich um dieser unerschütterten Treue gegen meinen Bruder — verzeih, daß ich es wagte, deine Liebe auf diese harte Probe zu setzen! — Wie schön hast du meine Wünsche gerechtfertigt! — Mit diesen Thränen, diesen Seufzern, diesem himmlischen Unwillen — auch für mich, für mich — unsere Seelen stimmten so zusammen.

Ama-

Amalia. O nein, das thaten sie nie!

Franz. Ach sie stimmten so harmonisch zusammen, ich meynte immer, wir müßten Zwillinge seyn! und wär der leibige Unterschied von aussen nicht, wobey leider freylich Karl verlieren mus, wir würden zehnmal verwechselt. Du bist, sagt' ich oft zu mir selbst, ja du bist der ganze Karl, sein Echo, sein Ebenbild!

Amalia schüttelt den Kopf. Nein, nein, bey jenem keuschen Lichte des Himmels! kein Aeberchen von ihm, kein Fünkchen von seinem Gefühle —

Franz. So ganz gleich in unsern Neigungen — die Rose war seine liebste Blume — welche Blume war mir über die Rose? Er liebte die Musik unaussprechlich, und ihr seyd Zeugen, ihr Sterne! ihr habt mich so oft in der Todenstille der Nacht beym Klaviere belauscht, wenn alles um mich begraben lag in Schatten und Schlummer — und wie kannst du noch zweiffeln, Amalia, wenn unsere Liebe in einer Vollkommenheit zusammentraf, und wenn die Liebe die nemliche ist, wie könnten ihre Kinder entarten?

Amalia sieht ihn verwundernd an.

Franz. Es war ein stiller heiterer Abend, der lezte, eh er nach Leipzig abreißte, da er mich mit sich in jene Laube nahm, wo ihr so oft zusammensaset in Träumen der Liebe — stumm blieben wir lang — zulezt ergrif er meine Hand und sprach

D   ich

leise mit Tränen: ich verlasse Amalia, ich weis nicht — mir ahndets, als hieß es auf ewig — verlaß sie nicht, Bruder! — sey ihr Freund — ihr Karl — wenn Karl — nimmer — wiederkehrt — Er stürzt vor ihr nieder und faßt ihr die Hand mit Heftigkeit. Nimmer, nimmer, nimmer wird er wiederkehren, und ich habs ihm zugesagt mit einem heiligen Eide!

Amalia zurückspringend. Verräther, wie ich dich ertappe! In eben dieser Laube beschwur er mich, keiner andern Liebe — wenn er sterben sollte — siehst du, wie gottlos, wie abscheulich du — geh aus meinen Augen.

Franz. Du kennst mich nicht, Amalia, du kennst mich gar nicht!

Amalia. O ich kenne dich, von izt an kenn ich dich — und du wolltest ihm gleich seyn? Vor dir sollt er um mich geweint haben? Vor dir? Ehe hätt' er meinen Namen auf den Pranger geschrieben! Geh den Augenblick!

Franz. Du beleidigst mich!

Amalia. Geh, sag ich. Du hast mir eine kostbare Stunde gestohlen, sie werde dir an deinem Leben abgezogen.

Franz. Du hassest mich.

Amalia. Ich verachte dich, geh!

Franz mit den Füßen stampfend. Wart! so sollst du vor mir zittern! mich einem Bettler aufopfern? Zornig ab.

Ama:

Amalia.

Geh Lotterbube — izt bin ich wieder bey Karln
— Bettler, sagt er? so hat die Welt sich umge=
dreht, Bettler sind Könige, und Könige sind Bett=
ler! — Ich möchte die Lumpen, die er anhat,
nicht mit dem Purpur der Gesalbten vertauschen
— der Blick mit dem er bettelt, das muß ein
groser, ein königlicher Blick seyn — ein Blick,
der die Herrlichkeit, den Pomp, die Triumpfe
der Grossen und Reichen zernichtet! In den Staub
mit dir, du prangendes Geschmeide! Sie reißt sich
die Perlen vom Hals. Seyd verdammt, Gold und
Silber und Juwelen zu tragen, ihr Grosen und
Reichen! Seyd verdammt, an üppigen Maalen zu
zechen! Verdammt euren Gliedern wol zu thun auf
weichen Polstern der Wollust! Karl! Karl! so bin
ich dein werth —   ab.

Zwenter Akt.

Erste Scene.

Franz von Moor

nachdenkend in seinem Zimmer.

Es dauert mir zu lange — der Doktor will, er sei im Umkehren — das Leben eines Alten ist doch eine Ewigkeit! — Und nun wär freye, ebene Bahn bis auf diesen ärgerlichen zähen Klumpen Fleisch, der mir, gleich dem unterirrdischen Zauberhund in den Geistermährchen, den Weg zu meinen Schäzen verrammelt.

Müßen denn aber meine Entwürffe sich unter das eiserne Joch des Mechanismus beugen? — Soll sich mein hochfliegender Geist an den Schnedengang der Materie ketten laßen? — Ein Licht ausgeblasen, das ohnehin nur mit den lezten Oeltropfen noch wuchert — mehr ists nicht — Und doch möcht ich das nicht gern selbst gethan haben um der Leute willen. Ich möcht ihn nicht gern getödtet, aber abgelebt. Ich möcht es machen wie der gescheibe Arzt. (nur umgekehrt.) — Nicht der Natur durch einen Queerstreich den Weg verrannt, sondern sie in ihrem eigenen Gange befördert. Und

wir

wir vermögen doch wirklich die Bedingungen des
Lebens zu verlängern, warum sollten wir sie nicht
auch verkürzen können?

Philosophen und Mediziner lehren mich, wie
treffend die Stimmungen des Geists mit den Bewegungen der Maschine zusammen lauten. Gicht-
rische Empfindungen werden jederzeit von einer
Dissonanz der mechanischen Schwingungen begleitet — Leidenschaften mißhandeln die Lebenskraft
— der überladene Geist drückt sein Gehäuse zu
Boden — Wie denn nun? — Wer es verstünde,
dem Tod diesen ungebahnten Weg in das Schloß
des Lebens zu ebenen? — den Körper vom Geist
aus zu verderben — ha! ein Originalwerk! —
wer das zu Stand brächte? — Ein Werk ohne
gleichen! — Sinne nach Moor! — das wär eine Kunst dies verdiente dich zum Erfinder zu haben. Hat man doch die Giftmischerey beinahe in
den Rang einer ordentlichen Wissenschaft erhoben,
und die Natur durch Experimente gezwungen, ihre
Schranken anzugeben, daß man nunmehr des Herzens Schläge Jahr lang vorausrechnet, und zu
dem Pulse spricht, bis hieher, und nicht weiter!*)

D 3   —

*) Eine Frau in Paris soll es durch ordentlich angestellte
Versuche mit Giftpulvern so weit gebracht haben, daß sie
den entfernten Todestag mit zimlicher Zuverläßigkeit voraus
bestimmen konnte Pfui über unsere Aerzte die diese
Frau im Prognostiziren beschämt!

— Wer sollte nicht auch hier seine Flügel versu=
chen?

Und wie ich nun werde zu Werk gehen müs=
sen, diese süsse friedliche Eintracht der Seele mit
ihrem Leibe zu stören? Welche Gattung von Em=
pfindnissen ich werde wählen müssen? Welche wohl
den Flor des Lebens am grimmigsten anfeinden?
Zorn — dieser heißhungrige Wolf frißt sich zu schnell
satt — Sorge? — Dieser Wurm nagt mir zu lang=
sam — Gram? — diese Natter schleicht mir zu
träge — Furcht? — die Hofnung läßt sie nicht
umgreiffen — was? Sind das all die Henker des
Menschen? — Ist das Arsenal des Todes so bald
erschöft? — tiefsinnend. Wie? — Nun? — Was?
Nein! — Ha! auffahrend. Schrek! — Was kann
der Schreck nicht? — Was kann Vernunft, Re=
ligion wider dieses Giganten eißkalte Umarmung?
— Und doch? — Wenn er auch diesem Sturm
stünde? — Wenn er? — O so komme du mir
zu Hülffe Jammer, und du Reue, höllische Eu=
menide, grabende Schlange, die ihren Fraß wie=
derkäut, und ihren eigenen Koth wiederfrißt; ewige
Zerstörinnen und ewige Schöpferinnen eures Giftes,
und du heulende Selbstverklagung die du dein eigen
Hauß verwüstest, und deine eigene Mutter ver=
wundest — Und kommt auch ihr mir zu Hülffe
wohlthätige Grazien selbst, sanftlächelnde Vergan=
genheit, und du mit dem überquellenden Füllhorn
blü=

blühende Zukunft, haltet ihm in euren Spiegeln
die Freuden des Himmels vor, wenn euer fliehen=
der Fuß seinen geizigen Armen entgleitet — So fall
ich Streich auf Streich, Sturm auf Sturm dieses
zerbrechliche Leben an, bis den Jnrientrupp zulezt
schließt — die Verzweiflung! Triumf! Tri=
umf! — Der Plan ist fertig — Schwer und
Kunstvoll wie keiner — zuverläßig — sicher —
denn spöttisch. des Zergliederers Messer fin=
det ja keine Spuren von Wunde· oder korrosivi=
schen Gift.

Entschlossen. Wolan denn, Hermann tritt auf. Ha!
Deus ex machina! Herrmann!

Herrmann. Zu euren Diensten, gnädiger Jun=
ker!

Franz giebt ihm die Hand. Die du keinem Undank=
baren erweisest.

Herrmann. Ich hab Proben davon.

Franz. Du sollst mehr haben mit nächstem —
mit nächstem, Herrmann! — Ich habe dir etwas
zu sagen, Herrmann.

Herrmann. Ich höre mit tausend Ohren.

Franz. Ich kenne dich, du bist ein entschloßner
Kerl — Soldaten Herz — Haar auf der Zunge!
— Mein Vater hat dich sehr beleidigt, Herrmann!

Herrmann. Der Teufel hole mich, wenn ichs
vergesse!

Franz. Das ist der Ton eines Manns! Rache

geziemt einer männlichen Brust. Du gefällst mir, Herrmann. Nimm diesen Beutel, Herrmann. Er sollte schwerer seyn, wenn ich erst Herr wäre.

Herrmaan. Das ist ja mein ewiger Wunsch, gnädiger Junker, ich dank euch.

Franz. Wirklich, Herrmann? wünschest du wirklich, ich wäre Herr? — aber mein Vater hat das Mark eines Löwen, und ich bin der jüngere Sohn.

Herrmnnn. Ich wollt', ihr wärt der ältere Sohn, und euer Vater hätte das Mark eines schwindsüchtigen Mädgens.

Franz. Ha! wie dich der ältere Sohn dann belohnen wollte! wie er dich aus diesem uneblen Staub, der sich so wenig mit deinem Geist und Adel verträgt, ans Licht emporheben wollte! — Dann solltest du, ganz wie du da bist, mit Gold überzogen werden, und mit vier Pferden durch die Strasen dahinrasseln, wahrhaftig das solltest du! — aber ich vergesse wovon ich dir sagen wollte — hast du das Fräulein von Edelreich schon vergessen, Herrmann?

Herrmann. Wetter Element! was erinnert ihr mich an das?

Franz. Mein Bruder hat sie dir weggefischt.

Herrmann. Er soll dafür büssen!

Franz. Sie gab dir einen Korb. Ich glaube gar, er warf dich die Treppen hinunter.

Herr-

Herrmann. Ich will ihn dafür in die Hölle stofen.

Franz. Er sagte: man raune sich einander in's Ohr, dn seyst zwischen dem Rindsleisch und Meerrettig gemacht worden, und dein Vater habe dich nie ansehen können, ohne an die Brust zu schlagen und zu seufzen; Gott sey mir Sünder gnädig!

Herrmann wild. Blitz, Donner und Hagel, seyd still!

Franz. Er rieth dir, deinen Adelbrief im Aufstreich zu verkaufen, und deine Strümpfe damit flicken zu lassen.

Herrmann. Alle Teufel! ich will ihm die Augen mit den Nägeln auskratzen.

Franz. Was? du wirst böse? was kannst du böse auf ihn seyn? Was kannst du ihm böses thun? was kann so eine Raze gegen einen Löwen? Dein Zorn versüßt ihm seinen Triumpf nur. Du kannst nichts thun, als deine Zähne zusammenschlagen, und deine Wut an trocknem Brode auslassen.

Herrmann stampft auf den Boden. Ich will ihn zu Staub zerreiben.

Franz klopft ihm auf die Achsel. Pfui Herrmann du bist ein Kavalier. Du mußt den Schimpf nicht auf dir sitzen lassen. Du mußt das Fräulein nicht fahren lassen, nein das mußt du um alle Welt nicht thun, Herrmann! Hagel und Wetter! ich würde das äusserste versuchen, wenn ich an deiner Stelle wäre.   Herr

Herrmann. Ich ruhe nicht, bis ich Ihn und Ihn unterm Boden hab.

Franz. Nicht so stürmisch, Herrmann! komm näher — du sollst Amalia haben!

Herrmann. Das muß ich, truz dem Teufel! das muß ich!

Franz. Du sollst sie haben, sag ich dir, und das von meiner Hand. Komm näher, sag ich — du weißt vielleicht nicht, daß Karl so gut als enterbt ist?

Herrmann näher kommend. Unbegreiflich, das erste Wort, das ich höre.

Franz. Sey ruhig, und höre weiter! du sollst ein andermal mehr davon hören — ja, ich sage dir, seit eilf Monathen so gut als verbannt. Aber schon bereut der alte den voreiligen Schritt, den er doch, lachend. will ich hoffen, nicht selbst gethan hat. Auch liegt ihm die Edelreich täglich hart an mit ihren Vorwürfen und Klagen. Ueber kurz oder lang wird er ihn in allen vier Enden der Welt aufsuchen lassen, und gute Nacht, Herrmann! wenn er ihn findet. Du kannst ihm ganz demüthig die Kutsche halten, wenn er mit ihr in die Kirche zur Trauung fährt.

Herrmann. Ich will ihn am Krucifix erwürgen!

Franz. Der Vater wird ihm bald die Herrschaft abtreten, und in Ruhe auf seinen Schlößern leben.

leben. Itzt hat der stolze Strudelkopf den Zügel in Händen, itzt lacht er seiner Hasser und Neider — und ich, der ich dich zu einem wichtigen grosen Manne machen wollte, ich selbst, Herrmann, werde tiefgebückt vor seiner Thürschwelle —

Herrmann in Hize. Nein! so wahr ich Herrmann heisse, das sollt ihr nicht! wenn noch ein Fünkchen Verstand in diesem Gehirne glostet! das sollt ihr nicht!

Franz. Wirst du es hindern? auch dich, mein lieber Herrmann, wird er seine Geissel fühlen lassen, wird dir ins Angesicht speyen, wenn du ihm auf der Strase begegnest, und wehe dir dann, wenn du die Achsel zuckst oder das Maul krümmst — siehe, so stehts mit deiner Anwerbung ums Fräulein, mit deinen Aussichten, mit deinen Entwürffen.

Herrmann. Sagt mir! was soll ich thun?

Franz. Höre dann, Herrmann! daß du siehst, wie ich mir dein Schicksal zu Herzen nehme als ein redlicher Freund — geh — kleide dich um — mach dich ganz unkenntlich, laß dich beym Alten melden, gib vor, du kämest geraden Wegs aus Böhmen, hättest mit meinem Bruder dem Treffen bey Prag beygewohnt — hättest ihn auf der Wahlstatt den Geist aufgeben sehen —

Herrmann. Wird man mir glauben?

Franz. Hoho! dafür laß mich sorgen! Nimm
bie=

dieses Paket. Hier findest du deine Kommißion aus=
führlich. Und Dokumente darzu, die den Zweifel
selbst glaubig machen sollen — mach izt nur, daß
du fortkommst, und ungesehen! spring durch die
Hinterthüre in den Hof, von da über die Garten=
mauer — die Katastrophe dieser Tragi=Komödie über=
laß mir!

Herrmann. Und die wird seyn: Vivat der neue
Herr, Franciskus von Moor!

Franz streichelt ihm die Backen. Wie schlau du bist?
— denn siehst du, auf diese Art erreichen wir alle
Zwecke zumal und bald. Amalia gibt ihre Hoff=
nung auf ihn auf. Der Alte mißt sich den Tod sei=
nes Sohnes bey, und — er kränkelt — ein schwan=
kendes Gebäude braucht des Erdbebens nicht, um
über'n Haufen zu fallen — er wird die Nachricht
nicht überleben — dann bin ich sein einiger Sohn
— Amalia hat ihre Stüzen verloren, und ist ein
Spiel meines Willens, da kannst du leicht denken
— kurz, alles geht nach Wunsch — aber du must
dein Wort nicht zurüknehmen.

Herrmann. Was sagt ihr? frohlockend. Eh soll
die Kugel in ihren Lauf zurückkehren, und in dem
Eingeweid ihres Schüzen wüten — rechnet auf
mich! Laßt nur mich machen — Abieu!

Franz ihm nachrufend. Die Erndte ist dein, lie=
ber Herrmann! — Wenn der Ochse den Kornwa=
gen in die Scheune gezogen hat, so muß er mit

Heu

Heu vorlieb nehmen. Dir eine Stallmagd, und keine Amalia! *Geht ab.*

Zweyte Scene.

Des alten Moors Schlafzimmer.

Der alte Moor schlafend in einem Lehnsessel. Amalia.

Amalia *sachte herbey schleichend.* Leise, leise! er schlummert. *Sie stellt sich vor den schlafenden.* Wie schön, wie ehrwürdig! — ehrwürdig, wie man die Heiligen malt — nein, ich kann dir nicht zürnen! Weißlockigtes Haupt, dir kann ich nicht zürnen! Schlummre sanft, wache froh auf, ich allein will hingehn und leiden.

D. a. Moor *träumend.* Mein Sohn! mein Sohn mein Sohn!

Amalia *ergreift seine Hand.* Horch, horch! sein Sohn ist in seinen Träumen.

D. a. Moor. Bist du da? bist du wirklich? ach! wie siehst du so elend? Sieh mich nicht an mit diesem kummervollen Blick! ich bin elend genug.

Amalia *wekt ihn schnell.* Seht auf, lieber Greiß! ihr träumtet nur. Faßt euch!

D. a. Moor *halb wach.* Er war nicht da? drükt ich nicht seine Hände? Garstiger Franz! willst du ihn auch meinen Träumen entreissen?

Ama

Amalia. Merkst dus, Amalia?

D. a. Moor ermuntert sich. Wo ist er? wo? wo bin ich? du da, Amalia?

Amalia. Wie ist euch? Ihr schlieft einen erquikenden Schlummer.

D. a. Moor. Mir träumte von meinem Sohn. Warum hab ich nicht fortgeträumt? vielleicht hätt' ich Verzeihung erhalten aus seinem Munde.

Amalia. Engel grollen nicht — er verzeiht euch. Faßt seine Hand mit Wehmuth. Vater meines Karls! ich verzeih euch.

D. a. Moor. Nein meine Tochter! diese Toden-Farbe deines Angesichts verdammet den Vater. Armes Mädgen! Ich brachte dich um die Freuden deiner Jugend — o fluche mir nicht!

Amalia küßt seine Hand mit Zärtlichkeit. Euch?

D. a. Moor. Kennst du dieses Bild, meine Tochter?

Amalia. Karls! —

D. a. Moor. So sah er, als er ins sechszehende Jahr gieng. Itzt ist er anders — Oh es wütet in meinem Innern — diese Milde ist Unwillen, dieses Lächeln Verzweiflung — Nicht wahr, Amalia? Es war an seinem Geburtstage in der Jasminlaube, als du ihn maltest? — Oh meine Tochter! Eure Liebe machte mich so glücklich.

Amalia immer das Aug auf das Bild geheftet. Nein, nein! er ists nicht. Bey Gott! das ist Karl nicht
— Hier,

— Hier, hier auf Herz und Stirne zeigend. So ganz, so anders. Die träge Farbe reicht nicht den himmlischen Geist nachzuspiegeln, der in seinem feurigen Auge herrschte. Weg damit! dis ist so menschlich! Ich war eine Stümperinn.

D. a. Moor. Dieser huldreiche erwärmende Blick — wär er vor meinem Bette gestanden, ich hätte gelebt mitten im Tode! Nie, nie wär ich gestorben!

Amalia. Nie, nie wärt ihr gestorben! Es wär ein Sprung gewesen, wie man von einem Gedanken auf einen andern und schönern hüpft — dieser Blik hätt euch übers Grab hinübergeleuchtet. Dieser Blick hätt' euch über die Sterne getragen!

D. a. Moor. Es ist schwer, es ist traurig! Ich sterbe, und mein Sohn Karl ist nicht hier — ich werde zu Grabe getragen, und er weint nicht an meinem Grabe — wie süs ists, eingewiegt zu werden in den Schlaf des Todes von den Gebet eines Sohns — das ist Wiegengesang.

Amalia schwärmend. Ja süß, himmlisch süß ists, eingewiegt zu werden in den Schlaf des Todes von dem Gesang des Geliebten — vielleicht träumt man auch im Grabe noch fort — ein langer, ewiger unendlicher Traum, von Karln bis man die Glocke der Auferstehung läutet — aufspringend entzückt. und von izt an in seinen Armen auf ewig, Pause. Sie geht ans Klavier, und spielt.

Wust

Willst dich, Hektor, ewig mir entreissen
Wo des Aeaciden mordend Eisen
Dem Patroklus schröklich Opfer bringt?
Wer wird künftig deinen Kleinen lehren
Speere werfen und die Götter ehren,
Wenn hinunter dich der Xanthus schlingt?

D. a. Moor. Ein schönes Lied, meine Toch=
ter. Das must du mir vorspielen, eh ich sterbe.

Amalia. Es ist der Abschied Andromachas und
Hektors — Karl und ich habens oft zusammen
zu der Laute gesungen. Spielt fort.

Theures Weib, geh, hol die Todeslanze,
Laß mich fort zum wilden Kriegestanze,
Meine Schultern tragen Ilium;
Ueber Astyanax unsre Götter!
Hektor fällt, ein Vater-Lands Erretter,
Und wir sehn uns wieder in Elysium.

Daniel.

Daniel. Es wartet draussen ein Mann auf
euch. Er bittet vorgelassen zu werden, er hab
euch eine wichtige Zeitnng.

D. a. Moor. Mir ist auf der Welt nur et=
was wichtig, du weißt Amalia — ists ein Un=
glücklicher, der meiner Hülfe bedarf? Er soll nicht
mit Seufzen von hinnen gehn.

Ama=

Amalia. Iſts ein Bettler, er ſoll eilig herauf-
kommen. *Daniel ab.*

D. a. Moor. Amalia, Amalia! ſchone meiner!

Amalia ſpielt fort.

Nimmer lauſch ich deiner Waffen Schalle,

Einſam liegt dein Eiſen in der Halle,

Priams groſſer Heldenſtamm verdirbt!

Du wirſt hingehn, wo kein Tag mehr ſcheinet,

Der Cocytus durch die Wüſten weiner,

Deine Liebe in dem Lethe ſtirbt.

All mein Sehnen, all mein Denken

Soll der ſchwarze Lethefluß ertränken,

Aber meine Liebe nicht!

Horch! der Wilde raſt ſchon an den Mauren —

Gürte mir das Schwerd um, laß das Trauren,

Hektors Liebe ſtirbt im Lethe nicht!

Franz. Herrmann *verkappt.* **Daniel.**

Franz. Hier iſt der Mann. Schrökliche Bot-
ſchaften, ſagt er, warten auf euch. Könnt ihr ſie
hören?

D. a. Moor. Ich kenne nur eine. Tritt her
mein Freund, und ſchone mein nicht! Reicht ihm
einen Becher Wein.

Herrmann *mit veränderter Stimme.* Gnädiger Herr!

laßt es einen armen Mann nicht entgelten, wenn er wider Willen euer Herz durchbort. Ich bin ein Frembling in diesem Lande, aber euch kenn ich sehr gut. ihr seyd der Vater Karls von Moor.

D. a. Moor. Woher weißt du das

Herrmann. Ich kannte euren Sohn —

Amalia auffahrend. Er lebt? lebt? Du kennst ihn? wo ist er, wo, wo? will hinwegrennen.

D. a. Moor. Du weißt von meinem Sohn?

Herrmann. Er studierte in Leipzig. Von da zog er, ich weiß nicht wie weit, herum. Er durch-schwärmte Deutschland in die Runde, und, wie er mir sagte, mit unbedecktem Haupt, barfuß, und erbettelte sein Brod vor den Thüren. Fünf Mo-nathe drauf brach der leidige Krieg zwischen Preu-ßen und Oesterreich wieder aus, und da er auf der Welt nichts mehr zu hoffen hatte, zog ihn der Hall von Friderichs siegreicher Trommel nach Böh-men. Erlaubt mir, sagte er, zum grossen Schwe-rin, daß ich den Tod sterbe auf dem Bette der Hel-den, ich hab keinen Vater mehr! —

D. a. Moor. Sieh mich nicht an, Amalia!

Herrmann. Man gab ihm eine Fahne. Er flog den preußischen Siegesflug mit. Wir kamen zusammen unter ein Zelt zu liegen. Er sprach viel von seinem alten Vater und von bessern ver-gangenen Tagen — und von vereitelten Hoffnun-gen — uns standen die Tränen in den Augen.

D. a.

D. a. Moor *verbäut sein Haupt in das Küssen.* Stille, o stille!

Herrmann. Acht Tage drauf war das heisse Treffen bey Prag — ich darf euch sagen, euer Sohn hat sich gehalten wie ein wackerer Kriegsmann. Er that Wunder vor den Augen der Armee. Fünf Regimenter mußten neben ihm wechseln, er stand. Feuerkugeln fielen rechts und links, euer Sohn stand. Eine Kugel zerschmetterte ihm die rechte Hand, euer Sohn nahm die Fahne in die Linke, und stand —

Amalia *in Entzückung.* Hektor, Hektor! hört ihrs? er stand —

Herrmann. Ich traf ihn am Abend der Schlacht niedergesunken unter Kugel-Gepfeiffe, mit der linken hielt er das stürzende Blut, die rechte hatte er in die Erde gegraben. Bruder! rief er mir entgegen, es lief ein Gemurmel durch die Glieder: der General sey vor einer Stunde gefallen — er ist gefallen, sagt ich, uud du? — Nun, wer ein braver Soldat ist, rief er, und ließ die linke Hand los, der folge seinem General wie ich! Bald darauf hauchte er seine grose Seele dem Helden zu.

Franz *wild auf Herrmann losgehend.* Daß der Tod deine verfluchte Zunge versiegle! Bist du hieher kommen unserem Vater den Todesstos zu geben? — Vater! Amalia! Vater!

Herrmann. Es war der lezte Wille meines

sterbenden Kameraden. Nimm dis Schwerd, rö=
chelte er, du wirſts meinem alten Vater überlie=
fern, das Blut ſeines Sohnes klebt daran, er iſt
gerochen, er mag ſich weiden. Sag ihm ſein Fluch
hätte mich gejagt in Kampf und Tod, ich ſey ge=
fallen in Verzweiflung! Sein lezter Seufzer war
Amalia.

Amalia wie aus einem Todesſchlummer aufgejagt. Sein
lezter Seufzer, Amalia!

D. a. Moor Gräslich ſchreyend, ſich die Haare ausraufend.
Mein Fluch ihn gejagt in den Tod! gefallen in
Verzweiflung!

Franz umherirrend im Zimmer. Oh! Was habt ihr
gemacht, Vater? Mein Karl, mein Bruder!

Herrmann. Hier iſt das Schwerd, und hier
iſt auch ein Portrait, daß er zu gleicher Zeit aus
dem Buſen zog! Es gleicht dieſem Fräulein auf
ein Haar. Dis ſoll meinem Bruder Franz, ſagte
er, — ich weis nicht was er damit ſagen wollte.

Franz wie erſtaunt. Mir? Amalias Portrait? Mir,
Karl, Amalia? Mir?

Amalia heftig auf Herrmann losgehend. Feiler, Be=
ſtochener Betrüger! faßt ihn hart an.

Herrmann Das bin ich nicht, gnädiges Fräu=
lein. Sehet ſelbſt. obs nicht euer Bild iſt — ihr
mögts ihm wohl ſelbſt gegeben haben.

Franz. Bey Gott! Amalia, das deine! Es iſt
wahrlich das deine!

Ama=

Amalia *gibt ihm das Bild zurück.* Mein, mein! O Himmel und Erde!

D. a. Moor. *schreyend, sein Gesicht zerfleischend.* Wehe, Wehe! mein Fluch ihn gejagt in den Tod! gefallen in Verzweifflung!

Franz. Und er gedachte meiner in der lezten schweren Stunde des Scheidens, meiner! Englische Seele — da schon das schwarze Panier des Todes über ihm rauschte — meiner! —

Der a. Moor. *lallend.* Mein Fluch ihn gejagt, in den Tod, gefallen mein Sohn in Verzweifflung! —

Herrmann. Den Jammer steh ich nicht aus. Lebt wohl, alter Herr! *leise zu Franz.* Warum habt ihr auch das gemacht, Junker? *Geht schnell ab.*

Amalia *aufspringend, ihm nach.* Bleib, bleib! Was waren seine lezte Worte?

Herrmann *zurückrufend.* Sein lezter Seufzer war Amalia. *ab.*

Amalia. Sein lezter Seufzer war Amalia! — Nein, du bist kein Betrüger! So ist es wahr — wahr — er ist tod! — tod! — *hin und her taumelnd, bis sie umsinkt.* tod — Carl ist tod —

Franz. Was seh ich? Was steht da auf dem Schwerd? geschrieben mit Blut — Amalia!

Amalia. Von ihm?

Franz. Seh ich recht, oder träum ich? Siehe da mit blutiger Schrifft:

Franz, verlaß meine Amalia nicht! Sieh doch,

sieh

sich doch! und auf der andern Seite: Amalia! deinen Eid zerbrach der allgewaltige Tod. — Siehst du nun, siehst du nun? Er schriebs mit erstarrender Hand, schriebs mit dem warmen Blut seines Herzens, schriebs an der Ewigkeit feyerlichem Rande! sein fliehender Geist verzog, Franz und Amalia noch zusammen zu knüpfen.

Amalia. Heiliger Gott! es ist seine Hand. — Er hat mich nie geliebt! schnell ab.

Franz auf den Boden stampfend. Verzweifelt! meine ganze Kunst erligt an dem Starrkopf.

D. a. Moor. Wehe, Wehe! Verlaß mich nicht, meine Tochter! — Franz, Franz! gib mir meinen Sohn wieder!

Franz. Wer wars, der ihm den Fluch gab? Wer wars, der seinen Sohn jagte in Kampf und Tod und Verzweifflung? — oh! er war ein Engel! ein Kleinod des Himmels. Fluch über seine Henker! Fluch, Fluch über euch selber! —

D. a. Moor schlägt mit geballter Faust wider Brust und Stirn. Er war ein Engel, war Kleinod des Himmels! Fluch, Fluch, Verderben, Fluch über mich selber! Ich bin der Vater, der seinen grossen Sohn erschlug. Mich liebt' er bis in den Tod! mich zu rächen rannte er in Kampf und Tod! Ungeheuer, Ungeheuer! wütet wider sich selber.

Franz. Er ist dahin, was helfen späte Klagen? höhnisch lachend. Es ist leichter worden, als lebendig

ma-

machen. Ihr werdet ihn nimmer aus seinem Grabe zurükholen.

D. a. Moor. Nimmer, nimmer, nimmer aus dem Grabe zurükholen! Hin, verloren auf ewig! — Und du hast mir den Fluch aus dem Herzen geschwäzt, du — du — Meinen Sohn mir wieder!

Franz. Reizt meinen Grimm nicht. Ich verlaß euch im Tode! —

D. a. Moor. Scheusal! Scheusal! schaff mir meinen Sohn wieder! *fährt aus dem Sessel, will Franzen an der Gurgel fassen der ihn zurük schleudert.*

Franz. Krafftlose Knochen! ihr wagt es — sterbt! verzweiffelt!   *ab.*

Der alte Moor.

Tausend Flüche donnern dir nach! Du hast mir meinen Sohn aus den Armen gestolen *voll Verzweifflung hin und her geworfen im Sessel.* Wehe, Wehe! Verzweiffeln, aber nicht sterben! — Sie fliehen, verlassen mich im Tode — meine gute Engel fliehen von mir, weichen alle die Heilige vom eisgrauen Mörder — Wehe! Wehe! will mir keiner das Haupt halten, will keiner die ringende Seele entbinden? Keine Söhne! keine Töchter! keine Freunde! — Menschen nur — will keiner, allein — verlassen — Wehe! Wehe! — Verzweiffeln aber nicht sterben!

Amalia mit verweinten Augen.

D. a. Moor. Amalia! Botte des Himmels! Kommst du, meine Seele zu lösen?

Amalia mit sanfterem Ton. Ihr habt einen herrlichen Sohn verloren.

D. a. Moor. Ermordet willst du sagen. Mit diesem Zeugniß belastet tret ich vor den Richterstuhl Gottes.

Amalia. Nicht also, jammervoller Greiß! der himmlische Vater rükt' ihn zu sich. Wir wären zu glücklich gewesen auf dieser Welt. — Droben, droben über den Sonnen — Wir sehn ihn wieder.

D. a. Moor. Wiedersehen, wiedersehen! Oh es wird mir durch die Seele schneiden ein Schwerd — Wenn ich ein Heiliger ihn unter den Heiligen finde — mitten im Himmel werden durch mich schauern Schauer der Hölle! Im Anschauen des Unendlichen mich zermalmen die Erinnerung: Ich hab meinen Sohn ermordet!

Amalia. Oh, er wird euch die Schmerz-Erinnerung aus der Seele lächeln, seyd doch heiter, lieber Vater! ich bins so ganz. Hat er nicht schon den himmlischen Hörern den Namen Amalia vorgesungen auf der seraphischen Harfe, und die himmlischen Hörer lispelten leise ihn nach? Sein lezter Seufzer war ja, Amalia! wird nicht sein erster Jubel, Amalia! seyn?

D. a. Moor. Himmlischer Trost quillt von deinen

nen

nen Lippen! Er wird mir lächeln, sagst du? Vergeben? dn must bey mir bleiben, Geliebte meines
Karls, wenn ich sterbe.

Amalia. Sterben ist Flug in seine Arme. Wohl
euch! Ihr seyd zu beneiden. Warum sind diese Gebeine
nicht mürb? Warum diese Haare nicht grau? Wehe über
die Kräffte der Jugend! Willkommen, du markloses
Alter! näher gelegen dem Himmel und meinem Karl.

Franz tritt auf.

D. a. Moor. Trit her, mein Sohn! Vergib
mir, wenn ich vorhin zu hart gegen dich war! ich
vergebe dir alles. Ich möchte so gern im Frieden
den Geist aufgeben.

Franz. Habt ihr genug um euren Sohn geweint? so viel ich sehe, habt ihr nur einen.

D. a. Moor. Jakob hatte der Söhne zwölf,
aber um seinen Joseph hat er blutige Thränen geweint.

Franz. Hum!

D. a. Moor. Geh, nimm die Bibel, meine
Tochter, und lies mir die Geschichte Jakobs und
Josephs! Sie hat mich immer so gerührt, und da-
mals bin ich noch nicht Jakob gewesen.

Amalia. Welches soll ich euch lesen? nimmt die
Bibel und blättert.

D. a. Moor. Liß mir den Jammer des verlas-
senen, als er ihn nimmer unter seinen Kindern

E 5   fand

fand — und vergebens sein harrte im Kreis seiner
eilfe — und sein Klage = Lied, als er vernahm;
sein Joseph sey ihm genommen auf ewig —

Amalia. liest. "Da nahmen sie Josephs Rock,
"und schlachteten einen Ziegenbock, und tauchten
„den Rok in das Blut, und schikten den bunten
„Rok hin, und liessen ihn ihren Vater bringen, und
„sagen: Diesen haben wir funden, siehe, obs dei=
„nes Sohnes Rock sey, oder nicht? Franz geht plöz=
„lich hinweg. Er kannte ihn aber und sprach: Es
„ist meines Sohnes Rock, ein böses Thier hat ihn
„gefressen, ein reissend Thier hat Joseph zerrissen! —

D. a. Moor. fällt aufs Kissen zurük. Ein reissend
Thier hat Joseph zerrissen!

Amalia liest weiter. "Und Jacob zerris seine
„Kleider, und legte einen Sack um seine Lenden,
„und trug Leide um seinen Sohn lange Zeit, und
„all seine Söhne und Töchter traten auf, daß sie
„ihn trösteten, aber er wollte sich nicht trösten las=
„sen und sprach: Ich werde mit Leid hinunterfah=
„ren —

D. a. Moor.   Hör auf, hör auf! Mir wird
sehr übel.

Amalia hinzuspringend, läßt das Buch fallen. Hilf
Himmel! Was ist das?

D. a. Moor. Das ist der Tod! — Schwarz —
schwimmt — vor meinen — Augen — ich bitt
dich — ruf dem Pastor — daß er mir — das

Abend=

Abendmal reiche — Wo ist — mein Sohn Franz?

Amalia. Er ist geflohen! Gott erbarme sich unser!

D. a. Moor. Geflohen — geflohen von des sterbenden Bett? — — Und das all — all — von zwey Kindern voll Hofnung — du hast sie — gegeben — hast sie — genommen — — dein Name sey — —

Amalia mit einem plözlichen Schrey. Tod! alles Tod! ab in Verzweiflung.

Franz hüpft frolockend herein.

Tod! schreyen sie, tod! Izt bin ich Herr. Im ganzen Schloße zettert es, tod! — Wie aber schläft er vielleicht nur? — freylich, ach freylich! das ist nun freylich ein Schlaf, wo es ewig niemals, Guten Morgen, heißt — Schlaf und Tod sind nur Zwillinge. Wir wollen einmal die Namen wechseln! Walerer, willkommener Schlaf! Wir wollen dich Tod heissen! Er drükt ihm die Augen zu. Wer wird nun kommen, und es wagen, mich vor Gericht zu fordern? oder mir ins Angesicht zu sagen: du bist ein Schurke! Weg dann mit dieser listigen Larve von Sanfmuth und Tugend! Nun sollt ihr den nakten Franz sehen, und euch entsezen! Mein Vater überzuckerte seine Forderungen, schuf sein Gebieth zu einem Familienzirkel um, saß liebreich lächelnd am Thor, und grüßte sie Brüder und Kinder. —

Mei-

Meine Aug = Braunen sollen über euch herhangen
wie Gewitter = Wolken, mein herrischer Name schwe=
ben wie ein drohender Komet über diesen Gebir=
gen, meine Stirne soll euer Wetterglas seyn! Er
streichelte und koßte den Raken, der gegen ihn störr=
rig zurükschlug. Streicheln und Kosen ist meine
Sache nicht. Ich will euch die zakichte Sporen
ins Fleisch hauen, und die scharfe Geißel versu=
chen. — In meinem Gebiet solls so weit kom=
men, daß Kartoffeln und dünn Bier ein Trakta=
ment für Festtage werden, und wehe dem, der mir
mit vollen feurigen Backen unter die Augen trit!
Blässe der Armuth und sclavischen Furcht sind
meine Leibfarbe: in diese Liverey will ich euch klei=
den!   Er geht ab.

Dritte Scene.

die böhmischen Wälder.

Spiegelberg, Razmann, Räuberhaufen.

Razmann. Bist da? bists wirklich? So laß
dich doch zu Brey zusammen drucken, lieber Her=
zens = Bruder Moriz! Willkommen in den Böhmi=
schen Wäldern! Bist ja gros worden und stark.
Stern = Kreuz = Bataillon! Bringst ja Rekruten mit
einen ganzen Trieb, du trefflicher Werber!

Spiegelberg. Gelt Bruder? Gek? Und das
gan=

ganze Kerl darzu! — du glaubst nicht, Gottes
sichtbarer Seegen ist bey mir, war dir ein armer
hungriger Tropf, hatte nichts als diesen Stab,
da ich über den Jordan gieng, und ißt sind unserer acht und siebenzig, meistens ruinirte Krämer,
rejicirte Magister und Schreiber aus den schwä-
bischen Provinzen, das ist dir ein Korps Kerles,
Bruder, deliciöse Bursche, sag ich dir, wo als einer dem andern die Knöpfe von den Hosen stihlt,
und mit geladener Flinte neben ihm sicher ist —
und haben voll auf, und stehen dir in einem Re-
nomee vierzig Meilen weit, das nicht zu begreiffen ist. Da ist dir keine Zeitung, wo du nicht
ein Artikelchen von dem Schlaukopf Spiegelberg
wirst getroffen haben, ich halte sie mir auch pur
deswegen — vom Kopf bis zun Füssen haben sie
mich dir hingestellt, du meynst du sehst mich, —
so gar meine Rokknöpfe haben sie nicht vergessen.
Aber wir führen sie erbärmlich am Narrenseil herum. Ich geh lezthin in die Druckerey, geb vor,
ich hätte den berüchtigten Spiegelberg gesehn, und
diktir einem Skrizler, der dort saß, das leibhafte
Bild von einem dortigen Wurmdoktor in die Feder,
das Ding kommt um, der Kerl wird eingezogen,
par force inquirirt, und in der Angst und in der
Dummheit gesteht er dir, hol mich der Teufel!
gesteht dir, er sey der Spiegelberg — Donner
und Wetter! ich war eben auf dem Sprung, mich
beym

beym Magiſtrat anzugeben, daß die Kanaille mit
meinen Namen ſo verhunzen ſoll — wie ich ſage,
drey Monath drauf hangt er. Ich mußte nach=
her eine derbe Priſe Tobak in die Naſe reiben,
als ich am Galgen vorbeyſpazierte, und den Pſeu=
do=Spiegelberg in ſeiner Glorie da paradiren ſah
— und unterdeſſen daß Spiegelberg hangt, ſchleicht
ſich Spiegelberg ganz ſachte aus den Schlingen,
und deutet der ſuperklugen Gerechtigkeit hinterruks
Eſelsohren, daß's zum Erbarmen iſt.

Razmann lacht. Du biſt eben noch immer der
alte.

Spiegelberg. Das bin ich, wie du ſiehſt, an
Leib und Seel. Narr! einen Spaß muß ich dir
doch erzählen, den ich neulich im Cäcilien=Kloſter
angerichtet habe. Ich treffe das Kloſter auf mei=
ner Wanderſchaft ſo gegen die Dämmerung, und
da ich eben den Tag noch keine Patrone verſchoſ=
ſen hatte, du weiſt, ich haſſe das diem perdidi
auf den Tod, ſo mußte die Nacht noch durch ei=
nen Streich verherrlicht werden, und ſollts dem
Teufel um ein Ohr gelten! Wir halten uns ru=
hig bis in die ſpäte Nacht. Es wird mausſtill.
Die Lichter gehen aus. Wir denken die Nonnen
könnten izt in den Federn ſeyn. Nun nehm ich
meinen Kameraden Grimm mit mir, heis die an=
dern warten vorm Thor, bis ſie mein Pfeifchen
hören würden, — verſichere mich des Kloſterwäch=
ters.

ters, nehm ihm die Schlüssel ab, schleich mich
hinein, wo die Mägde schliefen, praktizier ihnen
die Kleider weg, und heraus mit dem Pak zum
Thor. Wir gehn weiter von Zelle zu Zelle, neh=
men einer Schwester nach der andern die Kleider,
endlich auch der Aebtissinn — Itzt pfeif ich, und
meine Kerls draussen fangen an zu stürmen und
zu hassellren als käm der jüngste Tag, und hin=
ein mit bestialischem Gepolter in die Zellen der
Schwestern! — hahaha! — da hättest du die Haz=
sehen sollen, wie die armen Thiergen in der Fin=
stere nach ihren Röcken tappten, und sich jämmer=
lich geberdeten, wie sie zum Teufel waren, und wir
indeß wie alle Donnerwetter zugesetzt, und wie sie
sich vor Schrek und Bestürzung in Bettlacken wi=
kelten, oder unter dem Ofen zusammenkrochen wie
Kazen, andere in der Angst ihres Herzens die
Stube so besprenzten, daß du hättest das Schwim=
men drinn lernen können, und das erbärmliche
Gezetter nnd Lamento, und endlich gar die alte
Schnurre die Aebtissinn, angezogen wie Eva vor
dem Fall — du weist, Bruder, daß mir auf die=
sem weiten Erdenrund kein Geschöpf so zuwider
ist, als eine Spinne und ein altes Weib, und
nun denk dir einmal die schwarzbraune, runzlichte,
zottigte Vettel vor mir herumtanzen, und mich
bey ihrer jungfräulichen Sittsamkeit beschwbren —
alle Teufel! ich hatte schon den Ellbogen ange=
					setzt

setzt ihr die übriggebliebenen wenigen edlen vollendß in den Mastdarm zu stoſſen — kurz resolvirt! entweder heraus mit dem Silbergeschirr mit dem Klosterschaz und allen den blanken Thälerchen, oder — meine Kerlß verstanden mich schon — ich sage dir, ich hab aus dem Kloster mehr dann tauſend Thaler Werths geschleift, und den Spaß obendrein, und meine Kerlß haben ihnen ein Andenken hinterlaſſen, sie werden ihre neun Monathe dran zu schleppen haben.

Razmann *auf den Boden stampfend.* Daß mich der Donner da weg hatte.

Spiegelberg. Siehſt dn? Sag du mehr, ob das kein Luder = Leben iſt? und dabey bleibt man friſch und stark, und das Korpus iſt noch beyſamen, und schwillt dir stündlich wie ein Prälats= Bauch — ich weiß nicht, ich muß was magnetiſches an mir haben, daß dir alles Lumpen=Geſindel auf Gottes Erdboden anzieht wie Stahl und Eiſen.

Razmann. Schöner Magnet du! Aber so möcht ich Henkers doch wiſſen, was für Hexerchen du brauchſt —

Spiegelberg. Hexereyen? Braucht keiner Hexereyen — Kopf muſt du haben! Ein gewiſes praktiſches Judicium, das man freylich nicht in der Gerste frißt — denn siehſt du, ich pfleg immer zu sagen: einen honneten Mann kann man aus jebem.

dem Weidenſtozen formen, aber zu einem Spizbuben wills Grüz — auch gehört darzu ein eigenes
National = Genie, ein gewiſes, daß ich ſo ſage,
Spizbuben Klima, und da rath ich dir, reis
du ins Graubünder Land, das iſt das Athen der
heutigen Gauner.

Razmann. Bruder! man hat mir überhaupt
das ganze Italien gerühmt.

Spiegelberg. Ja ja! man muß niemand ſein
Recht vorenthalten, Italien weist auch ſeine Männer auf, und wenn Deutſchland ſo fortmacht, wie
es bereits auf dem Weg iſt, und die Bibel vollends hinaus votirt, wie es die glänzendſten Aſpek-
ten hat, ſo kann mit der Zeit auch noch aus Deutſchland was Gutes kommen, — überhaupt aber,
muß ich dir ſagen, macht das Klima nicht ſonder-
lich viel, das Genie kommt überall fort, und das
übrige, Bruder — ein Holzapfel weiſt du wohl wird
im Paradies-Gärtlein ſelber ewig keine Ananas —
aber daß ich dir weiter ſage, — wo bin ich ſtehen
geblieben?

Razmann. Bey den Kunſtgriffen!

Spiegelberg. Ja recht, bey den Kunſtgriffen.
So iſt dein erſtes, wenn du in die Stadt kommſt,
du ziehſt bey den Bettelvögten, Stadt-Patrollan-
ten und Zuchtknechten Kundſchaft ein, wer ſo am
fleiſſigſten bey ihnen einſpreche, die Ehre gebe,
und dieſe Kunden ſuchſt du auf — ferner niſteſt

du dich in die Kaffeehäuſer, Bordelle, Wirthshäuſer ein, ſpähſt, ſondirſt, wer am meiſten über die wolfeile Zeit, die fünf pro cent, über die einreiſſende Peſt der Policeyverbeſſerungen ſchreyt, wer am meiſten über die Regierung ſchimpft, oder wieder die Phyſiognomik eifert und dergl: Bruder! das iſt die rechte Höhe! die Ehrlichkeit wakelt wie ein holer Zahn, du darfſt nur den Pelikan anſezen, — oder beſſer und kürzer: du gehſt und wirfſt einen vollen Beutel auf die offene Straſe, verſtekſt dich irgendwo, und merkſt dir wol, wer ihn aufhebt — eine Weile drauf jagſt du hinterher, ſuchſt, ſchreyſt, und fragſt nur ſo im Vorbeygehen, haben der Herr nicht etwa einen Geldbeutel gefunden? Sagt er, ja? — nun ſo hats der Teufel geſehen; leugnet ers aber? der Herr verzeihen — ich wüßte mich nicht zu entſinnen, — ich bedaure, aufſpringend. Bruder! Triumf Bruder! Löſch deine Laterne aus, ſchlauer Diogenes! — du haſt deinen Mann gefunden.

Razmann. Du biſt ein ausgelernter Prakticus.

Spiegelberg. Mein Gott! als ob ich noch jemals dran gezwelffelt hätte — Nun du deinen Mann in dem Hamen haſt, muſt dus auch fein ſchlau angreiffen, daß du ihn hebſt! — Siehſt du, mein Sohn? das hab ich ſo gemacht: — So bald ich einmal die Färthe hatte, hängt' ich mich meinem Kandidaten an wie eine Klette, ſaufte Brüder:

berschaft mit ihm, und Notabene! Zechfrey must
du ihn halten! da geht freylich ein schönes drauf,
aber das achtest du nicht — — du gehst weiter,
du führst ihn in Spiel-Kompagnien und bey lieder-
lichen Menschern ein, verwickelst ihn in Schläge-
reyen, und schelmische Streiche, bis er an Saft
und Kraft und Geld und Gewissen, und gutem
Namen bankrut wird, denn incidenter muß ich dir
sagen, dn richtest nichts aus, wenn du nicht Leib
und Seele verderbst — Glaube mir Bruder! das
hab ich aus meiner starken Praxi wol fünfzigmal
abstrahirt, wenn der ehrliche Mann einmal aus
dem Nest gejagt ist, so ist der Teufel Meister —
Der Schritt ist dann so leicht — o so leicht, als
der Sprung von einer Hure zu einer Betschwester.
— Horch doch! was für ein Knall war das?

Razmann. Es war gedonnert, nur fortgemacht!

Spiegelberg. Noch ein kürzerer besserer Weg
ist der, du plünderst deinem Mann Hauß und
Hof ab, bis ihm kein Hemd mehr am Leibe hebt,
alsdann kommt er dir von selber — lern mich die
Pfiffe nicht Bruder — frag einmal das Kupferge-
sicht dort — Schwere Noth! den hab ich schon ins
Garn gekriegt — ich hielt ihm vierzig Dukaten
hin, die sollt er haben, wenn er mir seines Herrn
Schlüssel in Wachs drücken wollte — denk einmal!
die dumme Bestie thuts, bringt mir, hol mich der
Teufel! die Schlüssel, und will izt das Geld ha-

ben — Monsieur, sagt ich, weis er auch, daß ich izt diese Schlüssel gerades Wegs zum Policey=Lieutenant trage, und ihm ein Logis am lichten Galgen miethe? — tausend Sakerment! da hät=test du den Kerl sehen sollen die Augen aufreissen, und anfangen zu zappeln wie ein nasser Budel — — „Ums Himmels willen, hab der Herr doch Einsicht! ich will — will —‟ was will er? will er izt gleich den Zopf hinaufschlagen und mit mir zum Teufel gehn? — „o von Herzen gern, mit Freuden,‟ — hahaha! guter Schlucker, mit Spek fängt man Mäuse — lach ihn doch aus Razmann! hahaha!

Razmann. Ja, ja, ich mus gestehen. Ich will mir diese Lection mit goldnen Ziffern auf meine Hirntafel schreiben. Der Satan mag seine Leu=te kennen, daß er dich zu seinem Mäkler gemacht hat.

Spiegelberg. Gelt, Bruder? und ich denke, wenn ich ihm zehen stelle, läßt er mich frey aus=gehen — gibt ja jeder Verleger seinem Sammler das zehente Exemplar gratis, warum soll der Teu=fel so jüdisch zu Werk gehn? — Razmann! ich rieche Pulver —

Razmann. Sapperment! ich riechs auch schon lang. — Gib Acht, es wird in der Näh was ge=setzt haben! — Ja ja! wie ich dir sage, Moriz — du wirst dem Hauptmann mit deinen Rekruten

will=

willkommen seyn — er hat auch schon brave Kerl angelockt.

Spiegelberg. Aber die meinen! die meinen — Pah —

Razmann. Nun ja! sie mögen hübsche Fingerchen haben — aber ich sage dir, der Ruf unsers Hauptmanns hat auch schon ehrliche Kerl in Versuchung geführt.

Spiegelberg. Ich will nicht hoffen.

Razmann. Sans Spaß! und sie schämen sich nicht unter ihm zu dienen. Er mordet nicht um des Raubes willen wie wir — nach dem Geld schien er nicht mehr zu fragen, so bald ers vollauf haben konnte, und selbst sein Dritteil an der Beute, das ihn von Rechtswegen trifft, verschenkt er an Waysenkinder, oder läßt damit arme Jungen von Hoffnung studiren. Aber soll er dir einen Landjunker schröpffen, der seine Bauren wie das Vieh abschindet, oder einen Schurken mit goldnen Borden unter den Hammer kriegen, der die Geseze falschmünzt, und das Auge der Gerechtigkeit überfilbert, oder sonst ein Herrchen von dem Gelichter — Kerl! da ist er dir in seinem Element, und haußt teufelmäßig, als wenn jede Faser an ihm eine Furie wäre.

Spiegelberg. Hum! hum!

Razmann. Neulich erfuhren wir im Wirthshaus, daß ein reicher Graf von Regensburg durch-

kom-

kommen würde, der einen Proceß von einer Million durch die Pfiffe seines Advokaten durchgeseßt hätte, er saß eben am Tisch und brettelte, — wie viel sind unserer? frug er mich, indem er hastig aufstand, ich sah ihn die Unterlippe zwischen die Zähne klemmen, welches er nur thut, wenn er am grimmigsten ist — nicht mehr als fünf! sagt ich — es ist genug! sagt er, warf der Wirthin das Geld auf den Tisch, ließ den Wein, den er sich hatte reichen lassen unberührt stehen — wir machten uns auf den Weg. Die ganze Zeit über sprach er kein Wort, lief abseitwärts und allein, nur daß er uns von Zeit zu Zeit fragte, ob wir noch nichts gewahr worden wären, und uns befahl das Ohr an die Erde zu legen. Endlich so kommt der Graf hergefahren, der Wagen schwer bepakt, der Advokat saß bey ihm drinn, voraus ein Reuter, nebenher ritten zwey Knechte — da hättest du den Mann sehen sollen, wie er, zwey Terzerolen in der Hand, vor uns her auf den Wagen zusprang! und die Stimme, mit der er rief: Halt! — der Kutscher, der nicht Halt machen wollte, mußte vom Bok herabtanzen, der Graf schoß aus dem Wagen in den Wind, die Reuter flohen — dein Geld, Kanaille! rief er donnernd — er lag wie ein Stier unter dem Beil — und bist du der Schelm, der die Gerechtigkeit zur feilen Hure macht? der Advokat zitterte, daß ihm die Zähne klapperten, — der

Dolch

Dolch ſtak in ſeinem Bauch wie ein Pfahl in dem Weinberg — ich habe das meine gethan! rief er, und wandte ſich ſtolz von uns weg, das Plündern iſt eure Sache. Und ſo mit verſchwand er in den Wald —

Spiegelberg. Hum, hum! Bruder, was ich dir vorhin erzählt habe, bleibt unter uns, er brauchts nicht zu wiſſen. Verſtehſt du?

Razmann. Recht. recht! ich verſteh.

Spiegelberg. Du kennſt ihn ja? Er hat ſo ſeine Grillen. Du verſtehſt mich.

Razmann. Ich verſteh, ich verſteh.

Schwarz in vollem Lauf.

Razmann. Wer da? was gibts da? Paſſagiers im Wald?

Schwarz. Hurtig, hurtig! wo ſind die andern? — tauſendſakerment! ihr ſteht da, und plaudert! Wißt ihr denn nicht — wißt ihr denn gar nicht? — und Roller —

Razmann. Was dann, was dann?

Schwarz. Roller iſt gehangen, noch vier andere mit, —

Razmann. Roller? Schwere Noth! ſeit wenn — woher weiſt dus?

Schwarz. Schon über drey Wochen ſitzt er, und wir erfahren nichts, ſchon drey Rechtstäge ſind über ihn gehalten worden, und wir hören

nichts,

nichts, man hat ihn auf der Tortur examinirt,
wo der Hauptmann sey? — der wackere Bursche
hat nichts bekannt, gestern ist ihm der Proceß gemacht worden, diesen Morgen ist er dem Teufel
extra Post zugefahren.

Razmann. Vermaledeyt! weis es der Hauptmann?

Schwarz. Erst gestern erfährt ers. Er schäumt
wie ein Eber. Du weißts, er hat immer am meisten gehalten auf Roller, und nun die Tortur
erst — Strick und Leiter sind schon an den Thurm
gebracht worden, es half nichts, er selbst hat sich
schon in Kapuciners-Kutte zu ihm geschlichen, und
die Person mit ihm wechseln wollen, Roller schlugs
hartnäckig ab, itzt hat er einen Eid geschworen,
daß es uns eißkalt über die Leber lief, er wolle
ihm eine Todesfackel anzünden, wie sie noch keinem König geleuchtet hat, die ihnen den Buckel
braun und blau brennen soll. Mir ist bang für
die Stadt. Er hat schon lang eine Pique auf sie,
weil sie so schändlich bigott ist, und du weißt,
wenn er sagt: ich wills thun! so ists so viel, als
wenns unser einer gethan hat.

Razmann. Das ist wahr! ich kenne den Hauptmann. Wenn er dem Teufel sein Wort drauf gegeben hätte in die Hölle zu fahren, er würde nie beten, wenn er mit einem halben Vater Unser seelig werden könnte; — Aber ach! der arme Roller!

der

der arme Roller! —

Spiegelberg. Memento mori! Aber das regt mich nicht an. *Trillert ein Liedgen.*

> Geh ich vorbey am Rabensteine,
> So klim ich nur das rechte Auge zu,
> Und denk, du hängst mir wol alleine,
> Wer ist ein Narr, ich oder du?

Razmann *aufspringend.* Horch! ein Schuß. *Schießen und Lermen.*

Spiegelberg. Noch einer!

Razmann. Wieder einer! der Hauptmann!

Hinter der Scene gesungen.

> Die Nürenberger henken keinen,
> Sie hätten ihn denn vor.

Da Capo.

Schweizer. Roller. *Hinter der Scene.* Holla ho! Holla ho!

Razmann. Roller! Roller! Holen mich zehn Teufel!

Schweizer. Roller. *Hinter der Scene.* Razmann! Schwarz! Spiegelberg! Razmann!

Razmann. Roller! Schweizer! Bliz, Donner, Hagel und Wetter! *Fliegen ihm entgegen.*

 Räu

Räuber Moor zu Pferd.

Schweizer. Roller. Grimm. Schufterle.
Räubertrupp mit Koth und Staub bedeckt, treten auf.

Räuber Moor vom Pferd springend. Freyheit!
Freyheit! — — du bist im trocknen, Roller! —
Führ meinen Rappen ab, Schweizer, und wasch
ihn mit Wein. Wirft sich auf die Erde. Das hat ge-
golten!

Razmann zu Roller. Nun bey der Feueresse des
Plutos! bist du vom Rad auferstanden?

Schwarz. Bist du sein Geist? oder bin ich
ein Narr? oder bist dus wirklich?

Roller in Athem. Ich bins. Leibhaftig. Ganz.
Wo glaubst du, daß ich herkomme?

Schwarz. Da frag die Here! der Stab war
schon über dich gebrochen!

Roller. Das war er freylich, und noch mehr.
Ich komme recta vom Galgen her. Laß mich nur
erst zu Athem kommen. Der Schweizer wird dir
erzählen. Gebt mir ein Glas Brandtenwein! —
du auch wieder da, Moriz? Ich dachte dich wo
anders wieder zu sehen — gebt mir doch ein Glas
Brandtenwein! meine Knochen fallen auseinander
— o mein Hauptmann! wo ist mein Hauptmann!

Schwarz. Gleich, gleich! — so sag doch, so
schwäz doch! wie bist du davon kommmen? wie
haben wir dich wieder? der Kopf geht mir um.
Vom Galgen her, sagst du?   Rol

Roller *stürzt eine Flasche Brandtenwein hinunter.* Ah,
das schmeckt, das brennt ein! — gerades Wegs
vom Galgen her! sag ich. Ihr steht da, und
gafft, und könnts nicht träumen — ich war auch
nur drey Schritte von der Sakerments-Leiter, auf
der ich in den Schoos Abrahams steigen sollte —
so nah, so nah — war dir schon mit Haut und
Haar auf die Anatomie verhandelt! hättest mein
Leben um'n Prise Schnupftabak haben können,
dem Hauptmann dank ich Luft, Freyheit und Leben.

Schweizer. Es war ein Spaß, der sich hören
läßt. Wir hatten den Tag vorher durch unsre
Spionen Wind gekriegt, der Roller liege tüchtig
im Salz, und wenn der Himmel nicht bey Zeit
noch einfallen wollte, so werde er morgen am Tag
— das war als heut — den Weg alles Fleisches
gehen müssen — Auf! sagt der Hauptmann, was
wiegt ein Freund nicht. — Wir retten ihn, oder
retten ihn nicht, so wollen wir ihm wenigstens
doch eine Todesfakel anzünden, wie sie noch keinem König geleuchtet hat, die ihnen den Buckel
braun und blau brennen soll. Die ganze Bande
wird aufgeboten. Wir schiken einen Erpressen an
ihn, der's ihm in einem Zettelgen beybrachte, das
er ihm in die Suppe warf.

Roller. Ich verzweiffelte an dem Erfolg.

Schweizer. Wir paßten die Zeit ab, bis die

Passa-

Paſſagen leer waren. Die ganze Stadt zog dem Spektakel nach, Reuter und Fußgänger durch einander und Wagen, der Lerm und der Galgenſ Pſalm jolten weit. Izt, ſagt der Hauptmann, brennt an, brennt an! Die Kerl flogen wie Pfeile, ſteckten die Stadt an drey und dreyſig Eken zumal in Brand, werfen feurige Lunden in die Nähe des Pulverthurms. In Kirchen und Scheunen — Mordbleu es war keine Viertelſtunde vergangen, der Nord-Oſt-Wind, der auch ſeinen Zahn auf die Stadt haben muß, kam uns trefflich zu ſtatten, und half die Flamme bis hinauf in die oberſten Gibel jagen. Wir indeß Gaſſe auf Gaſſe nieder, wie Furien — Feuerjo! Feurjo! durch die ganze Stadt — Geheul, — Geſchrey — Gepolter — fangen an die Brandglocken zu brummen, knallt der Pulverthurm in die Luft, als wär die Erde mitten entzwey geborſten, und der Himmel zerplazt, und die Hölle zehntauſend Klafter tiefer verſunken

Roller. Und izt ſah mein Gefolge zurück — da lag die Stadt wie Gomorrha und Sodom, der ganze Horizont war Feuer, Schwefel und Rauch, vierzig Gebürge brüllen den infernaliſchen Schwank in die Rund herum nach, ein paniſcher Schreck ſchmeißt alle zu Boden — itzt nuz ich den Zeitpunkt, und riſch, wie der Wind! — ich war losgebunden, ſo nah wars dabey — da meine Begleiter verſteinert wie Loths Weib zurückſchaun,

Reiß-

Reißaus! zerriſſen die Haufen! davon! Sechzig Schritte weg werf ich die Kleider ab, ſtürze mich in den Fluß, ſchwimm unterm Waſſer fort, bis ich glaubte ihnen aus dem Geſichte zu ſeyn. Mein Hauptmann ſchon parat mit Pferden und Kleibern — ſo bin ich entkommen. Moor! Moor! möchteſt du bald auch in den Pfeffer gerathen, daß ich dir gleiches mit gleichem vergelten kann!

Razmann. Ein beſtialiſcher Wunſch, für den man dich hängen ſollte. — aber es war ein Streich zum zerplazen.

Roller. Es war Hülfe in der Noth, ihr könnts nicht ſchäzen. Ihr hättet ſollen — den Strik um den Hals — mit lebendigem Leib zu Grabe mar-ſchiren wie ich, und die ſakermentaliſchen Anſtal-ten und Schinders Ceremonien, und mit jedem Schritt, den der ſcheue Fus vorwärts wankte, nä-her und fürchterlich näher die verfluchte Maſchine, wo ich einlogirt werden ſollte., im Glanz der ſchrökli-chen Morgenſonne ſteigend, und die laurenden Schin-ders - Knechte, und die gräßliche Muſik — noch raunt ſie in meinen Ohren — und das Gekräch hungriger Raben, die an meinem halbfaulen An-tezeſſor zu dreyſigen hiengen, und das alles, al-les — und obenbrein noch der Vorſchmack der Seeligkeit, die mir blühete! — Bruder, Bruder! und auf einmal die Loſung zur Freyheit — Es war ein Knall, als ob dem Himmelfaß ein Raif ge-

gesprungen wäre — hört Kanaillen! ich sag euch,
wenn man aus dem glühenden Ofen ins Eiswaſ-
ſer ſpringt kann man den Abfall nicht ſo ſtark
fühlen als ich, da ich am andern Ufer war.

Spiegelberg *lacht.* Armer Schlucker! nun iſts
ja verſchmilzt *trinkt ihm zu.* Zur glüklichen Wieder-
geburt!

Roller *wirft ſein Glas weg.* Nein, bey allen
Schäzen des Mammons! ich möchte das nicht zum
zweytenmal erleben. Sterben iſt etwas mehr als
Harlequins Sprung, und Todes-Angſt iſt ärger
als Sterben.

Spiegelberg. Und der hüpfende Pulverthurn —
merkſt dus izt, Razmann? — drum ſtank auch
die Luft ſo nach Schwefel, ſtundenweit, als würde die ganze Garderobe des Molochs unter dem
Firmament ausgelüftet — es war ein Meiſter-
ſtreich, Hauptmann! ich beneide dich drum.

Schweizer. Macht ſich die Stadt eine Freude
daraus, meinen Kameraden wie ein verhezres
Schwein abthun zu ſehen, was, zum Henker! ſollen wir uns ein Gewiſſen daraus machen, unſerem Kameraden zulieb die Stadt drauf gehen zu
laſſen? Und neben her hatten unſere Kerls noch
das gefundene Freſſen, über den alten Kayſer zu
plündern. — Sagt einmal! Was habt ihr weg-
gekapert.

Einer von der Bande. Ich hab mich während
des

des durch einanders in die Stephans = Kirche ge=
schlichen und die Borden vom Altar = Tuch abge=
trennt, der liebe Gott da, sagt ich, ist ein reicher
Mann, und kann ja Goldfäden aus einem Ba=
zenstrick machen.

Schweizer. Du hast wohl gethan — was soll
auch der Plunder in einer Kirche? Sie tragens
dem Schöpffer zu, der über den Tröbelkram la=
chet, und seine Geschöpffe dörfen verhungern. —
Und du Spangeler — wo hast du dein Nez aus=
geworffen?

Ein Zweyter. Ich und Bügel haben einen Kaufla=
den geplündert und bringen Zeug für unser funfzig mit.

Ein Dritter. Zwey goldne Sakuhren hab ich
weggebirt, und ein Duzend silberne Löffel darzu.

Schweizer. Gut, gut. Und wir haben ihnen
eins angerichtet, dran sie vierzehn Tage werden zu
löschen haben. Wenn sie dem Feuer wehren wol=
len, so müssen sie die Stadt durch Wasser ruini=
ren — Weißt du nicht, Schusterle, wie viel es
Tode gesezt hat?

Schusterle. Drey und achtzig sagt man. Der
Thurm allein hat ihrer sechszig zu Staub zer=
schmettert.

Räuber Moor. *sehr ernst.* Roller, du bist
theuer bezahlt.

Schusterle. Pah! pah! was heißt aber das?
— ja, wenns Männer gewesen wären — aber da
                                        wa=

warens Wikelkinder, die ihre Laken vergolden, eingeschnurrte Müttergen, die ihnen die Müken wehrten, ausgedörrte Ofenhoker, die keine Thüre mehr finden konnten — Patienten, die nach dem Dokter winselten, der in seinem gravitätischen Trab der Haz nachgezogen war — Was leichte Beine hatte, war ausgeflogen der Komödie nach, und nur der Bodensaz der Stadt blieb zurük, die Häuſſer zu hüten.

Moor. Oh der armen Gewürme! Kranke, sagſt du, Greise und Kinder? —

Schufterle. Ja zum Teufel! und Kindbette-rinnen darzu, und hochschwangere Weiber, die be-fürchteten, unterm lichten Galgen zu abortiren, junge Frauen, die besorgten sich an den Schinders-Stükchen zu versehen, und ihrem Kind in Mut-terleib den Galgen auf den Buckel zu brennen — Arme Poeten, die keinen Schuh anzuzlehen hatten, weil sie ihr einziges Paar in die Mache gegeben, und was das Hundsgesindel mehr ist, es lohnt sich der Mühe nicht, daß man davon redt. Wie ich von ungefehr so an einer Barake vorbeygehe hör ich drinnen ein Gezetter, ich guk hinein, und wie ichs beym Licht besehe, was wars? Ein Kind wars noch frisch und gesund, das lag auf dem Boden unterm Tisch, und der Tisch wollte eben angehen, — Armes Thiergen! sagt ich, du verfrierst ja hier, und warfs in die Flamme —

Moor.

Moor. Wirklich, Schusterle? — Und diese Flamme brenne in deinem Busen, bis die Ewigkeit grau wird! — Fort Ungeheuer! Laß dich nimmer unter meiner Bande sehen! Murrt ihr? — Ueberlegt ihr? — Wer überlegt, wann Ich befehle? — Fort mit ihm, sag ich, — es sind noch mehr unter euch, die meinem Grimm reif sind. Ich kenne dich, Spiegelberg. Aber ich will nächstens unter euch treten, und fürchterlich Musterung halten. *Sie gehn zitternd ab.*

Moor allein, heftig auf und abgehend.

Höre sie nicht. Rächer im Himmel! — Was kann ich dafür? Was kannst du dafür, wenn deine Pe= stilenz, deine Theurung, deine Wasserfluten, den Gerechten mit dem Bösewicht auffressen? Wer kann der Flamme befehlen, daß sie nicht auch durch die gesegneten Saaten wüte, wenn sie das Genist der Horniffel zerstören soll? — O pfui, über den Kinder = Mord! den Weiber = Mord — den Kran= ken = Mord! Wie beugt mich diese That! Sie hat meine schönsten Werke vergiftet — da steht der Knabe, schaamroth und ausgehöhnt vor dem Auge des Himmels, der sich anmaßte mit Jupiters Keu= le zu spielen, und Pygmeen niederwarf, da er Ti= tanen zerschmettern sollte — geh, geh! du bist der Mann nicht, das Rachschwerdt der obern Tribunal zu regieren, du erlagst bey dem ersten

G   Griff

Griff — hier entsag ich dem frechen Plan, gehe, mich in irgend eine Klufft der Erde zu verkriechen, wo der Tag vor meiner Schande zurüktrit. *er will fliehen.*

Räuber *allg.*

Sieh dich vor, Hauptmann! Es spukt! Ganze Haufen böhmischer Reuter schwadroniren im Holz herum — der höllische Blaustrumpf muß ihnen verrätscht haben —

Neue Räuber.

Hauptmann, Hauptmann! Sie haben uns die Spur abgelauert — rings ziehen ihrer etliche Tausend einen Kordon um den mittlern Wald.

Neue Räuber.

Weh, weh, weh! Wir sind gefangen geräbert, wir sind geviertheilt! Viele tausend Husaren, Dragoner und Jäger sprengen um die Anhöhe, und halten die Luft-Löcher besezt. *Moor geht ab.*

Schweizer. Grimm. Roller. Schwarz. Schufterle. Spiegelberg. Razmann. Räubertrupp.

Schweizer. Haben wir sie aus den Federn geschüttelt? Freu dich doch, Roller! Das hab ich mir lange gewünscht, mich mit so Kommiß-Brod Rittern herumzuhauen — wo ist der Hauptmann? Ist die

gan-

ganze Bande beyfammen? Wir haben doch Pulver genug?

Razmann. Pulver die fchwere Meng. Aber unfer find achzig in allem, und fo immer kaum einer gegen ihrer zwanzig.

Schweizer. Defto beffer! und laß es fünfzig gegen meinen groffen Nagel feyn — Haben fie fo lang gewartet, bis wir ihnen die Streu unterm Arfch angezündt haben — Brüder, Brüder! fo hats keine Noth. Sie fezen ihr Leben an zehen Kreuzer, fechten wir nicht für Hals und Frey-heit? — Wir wollen über fie her wie die Sünd-flut und auf ihre Köpfe herabfeuren wie Wetter-leuchten — Wo zum Teufel! ift dann der Haupt-mann?

Spiegelberg. Er verläßt uns in diefer Noth. Können wir denn nicht mehr entwifchen?

Schweizer. Entwifchen?

Spiegelberg. Oh! Warum bin ich nicht ge-blieben in Jerufalem.

Schweizer. So wollt' ich doch, daß du im Kloak erftikteft, Drekfeele du! Bey nakten Nonnen haft du ein groffes Maul, aber wenn du zwey Fäufte fiehft, — Memme, zeige dich izt, oder man foll dich in eine Sauhaut nähen, und durch Hunde verhezen laffen.

Razmann. Der Hauptmann, Der Hauptmann!

 Moor.

Moor. *langsam vor sich.*

Moor. Ich habe sie vollends ganz einschliessen lassen, izt müssen sie fechten wie verzweifelte. *laut* Kinder! Nun gibts! Wir sind verloren, oder wir müssen fechten wie angeschoffene Eber.

Schweizer. Ha! ich will ihnen mit meinen Fangern den Bauch schlizen, daß ihnen die Kutteln schuhlang herausplazen! — Führ uns an, Hauptmann! Wir folgen dir in den Rachen des Todes.

Moor. Ladet alle Gewehre! Es fehlt doch an Pulver nicht?

Schweizer *springt auf.* Pulver genug, die Erde gegen den Mond zu sprengen!

Razmann. Jeder hat fünf paar Pistolen geladen, jeder noch drey Kugelbüchsen darzu.

Moor. Gut, gut! Und nun muß ein Theil auf die Bäume klettern, oder sich ins Dikicht verstelen, und Feuer auf sie geben im Hinterhalt —

Schweizer. Da gehörst du hin, Spiegelberg!

Moor. Wir andern, wie Furien, fallen ihnen in die Flanken.

Schweizer. Darunter bin ich, ich!

Moor. Zugleich muß jeder sein Pfeifchen hören lassen, im Wald herumjagen, daß unsere Anzahl schröklicher werde: auch müssen alle Hunde los, und in ihre Glieder gehezt werden, daß sie sich trennen, zerstreuen, und euch in den Schuß

ren-

rennen. Wir drey, Roller, Schweizer und ich, fechten im Gedränge.

Schweizer. Meisterlich, vortrefflich! — Wir wollen sie zusammenwettern, daß sie nicht wissen, wo sie die Ohrfeigen herkriegen. Ich habe wohl ehe eine Kirsche vom Maul weggeschossen, laß sie nur anlauffen. *Schusterle jupft Schweizern, dieser nimmt den Hauptmann beyseit, und spricht leise mit ihm.*

Moor. Schweig!

Schweizer. Ich bitte dich —

Moor. Weg! Er dank es seiner Schande, sie hat ihn gerettet. Er soll nicht sterben, wenn ich und mein Schweizer sterben, und mein Roller. Laß ihn die Kleider ausziehen, so will ich sagen er sey ein reisender, und ich hab ihn bestohlen — Sey ruhig, Schweizer! Ich schwöre darauf, er wird doch noch gehangen werden.

Pater tritt auf.

Pater *vor sich, stutzt.* Ist das das Drachen Nest? — Mit eurer Erlaubniß, meine Herren! Ich bin ein Diener der Kirche, und draussen stehen siebenzehnhundert, die jedes Haar auf meinen Schläfen bewachen.

Schweizer. Bravo! bravo! das war wohlgesprochen sich den Magen warm zu halten.

Moor. Schweig, Kamerad! — Sagen sie kurz, Herr Pater! was haben Sie hier zu thun?

Pater. Mich sendet die hohe Obrigkeit, die über Leben und Tod spricht — ihr Diebe — ihr Mord= brenner — ihr Schelmen — giftige Otterbrut, die im finstern schleicht, und im verborgenem sticht — Aussaz der Menschheit — Höllenbrut, — köstliches Mahl für Raben und Ungeziefer — Kolonie für Galgen und Rad —

Schweizer. Hund! hör auf zu schimpfen, oder — er drückt ihm den Kolben vor's Gesicht.

Moor. Pfui doch, Schweizer! du verdirbst ihm ja das Koncept — er hat seine Predigt so brav auswendig gelernt — nur weiter mein Herr! — „für Galgen und Rad? „

Pater. Und du, feiner Hauptmann! Herzog der Beutelschneider! Gauner=König! Groß=Mogol aller Schelmen unter der Sonne! — Ganz ähnlich jenem ersten abscheulichen Rädelsführer, der tau= send Legionen schuldloser Engel in rebellisches Feuer fachte, und mit sich hinab in den tiefen Pfuhl der Verdammniß zog — das Zettergeschrey verlaß= sener Mütter heult deinen Fersen nach, Blut saufst du wie Wasser, Menschen wägen auf deinem mör= derischen Dolch keine Luftblase auf. —

Moor. Sehr wahr, sehr wahr! Nur weiter!

Pater. Was? sehr wahr, sehr wahr? ist das auch eine Antwort?

Moor. Wie, mein Herr? darauf haben Sie sich wohl nicht gefaßt gemacht? Weiter, nur wei= ter! Was wollten Sie weiter sagen? Pa=

Pater *im Eifer.* Entsezlicher Mensch! hebe dich weg von mir! Picht nicht das Blut des ermordeten Reichs-Grafen an deinen verfluchten Fingern? Hast du nicht das Heiligthum des Herrn mit diebischen Händen durchbrochen, und mit einem Schelmengriff die geweyhten Gefässe des Nachtmahls entwandt? Wie? hast du nicht Feuerbrände in unsere gottesfürchtige Stadt geworfen? und den Pulverthurm über die Häupter guter Christen herabgestürzt? *Mit zusammengeschlagenen Händen.* Greuliche, greuliche Frevel, die bis zum Himmel hinaufstinken, das jüngste Gericht waffnen, daß es reissend daher bricht! Reif zur Vergeltung, zeitig zur lezten Posaune!

Moor. Meisterlich gerathen bis hieher! aber zur Sache! Was läßt mir der hochlöbliche Magistrat durch sie kund machen?

Pater. Was du nie werth bist zu empfangen — Schau um dich, Mordbrenner! Was nur dein Auge absehen kan, bist du eingeschlossen von unsern Reutern — hier ist kein Raum zum Entrinnen mehr — so gewis Kirschen auf diesen Eichen wachsen, und diese Tannen Pfirsiche tragen, so gewis werdet ihr unversehrt diesen Eichen und diesen Tannen den Rüken kehren.

Moor. Hörst du's wohl, Schweizer? — Aber nur weiter!

Pater. Höre dann, wie gütig, wie langmü-

thig

thig das Gericht mit dir Bößwicht verfährt. Wirst
du izt gleich zum Kreuz kriechen, und um Gnade
und Schonung flehen, siehe, so wird dir die Strenge selbst Erbarmen, die Gerechtigkeit eine liebende
Mutter seyn — sie drükt das Auge bey der Helfte
deiner Verbrechen zu, und läßt es — denk doch! —
und läßt es bey dem Rade bewenden.

Schweizer. Hast dus gehört, Hauptmann?
Soll ich hingehn, und diesem abgerichteten Schä-
ferhund die Gurgel zusammen schnüren, daß ihm
der rothe Saft aus allen Schweis=Löchern spru-
delt? —

Roller. Hauptmann! — Sturm! Wetter und
Hölle! — Hauptmann! — wie er die Unter=Lippe
zwischen die Zähne klemmt! soll ich diesen Kerl das
oberst zu unterst unters Firmament wie einen Ke-
gel auffezen?

Schweizer. Mir! mir! Laß mich knien, vor
dir niederfallen! Mir laß die Wollust ihn zu Brey
zusammenzureiben! *Pater schreyt.*

Moor. Weg von ihm! Wag es keiner ihn an-
zurühren! — *Zum Pater, indem er seinen Degen zieht!* Sehen
sie, Herr Pater! hier stehn neun=und siebenzig,
deren Hauptmann ich bin, und weis keiner auf
Wink und Kommando zu fliegen oder nach Kano-
nen=Musik zu tanzen, und draussen stehn siebenzehnhundert unter Mousqueten ergraut — aber
hören Sie nun! so redet Moor, der Mordbrenner
Haupt=

Hauptmann: Wahr iſts, ich habe den Reichs-Grafen erſchlagen, die Dominikus-Kirche angezündet und geplündert, hab Feuerbrände in eure bigotte Stadt geworffen, und den Pulverthurm über die Häupter guter Chriſten herabgeſtürzt — aber das iſt noch nicht alles. Ich habe noch mehr gethan. *Er ſtreckt ſeine rechte Hand aus.* Bemerken ſie die vier koſtbare Ringe, die ich an jedem Finger trage — gehen Sie hin, und richten Sie Punct für Punct den Herren des Gerichts über Leben und Tod aus, was ſie ſehen und hören werden — dieſen Rubin zog ich einem Miniſter vom Finger, den ich auf der Jagd zu den Füſſen ſeines Fürſten niederwarf. Er hatte ſich aus dem Pöbelſtaub zu ſeinem erſten Günſtling empor geſchmeichelt, der Fall ſeines Nachbars war ſeiner Hoheit ſchemel — Tränen der Waiſen huben ihn auf. Dieſen Demant zog ich einem Finanzrath ab, der Ehrenſtellen und Aemter an die Meiſtbietenden verkaufte und dem traurenden Patrioten von ſeiner Thüre ſties. — Dieſen Achat trag ich einem Pfaffen Ihres Gelichters zur Ehre, den ich mit eigener Hand erwürgte, als er auf offener Kanzel geweint hatte, daß die Inquiſition ſo in Zerfall käme — ich könnte Ihnen noch mehr Geſchichten von meinen Ringen erzählen, wenn mich nicht ſchon die paar Worte gereuten, die ich mit Ihnen verſchwendet habe —

Pater. O Pharao! Pharao!

G 5

Moor.

Moor. Hört ihrs wohl? Habt ihr den Seufzer bemerkt? Steht er nicht da, als wollte er Feuer vom Himmel auf die Rotte Korah herunter beten, richtet mit einem Achselzucken, verdammt mit einem christlichen Ach! — Kann der Mensch denn so blind seyn? Er, der die hundert Augen des Argus hat Flecken an seinem Bruder zu sphä= en, kann er so gar blind gegen sich selbst seyn? — Da donnern sie Sanfftmuth und Duldung aus ihren Wolken, und bringen dem Gott der Liebe Menschenopfer wie einem feuerarmigen Moloch — predigen Liebe des Nächsten, und fluchen den achzig= jährigen Blinden von ihren Thüren hinweg: — stür= men wider den Geiz und haben Peru um goldner Spangen willen entvölkert und die Heyden wie Zug= vieh vor ihre Wagen gespannt — Sie zerbrechen sich die Köpffe wie es doch möglich gewesen wäre, daß die Natur hätte können einen Jschariot schaffen, und nicht der schlimmste unter ihnen würde den dreyeinigen Gott um zehen Silberlinge verrathen. — O über euch Pharisäer, auch Falschmünzer der Wahr= heit, euch Affen der Gottheit! Ihr scheut euch nicht vor Kreuz und Altären zu knien, zerfleischt eure Rücken mit Riemen, und foltert euer Fleisch mit Fasten; ihr wähnt mit diesen erbärmlichen Gau= keleyen demjenigen einen blauen Dunst vorzuma= chen, denn ihr Thoren doch den allwissenden nennt, nicht anders als wie man der Grossen am bitter=

sten

ſten ſpottet, wenn man ihnen ſchmeichelt, daß ſie
die Schmeichler haſſen; ihr pocht auf Ehrlichkeit
und exemplariſchen Wandel, und der Gott der euer
Herz durchſchaut, würde wider den Schöpffer er-
grimmen, wenn er nicht eben der wäre, der das
Ungeheuer am Nilus erſchaffen hat. — Schafft
ihn aus meinen Augen.

Pater. Daß ein Böſewicht noch ſo ſtolz ſeyn
kann!

Moor. Nicht genug — Izt will ich ſtolz reden. Geh hin, und ſage dem hochlöblichen Gericht, das über Leben und Tod würfelt — Ich bin
kein Dieb, der ſich mit Schlaf und Mitternacht
verſchwört, und auf der Leiter groß und herriſch
thut — was ich gethan habe werd ich ohne Zweifel einmal im Schuldbuch des Himmels leſen,
aber mit ſeinen erbärmlichern Verweſern will ich
kein Wort mehr verlieren.   Sag ihnen, mein
Handwerk iſt Wiedervergeltung — Rache iſt mein
Gewerbe.   Er kehrt ihm den Rücken zu.

Pater. Du willſt alſo nicht Schonung und
Gnade? — Gut, mit dir bin ich fertig. Wendet ſich
zu der Bande. So höret dann ihr, was die Gerechtigkeit euch durch mich zu wiſſen thut! — Werdet
ihr izt gleich dieſen verurtheilten Miſſethäter gebun-
den überliefern, ſeht, ſo ſoll euch die Strafe eurer
Greuel bis auf das lezte Andenken erlaſſen ſeyn —
die heilige Kirche wird euch verlohrne Schafe mit
                                        erneuer-

erneuerter Liebe in ihren Mutterschoos aufnehmen, und jedem unter euch soll der Weg zu einem Ehren= Amt offen stehn, *mit triumphirendem Lächeln.* Nun, nun? Wie schmeckt das, E. Majestät? — Frisch also! Bindet ihn, und seyd frey!

Moor. Hört ihrs auch? Hört ihr? Was stuzt ihr? Was steht ihr verlegen da? Sie bietet euch Freyheit, und ihr seyd wirklich schon ihre Gefan= gene. — Sie schenkt euch das Leben, und das ist zeine Prahlerey, denn ihr seyd wahrhaftig gerich= tet — Sie verheißt euch Ehren und Aemter, und was kann euer Loos anders seyn, wenn ihr auch ob= siegtet, als Schmach und Fluch und Verfolgung. — Sie kündigt euch Versöhnuug vom Himmel an, und ihr seyd wirklich verdammt. Es ist kein Haar an keinem unter euch, das nicht in die Hölle fährt. Ueberlegt ihr noch? Wankt ihr noch? Ist es so schwer zwischen Himmel und Hölle zu wählen? Helfeu Sie doch Herr Pater!

Pater *vor sich.* Ist der Kerl unsinnig? — Sorgt ihr etwa, daß dis eine Falle sey, euch lebendig zu fangen? — Leset selbst, hier ist der General=Par= don unterschrieben. *Er giebt Schweizern ein Papier.* Könnt ihr noch zweiffeln?

Moor. Seht doch, seht doch! Was könnt ihr mehr verlangen? — Unterschrieben mit eigener Hand — es ist Gnade über alle Gränzen — oder fürchtet ihr wohl, sie werden ihr Wort brechen,

weil

weil ihr niemal gehört habt, daß man Verräthern nicht Wort hält? — O seyd ausser Furcht! Schon die Politik könnte sie zwingen Wort zu halten, wenn sie es auch dem Satan gegeben hätten. Wer würde ihnen in Zukunft noch Glauben beymessen? Wie würden sie je einem zweyten Gebrauch davon machen können? — ich wollte drauf schwören sie meynens aufrichtig. Sie wissen, daß ich es bin, der euch empört und erbittert hat, euch halten sie für unschuldig. Eure Verbrechen legen sie für Jugendfehler, für Uebereilungen aus. Mich allein wollen Sie haben, ich allein verdiene zu büssen. Ist es nicht so, Herr Pater?

Pater. Wie heißt der Teufel, der aus ihm spricht? — Ja freylich, freylich ist es so — der Kerl macht mich wirbeln.

Moor. Wie, noch keine Antwort? denkt ihr wohl gar mit den Waffen noch durchzureissen? Schaut doch um euch, schaut doch um euch! das werdet ihr doch nicht denken, das wäre izt kindische Zuversicht. — Oder schmeichelt ihr euch wohl gar als Helden zu fallen, weil ihr saht, daß ich mich aufs Getümmel freute? — Oh glaubt das nicht! Ihr seyd nicht Moor. — Ihr seyd heillose Diebe! Elende Werkzeuge meiner grösseren Plane, wie der Strik verächtlich in der Hand des Henkers! — Diebe können nicht fallen wie Helden fallen. Das Leben ist den Dieben Gewinn, dann kommt was

schrök=

schrökliches nach — Diebe haben das Recht vor dem Tode zu zittern. — Höret, wie ihre Hörner tö: nen! Sehet, wie drohend ihre Säbel daher blinken! wie? noch unschlüssig? seyd ihr toll? seyd ihr wahnwizig? — Es ist unverzeyhlich! Ich dank euch mein Leben nicht, ich schäme mich eures Opfers!

Pater *äusserst erstaunt.* Ich werde unsinnig, ich laufe davon! Hat man je von so was gehört?

Moor. Oder fürchtet ihr wohl, ich werde mich selbst erstechen, und durch einen Selbst-Mord den Vertrag zernichten, der nur an dem lebendigen haftet? Nein, Kinder! das ist eine unnüze Furcht. Hier werf ich meinen Dolch weg, und meine Pi: stolen und dis Fläschgen mit Gift, daß mir noch wohlkommen sollte — ich bin so elend, daß ich auch die Herrschafft über mein Leben verloren ha: be — Was, noch unschlüssig? Oder glaubt ihr vielleicht, ich werde mich zur Wehr setzen, wenn ihr mich binden wollt? Seht! hier bind ich meine rechte Hand an diesen Eichenast, ich bin ganz wehrlos, ein Kind kann mich umwerfen — Wer ist der erste, der seinen Hauptmann in der Noth verläßt?

Roller *in wilder Bewegung.* Und wann die Hölle uns neunfach umzingelte! *schwenkt seinen Degen.* Wer kein Hund ist, rette den Hauptmann!

Schwei

Schweizer zerreißt den Pardon, und wirft die Stücke dem Pater ins Geficht. In unſern Kugeln Pardon! Fort Kanaille! ſag dem Senat, der dich geſandt hat, du träfſt unter Moors Bande keinen einzigen Verräther an. — Rettet, rettet den Hauptmann!

Alle lermen. Rettet, rettet, rettet den Hauptmann!

Moor ſich losreiſſend freudig. Ist ſind wir frey — Kameraden! Ich fühle eine Armee in meiner Fauſt — Tod oder Freyheit! wenigſtens ſollen ſie keinen lebendig haben!

Man bläſt zum Angriff. Lerm und Getümmel. Sie gehen ab mit gezogenem Degen.

Drit-

Dritter Akt.

Erste Scene.

Amalia, Im Garten, spielt auf der Laute.

Schön wie Engel, voll Walhalla's Wonne,
    Schön vor allen Jünglingen war er,
Himmlisch mild sein Blick, wie Mayen Sonne
    Rükgestralt vom blauen Spiegel=Meer

Sein Umarmen — wütendes Entzüken! —
    Mächtig feurig klopfte Herz an Herz,
Mund und Ohr gefesselt — Nacht vor unsern Bliken —
    Und der Geist gewirbelt himmelwärts.

Seine Küsse — paradisisch Fühlen! —
    Wie zwo Flammen sich ergreiffen, wie
Harfentöne in einander spielen
    Zu der himmelvollen Harmonie,

Stürzten, flogen, raßten Geist und Geist zusammen,
    Lippen, Wangen brannten, zitterten, —
Seele rann in Seele — Erd und Himmel schwammen
    Wie zerronnen, um die Liebenden.

Er ist hin — vergebens ach! vergebens
    Stöhnet ihm der bange Seufzer nach.
Er ist hin — und alle Lust des Lebens
    Wimmert hin in ein verlornes Ach! —

Franz.

Franz tritt auf.

Franz. Schon wieder hier, eigensinnige Schwär=
merin? Du hast dich vom frohen Mahle hinweg=
gestohlen, und den Gästen die Freude verdorben.

Amalia. Schade für diese unschuldige Freuden!
das Todenlied mus noch in deinen Ohren mur=
meln, das deinem Vater zu Grabe hallte —

Franz. Willst du dann ewig klagen? Laß die
Toden schlafen, und mache die Lebendigen glück=
lich! Ich komme —

Amalia. Und wann gehst du wieder?

Franz. O weh! kein so finsteres stolzes Ge=
sicht! du betrübst mich, Amalia. Ich komme dir
zu sagen —

Amalia. Ich mus wol hören, Franz von Moor
ist ja gnädiger Herr worden.

Franz. Ja recht, das wars, worüber ich dich
vernehmen wollte — Marimilian ist schlafen ge=
gangen in der Väter Gruft. Ich bin Herr. Aber
ich möchte es vollends ganz seyn, Amalia — du
weist, was du unserm Hause warst, du wardst
gehalten wie Moors Tochter, selbst den Tod über=
lebte seine Liebe zu dir, das wirst du wol niemals
vergessen? —

Amalia. Niemals, niemals. Wer das auch
so leichtsinnig beym frohen Mahle hinwegzechen
könnte!

<table><tr><td>H</td><td>Franz.</td></tr></table>

Franz. Die Liebe meines Vaters must du in seinen Söhnen belohnen, und Karl ist tod — staunst du? schwindelt dir? Ja wahrhaftig, der Gedanke ist auch so schmeichelnd erhaben, daß er selbst den Stolz eines Weibes betäubt. Franz tritt die Hofnungen der edelsten Fräuleins mit Füssen, Franz kommt und bietet einer armen ohne ihn hülflosen Waise sein Herz, seine Hand, und mit ihr all sein Gold an und all seine Schlösser und Wälder. — Franz, der Beneidete, der Gefürchtete erklärt sich freywillig für Amalia's Sklaven —

Amalia. Warum spaltet der Bliz die ruchlose Zunge nicht, die das Frevelwort ausspricht! Du hast meinen Geliebten ermordet, und Amalia soll dich Gemahl nennen! du —

Franz. Nicht so ungestümm, allergnädigste Prinzessin! — Freylich krümmt Franz sich nicht wie ein girrender Seladon vor dir — freylich hat er nicht gelernt, gleich dem schmachtenden Schäfer Arkadiens, dem Echo der Grotten und Felsen seine Liebesklagen entgegen zu jammern — Franz spricht und wenn man nicht antwortet, so wird er — befehlen.

Amalia. Wurm du, befehlen? mir befehlen? — und wenn man den Befehl mit Hohnlachen zurückschickt?

Franz. Das wirst du nicht. Noch weis ich Mittel, die den Stolz eines einbildischen Starrkopfs

kopfs so hübsch niederbeugen können — Kloster und Mauren!

Amalia. Bravo! herrlich! und in Kloster und Mauren mit deinem Basilisken=Anblick auf ewig verschont, und Musse genug an Karln zu denken, zu hangen. Willkommen mit deinem Kloster! auf auf mit deinen Mauren!

Franz. Haha! ist es das? — gib Acht! Itzt hast du mich die Kunst gelehrt, wie ich dich quä= len soll — diese ewige Grille von Karl soll dir mein Anblick gleich einer feuerhaarigen Furie aus dem Kopfe geiseln, das Schrekbild Franz soll hin= ter dem Bild deines Lieblings im Hinterhalt lau= ren, gleich dem verzauberten Hund, der auf un= terirrdischen Goldkästen liegt — an den Haaren will ich dich in die Kapelle schleifen, den Degen in der Hand, dir den ehlichen Schwur aus der Seele pressen, dein jungfräuliches Bette mit Sturm ersteigen, und deine stolze Schaam mit noch grö= serem Stolze besiegen.

Amalia giebt ihm eine Maulschnelle. Nimm erst das zur Aussteuer hin!

Franz aufgebracht. Ha! wie das zehnfach, um wieder zehnfach geahndet werden soll! — Nicht meine Gemahlin — die Ehre sollst du nicht ha= ben — meine Maitresse sollst du werden, daß die ehrlichen Bauernweiber mit Fingern auf dich deu= ten, wenn du es wagst und über die Gaße gehst.

H 2

Knir=

Knirsche nur mit den Zähnen — speye Feuer und Mord aus den Augen — mich ergözt der Grimm eines Weibes, macht dich nur schöner, begehrenswerther. Komm — dieses Sträuben wird meinen Triumf zieren und mir die Wollust in erzwungnen Umarmungen würzen — Komm mit in meine Kammer — ich glühe vor Sehnsucht — izt gleich sollst du mit mir gehn *will sie fortreißen.*

Amalia *fällt ihm um den Hals.* Verzeih mir Franz! *wie er sie umarmen will, reißt sie ihm den Degen von der Seite und tritt hastig zurück.* Siehst du Bösewicht was ich jezt aus dir machen kann? — Ich bin ein Weib aber ein rasendes Weib — wag es einmal mit unzüchtigem Griff meinen Leib zu betasten — dieser Stahl soll deine geile Brust mitten durchrennen, und der Geist meines Oheims wird mir die Hand dazu führen. Fleuch auf der Stelle! *Sie jagt ihn davon.*

Amalia.

Ah! wie mir wohl ist — Izt kann ich frey athmen — ich fühlte mich stark wie das Funkensprühende Roß, grimmig wie die Tygerinn dem siegbrüllenden Räuber ihrer Jungen nach — In ein Kloster sagt er — dank dir für diese glükliche Entdekung! — Izt hat die betrogene Liebe ihre Freystatt gefunden — das Kloster — das Kreuz

des

des Erlösers ist die Freystatt der betrognen Liebe. *Sie will gehn.*

Herrmann *tritt schüchtern herein.*

Herrmann. Fräulein Amalia! Fräulein Amalia!

Amalia. Unglücklicher! Was störst du mich?

Herrmann. Dieser Zentner muß von meiner Seele eh er sie zur Hölle drückt *wirft sich vor ihr nieder.* Vergebung! Vergebung! Ich hab euch sehr beleidigt Fräulein Amalia.

Amalia. Steh auf! Geh! Ich will nichts wissen. *Will fort.*

Herrmann *der sie zurückhält.* Nein! Bleibt! Bey Gott! Bey dem ewigen Gott! Ihr sollt alles wissen!

Amalia. Keinen Laut weiter — Ich vergebe dir — Ziehe heim in Frieden.

Will hinwegeilen.

Herrmann. So höret nur ein einziges Wort — es wird euch all eure Ruhe wiedergeben.

Amalia *kommt zurück und blickt ihn verwundernd an.* Wie Freund? — wer im Himmel und auf Erden kann mir meine Ruhe wiedergeben?

Herrmann. Das kann von meinen Lippen ein einiges Wort — höret mich an.

Amalia *mit Mitleiden seine Hand ergreiffend.* Guter Mensch — Kann ein Wort von deinen Lippen die Riegel der Ewigkeit aufreissen?

 Herr=

Herrmann *steht auf.* Karl lebt noch!

Amalia *schreyend.* Unglücklicher!

Herrmann. Nicht anders — Nun noch ein Wort — euer Oheim —

Amalia *gegen ihn herstürzend.* Du lügst —

Herrmann. Euer Oheim —

Amalia. Karl lebt noch!

Herrmann. Und euer Oheim —

Amalia. Karl lebt noch?

Herrmann. Auch euer Oheim — Verrathet mich nicht, *eilt hinaus.*

Amalia *steht lang wie versteinert. Dann fährt sie wild auf, eilt ihm nach.* Karl lebt noch!

Zwente Scene.

Gegend an der Donau.

Die Räuber,

gelagert auf einer Anhöhe unter Bäumen, die Pferde wayden am Hügel hinunter.

Moor. Hier muß ich liegen bleiben *wirft sich auf die Erde.* Meine Glieder wie abgeschlagen. Meine Zunge trocken, wie eine Scherbe, *Schweizer verliert sich unvermerkt.* Ich wollt euch bitten mir eine Handvoll Wassers aus diesem Strome zu holen, aber ihr seid alle matt bis in den Tod.

Schwarz. Auch ist der Wein all in unserm Schläuchen. Moor.

Moor. Seht doch, wie schön das Getraide
steht! — Die Bäume brechen fast unter ihrem See=
gen. — Der Weinstock voll Hoffnung.

Grimm. Es giebt ein fruchtbares Jahr.

Moor. Meinst du? — Und so würde doch
Ein Schweiß in der Welt bezahlt. Einer? —
— Aber es kann ja über Nacht ein Hagel fallen
und alles zu Grund schlagen.

Schwarz. Das ist leicht möglich. Es kann alles
zu Grund gehen, wenig Stunden vorm Schneiden.

Moor. Das sag ich ja. Es wird alles zu
Grund gehn. Warum soll dem Menschen das ge=
lingen was er von der Ameise hat, wenn ihm das
fehlschlägt, was ihn den Göttern gleich macht? —
oder ist hier die Mark seiner Bestimmung?

Schwarz. Ich kenne sie nicht.

Moor. Du hast gut gesagt, und noch besser
gethan wenn du sie nie zu kennen verlangtest! —
Bruder — ich habe die Menschen gesehen, ihre
Bienensorgen, und ihre Riesenprojekte — ihre Göt=
terplane und ihre Mäusegeschäffte, das wunderselt=
same Wettrennen nach Glückseligkeit; — dieser
dem Schwung seines Rosses anvertraut — ein an=
derer der Nase seines Esels — ein dritter seinen ei=
genen Beinen; dieses bunte Lotto des Lebens, wor=
ein so mancher seine Unschuld, und — seinen Him=
mel sezt, einen Treffer zu haschen, und — Nullen
sind der Auszug — am Ende war kein Treffer

darinn. Es ist ein Schauspiel, Bruder, das Trä=
nen in deine Augen lockt, wenn es dein Zwerchfell
zum Gelächter kizelt.

Schwarz. Wie herrlich die Sonne dort unter=
geht!

Moor in den Anblik verschwimmt. So stirbt ein
Held! — Anbetenswürdig!

Grimm. Du scheinst tief gerührt.

Moor. Da ich noch ein Bube war — wars
mein Lieblings=Gedanke wie sie zu leben, zu sterben
wie sie — mit verbißnem Schmerz. Es war ein Buben=
gedanke!

Grimm. Das will ich hoffen.

Moor drückt den Hut übers Gesicht. Es war eine
Zeit — Laßt mich allein, Kameraden.

Schwarz. Moor! Moor! Was zum Henker?
— wie er seine Farbe verändert!

Grimm. Alle Teufel! was hat er? wird ihm
übel?

Moor. Es war eine Zeit wo ich nicht schlafen
konnte, wenn ich mein Nachtgebet vergessen hatte —

Grimm. Bist du wahnsinnig? Willst du dich
von deinen Bubenjahren hofmeistern lassen?

Moor legt sein Haupt auf Grimms Brust. Bruder!
Bruder!

Grimm. Wie? sey doch kein Kind — ich bitte
dich —

Moor. Wär ichs — wär ichs wieder!

Grimm.

Grimm. Pfui! Pfui!

Schwarz. Heitre dich auf. Sieh diese mahlerische Landschaft — den lieblichen Abend.

Moor. Ja Freunde, diese Welt ist so schön.

Schwarz. Nun! das war wohl gesprochen.

Moor. Diese Erde so herrlich.

Grimm. Recht — recht — so hör ichs gerne.

Moor zurückgesunken. Und ich so heßlich auf dieser schönen Welt — und ich ein Ungeheuer auf dieser herrlichen Erde.

Grimm. O weh! o weh!

Moor. Meine Unschuld! Meine Unschuld! — Seht! es ist alles hinausgegangen sich im friedlichen Stral des Frülings zu sonnen — warum ich allein die Hölle saugen aus den Freuden des Himmels? — daß alles so glücklich ist, durch den Geist des Friedens alles so verschwistert! — die ganze Welt Eine Familie und ein Vater dort oben — Mein Vater nicht — Ich allein der Verstosene, ich allein ausgemustert ans den Reihen der Reinen — mir nicht der süße Name Kind — nimmer mir der Geliebten schmachtender Blick — nimmer nimmer des Busenfreundes Umarmung wild zurückfahrend. Umlagert von Mördern — von Nattern umzischt — angeschmidet an das Laster mit eisernen Banden — hinausschwindelnd ins Grab des Verderbens auf des Lasters schwankendem Rohr — mitten in den Blumen der glücklichen Welt ein heulender Abbadona!

Schwarz

Schwarz zu den übrigen. Unbegreiflich! Ich hab ihn nie so gesehen.

Moor mit Wehmuth. Daß ich wiederkehren dürfte in meiner Mutterleib! daß ich ein Bettler gebohren werden dürfte! — Nein! ich wollte nicht mehr o Himmel — daß ich werden dürfte wie dieser Taglöhner einer! — O ich wollte mich abmüden, daß mir das Blut von den Schläfen rollte — mir die Wolluft eines einzigen Mittagschlafs zu erkaufen — die Seligkeit einer einzigen Träne.

Grimm zu den andern. Nur Geduld! der Paroxismus ist schon im Fallen.

Moor. Es war eine Zeit wo sie mir so gern floßen — o ihr Tage des Friedens! Du Schloß meines Vaters — ihr grünen schwärmerischen Thäler! O all ihr Elisiums Scenen meiner Kindheit! — Werdet ihr nimmer zurückkehren — nimmer mit köstlichen Säufeln meinen brennenden Busen kühlen? — Traure mit mir Natur — Sie werden nimmer zurükkehren, nimmer mit köstlichen Säufeln meinen brennenden Busen kühlen. — Dahin! dahin! unwiederbringlich! —

Schweizer mit Wasser im Hut.

Schweizer. Sauf zu Hauptmann — hier ist Wasser genug, und frisch wie Eis.

Schwarz. Du blutest ja — was hast du gemacht?

Schwei

Schweizer. Narr, einen Spaß der mich bald zwey Beine und einen Hals gekostet hätte. Wie ich so auf dem Sandhügel am Fluß hintrolle, glitsch, so rutscht der Plunder unter mir ab und ich zehn rheinländische Schuhe lang hinunter — da lag ich, und wie ich mir eben meine fünf Sinne wieder zu: recht seze, treff ich dir das klarste Wasser im Kies. Genug dießmal für den Tanz dacht ich, dem Haupt: mann wirds wol schmecken.

Moor giebt ihm den Hut zurük, und wischt ihm sein Ge: sicht ab. Sonst sieht man ja die Narben nicht die die böhmischen Reuter in deine Stirne gezeichnet haben — dein Wasser war gut Schweizer — diese Narben stehen dir schön.

Schweizer. Pah! hat noch Plaz genug für ih: rer dreyßig.

Moor. Ja Kinder — es war ein heißer Nach: mittag — und nur Einen Mann verloren — mein Roller starb einen schönen Tod. Man würde einen Marmor auf seine Gebeine sezen wenn er nicht mir gestorben wäre. Nehmet vorlieb mit diesem er wischt sich die Augen. Wie viel warens doch von den Feinden, die auf dem Plaz blieben?

Schweizer. Hundert und sechzig Husaren — drey und neunzig Dragoner, gegen vierzig Jäger — dreyhundert in allem:

Moor. Dreyhundert für Einen! — Jeder von Euch hat Anspruch an diesen Scheitel! er entblößt sich

üb das Haupt. Hier heb ich meinen Dolch auf! So
wahr meine Seele lebt! Ich will euch niemals
verlaſſen.

Schweizer. Schwöre nicht! du weiſt nicht, ob
du nicht noch glücklich werden, und bereuen wirſt.

Moor. Bey den Gebeinen meines Rollers!
Ich will euch niemals verlaſſen.

Roſinsky kommt.

Roſinsky vor ſich. In dieſer Revier herum, ſa:
gen ſie, werd ich ihn antreffen — he holla! was
ſind das für Geſichter? — Solltens — wie wenns
dieſe — ſie ſinds, ſinds! — ich will ſie anreden.

Schwarz. Gebt Acht! wer kommt da?

Roſinsky. Meine Herrn! verzeihen ſie! Ich
weis nicht, geh ich recht, oder unrecht?

Moor. Und wer müſſen wir ſeyn, wenn Sie
recht gehn?

Roſinsky. Männer!

Schweizer. Ob wir das auch gezeigt haben,
Hauptmann?

Roſinsky. Männer ſuch ich, die dem Tod
ins Geſicht ſehen, und die Gefahr wie eine zahme
Schlange um ſich ſpielen laſſen, die Freyheit höher
ſchätzen als Ehre und Leben, deren bloſer Name,
willkommen dem Armen und Unterdrückten, die Be:
herzteſten feig und Tyrannen bleich macht.

Schweizer zum Hauptmann. Der Burſche gefällt
						mir.

mir. — Höre, guter Freund! Du haſt deine Leute gefunden.

Roſinsky. Das denk ich, und will hoffen, bald meine Brüder. — So könnt ihr mich dann zu meinem rechten Manne weiſen, denn ich ſuch, euren Hauptmann, den groſſen Grafen von Moor.

Schweizer giebt ihm die Hand mit Wärme. Lieber Junge! wir duzen einander.

Moor näher kommend. Kennen Sie auch den Hauptmann?

Roſinsky. Du biſts — in dieſer Miene — wer ſollte dich anſehn und einen andern ſuchen? ſtarrt ihn lang an. Ich habe mir immer gewünſcht, den Mann mit dem vernichtenden Blicke zu ſehen, wie er ſaß auf den Ruinen von Karthago — izt wünſch ich es nicht mehr.

Schweizer. Blizbub!

Moor. Und was führt Sie zu mir?

Roſinsky. O Hauptmann! mein mehr als grauſames Schickſal — ich habe Schiffbruch gelit=ten auf der ungeſtümmen See dieſer Welt, die Hoff=nungen meines Lebens hab ich müſſen ſehen in den Grund ſinken, und blieb mir nichts übrig als die marternde Erinnerung ihres Verluſtes, die mich wahnſinnig machen würde, wenn ich ſie nicht durch anderwärtige Thätigkeit zu erſticken ſuchte.

Moor. Schon wieder ein Kläger wider die Gottheit! — Nur weiter.

Ro=

Kosinsky. Ich wurde Soldat. Das Unglück verfolgte mich auch da — ich machte eine Farth nach Ostindien mit, mein Schiff scheiterte an Klippen — nichts als fehlgeschlagene Plane! Ich höre endlich weit und breit erzählen von deinen Thaten, Mordbrennereyen, wie sie sie nannten, und bin hieher gereißt dreyßig Meilen weit, mit dem festen Entschluß unter dir zu dienen, wenn du meine Dienste annehmen willst — Ich bitte dich, würdiger Hauptmann, schlage mirs nicht ab!

Schweizer mit einem Sprung. Heysa! Heysa! So ist ja unser Roller zehnhundertfach vergütet! Ein ganzer Mordbruder für unsere Bande!

Moor. Wie ist dein Nahme?

Kosinsky. Kosinsky.

Moor. Wie Kosinsky? weist du auch, daß du ein leichtsinniger Knabe bist, und über den grosen Schritt deines Lebens weggaukelst, wie ein unbesonnenes Mädgen — Hier wirst du nicht Bälle werfen oder Kegelkugeln schieben, wie du dir einbildest.

Kosinsky. Ich weis, was du sagen willst — ich bin vier und zwanzig Jahr alt, aber ich habe Degen blinken gesehen, und Kugeln um mich surren gehört.

Moor. So junger Herr? — und hast du dein Fechten nur darum gelernt, arme Reisende um einen Reichsthaler niederzustossen, oder Weiber hinterterrücks in den Bauch zu stechen? Geh, geh! du bist deiner Amme entlaufen, weil sie dir mit der Ruthe gedroht hat.

Schweizer. Was zum Henker, Hauptmann! was denkst du? willst du diesen Herkules fortschicken? Sieht er nicht gerade so drein, als wollt er den Marschall von Sachsen mit einem Rührlöffel über den Ganges jagen?

Moor. Weil dir deine Lappereyen misglücken, kommst du, und willst ein Schelm, ein Meuchelmörder werden? — Mord, Knabe, verstehst du das Wort auch? du magst ruhig schlafen gegangen seyn, wenn du Mohnköpfe abgeschlagen hast, aber einen Mord auf der Seele zu tragen. —

Kosinsky. Jeden Mord, den du mich begehen heißt, will ich verantworten.

Moor. Was? bist du so klug? Willst du dich anmaßen einen Mann mit Schmeicheleyen zu fangen? Woher weist du, daß ich nicht böse Träume habe, oder auf dem Todbett nicht werde blaß werden? wie viel hast du schon gethan, wobey du an Verantwortung gedacht hast?

Kosinsky. Wahrlich! noch sehr wenig, aber doch diese Reise zu dir, edler Graf!

Moor. Hat dir dein Hofmeister die Geschichte des Robins in die Hände gespielt, — Mann sollte dergleichen unvorsichtige Kanaillen auf die Galeere schmieden — die deine kindische Phantasie erhitzte, und

und

und dich mit der tollen Sucht zum grosen Mann an=
steckte? Kützelt dich nach Namen und Ehre? willst
du Unsterblichkeit mit Mordbrennereyen erkaufen?
Merk dirs, ehrgeiziger Jüngling! Für Mordbren=
ner grünet kein Loorbeer! Auf Banditen-Siege ist
kein Triumf gesezt — aber Fluch, Gefahr, Tod
Schande — siehst du auch das Hochgericht dort auf
dem Hügel?

Spiegelberg unwillig auf und abgehend. Ey wie
dumm! wie abscheulich, wie unverzeihlich dumm!
das ist die Manier nicht! Ich habs anderst gemacht.

Rosinsky. Was soll der fürchten, der den Tod
nicht fürchtet?

Moor. Brav! Unvergleichlich! Du hast dich
waker in den Schulen gehalten, du hast deinen Se=
neka meisterlich auswendig gelernt. — Aber lieber
Freund, mit dergleichen Sentenzen wirst du die lei=
bende Natur nicht beschwäzen, damit wirst du die
Pfeile des Schmerzens nimmermehr stumpf machen.
— Besinne dich recht, mein Sohn! Er nimmt seine
Hand. Denk, ich rathe dir als ein Vater — lern
erst die Tiefe des Abgrunds kennen, eh du hinein=
springst! Wenn du noch in der Welt eine einzige
Freude zu erhaschen weist — es könnten Augenblike
kommen, wo du — aufwachst — und dann —
möcht es zu spät seyn. Du tritst hier gleichsam
aus dem Kreise der Menschheit — entweder must
du ein höherer Mensch seyn, oder du bist ein Teu=
fel —

fel — Noch einmal, mein Sohn! wenn dir noch ein Funken von Hofnung irgend anderswo glimmt, so verlaß diesen schröcklichen Bund, den nur Verzweiflung eingeht, wenn ihn nicht eine höhere Weissheit gestiftet hat — man kann sich täuschen — Glaube mir, man kann das für Stärke des Geistes halten, was doch am Ende Verzweiflung ist — Glaube mir, mir! und mach dich eilig hinweg.

Rosinsky. Nein! ich fliehe izt nicht mehr. Wenn dich meine Bitten nicht rühren, so höre die Geschichte meines Unglücks. — Du wirst mir dann selbst den Dolch in die Hände zwingen, du wirst — lagert euch hier auf dem Boden, und hört mir aufmerksam zu!

Moor. Ich will sie hören.

Rosinsky. Wisset also, ich bin ein böhmischer Edelmann, und wurde durch den frühen Tod meines Vaters Herr eines ansehnlichen Ritterguts. Die Gegend war parabisisch — denn sie enthielt einen Engel — ein Mädgen geschmückt mit allen Reizen der blühenden Jugend, und keusch wie das Licht des Himmels. Doch, wem sag ich das? Es schallt an euren Ohren vorüber — Ihr habt niemals geliebt, seyd niemals geliebt worden —

Schweizer. Sachte, sachte! unser Hauptmann wird feuerroth.

Moor. Hör auf! ich wills ein andermal hören — morgen, nächstens, oder — wenn ich Blut gesehen habe.   J   Rosins=

Kosinsky. Blut, Blut — höre nur weiter! Blut, sag ich dir, wird deine ganze Seele füllen. Sie war bürgerlicher Geburt, eine Deutsche — aber ihr Anblick schmelzte die Vorurtheile des Adels hinweg. Mit der schüchternsten Bescheidenheit nahm sie den Trauring von meiner Hand, und übermorgen sollte ich meine Amalia vor den Altar führen.

Moor. Steht schnell auf.

Kosinsky. Mitten im Taumel der auf mich wartenden Seligkeit, unter den Zurüstungen zur Vermählung — werd ich durch einen Expressen nach Hof citirt. Ich stellte mich. Man zeigte mir Briefe, die ich geschrieben haben sollte, voll verrätherischen Innhalts. Ich erröthete über der Bosheit — man nahm mir den Degen ab, warf mich ins Gefängniß, alle meine Sinnen waren hinweg.

Schweizer. Und unterdessen — nur weiter! ich rieche den Braten schon.

Kosinsky. Hier lag ich einen Monath lang, und wußte nicht, wie mir geschah. Mir bangte für meine Amalia, die meines Schicksals wegen jede Minute einen Tod würde zu leiden haben. Endlich erschien der erste Minister des Hofes, wünschte mir zur Entdeckung meiner Unschuld Glück, mit zuckersüssen Worten, liest mir den Brief der Freyheit vor, gibt mir meinen Degen wie-

wieder. Izt im Triumfe nach meinem Schloß, in die Arme meiner Amalia zu fliegen, — sie war verschwunden. In der Mitternacht sey sie weggebracht worden, wüßte niemand, wohin? und seit dem mit keinem Aug mehr gesehen. Hui! schoß mirs auf wie der Blitz, ich flieg nach der Stadt, sondire am Hof — alle Augen wurzelten auf mir, niemand wollte Bescheid geben — endlich entdek ich sie durch ein verborgenes Gitter im Pallast — sie warf mir ein Billetchen zu.

Schweizer. Hab ichs nicht gesagt?

Kosinsky. Hölle, Tod, und Teufel! da stands! man hatte ihr die Wahl gelassen, ob sie mich lieber sterben sehen, oder die Mätresse des Fürsten werden wollte. Im Kampf zwischen Ehre und Liebe entschied sie für das zweyte, und lachend ich war gerettet.

Schweizer. Was thatst du da?

Kosinsky. Da stand ich, wie von tausend Donnern getroffen! — Blut! war mein erster Gedanke, Blut! mein lezter. Schaum auf dem Munde renn ich nach Hauß, wähle mir einen dreyspizigen Degen, und damit in aller Fast in des Ministers Hauß, denn nur er — er nur war der höllische Kuppler gewesen. Man muß mich von der Gasse bemerkt haben, denn wie ich hinauftrete, waren alle Zimmer verschlossen. Ich suche, ich frage: Er sey zum Fürsten gefahren, war die

Antwort. Ich mache mich geradenwegs dahin, man wollte nichts von ihm wissen. Ich gehe zurück, sprenge die Thüren ein, find ihn, wollte eben — aber da sprangen fünf bis sechs Bediente aus dem Hinterhalt, und entwanden mir den Degen.

Schweizer stampft auf den Boden. Und er kriegte nichts, und du zogst leer ab?

Rosinsky. Ich ward ergriffen, angeklagt, peinlich processirt, infam — merkts euch! — aus besonderer Gnade infam aus den Gränzen gejagt, meine Güter fielen als Präsent dem Minister zu, meine Amalia bleibt in den Klauen des Tygers, verseufzt und vertrauert ihr Leben, während daß meine Rache fasten, und sich unter das Joch des Despotismus krümmen muß.

Schweizer aufstehend, seinen Degen wetzend. Das ist Wasser auf unsere Mühle, Hauptmann! Da gibts was anzuzünden!

Moor der bisher in heftigen Bewegungen hin und her gegangen, springt rasch auf, zu den Räubern. Ich muß sie sehen — auf! rafft zusammen — du bleibst Rosinsky — packt eilig zusammen!

Die Räuber. Wohin? was?

Moor. Wohin? wer fragt wohin? heftig zu Schweizern. Verräther, du willst mich zurückhalten? Aber bey der Hoffnung des Himmels! —

Schweizer. Verräther ich? — geh in die Hölle, ich folge dir!

Moor

Moor *fällt ihm um den Hals.* Bruderherz! du folgst mir — sie weint, sie vertrauert ihr Leben. Auf! hurtig! alle! nach Franken! in acht Tagen müssen wir dort seyn.

Sie gehen ab.

Vierter Akt.

Erste Scene.

Ländliche Gegend um das Moorische Schloß.

Räuber Moor. Rosinsky,

in der Ferne.

Moor. Geh voran, und melde mich. Du weißt doch noch alles, was du sprechen mußt?

Rosinsky. Ihr seyd der Graf von Brand, kommt aus Mecklenburg ich euer Reutknecht — sorgt nicht, ich will meine Rolle schon spielen, lebt wol! *ab.*

Moor. Sey mir gegrüßt, Vaterlands-Erde! *Er küßt die Erde.* Vaterlands-Himmel! Vaterlands-Sonne! — und Fluren und Hügel und Ströme und Wälder! Seyd alle, alle mir herzlich gegrüßt!

J 3 — wie

— wie so köſtlich wehet die Luft von meinen Hey=
math=Gebürgen! wie ſtrömt balſamiſche Wonne
aus euch dem armen Flüchtling entgegen! — Ely=
ſium! dichteriſche Welt! Halt ein Moor! dein Fuß
wandelt in einem heiligen Tempel.

Er kommt näher. Sieh da auch die Schwalbenne=
ſter im Schloßhof — auch das Gartenthürchen!
— und dieſe Eke am Zaun, wo du ſo oft den
Fanger belauſchteſt und nekteſt — und dort unten
das Wieſenthal, wo du der Held Alexander deine
Macedonier ins Treffen bey Arbela führteſt, und
neben dran der graſigte Hügel, von welchem du
den perſiſchen Satrapen niederwarfſt — und dei=
ne ſiegende Fahne flatterte hoch! *Er lächelt.* Die
goldne Mayenjahre der Knabenzeit leben wieder
auf in der Seele des Elenden — da warſt du ſo
glücklich, warſt ſo ganz, ſo wolkenlos heiter —
und nun — da liegen die Trümmer deiner Ent=
würfe! Hier ſollteſt du wandeln dereinſt, ein gro=
ſer, ſtattlicher, geprieſener Mann — hier dein
Knabenleben in Amalias blühenden Kindern zum
zweytenmal leben — hier! hier der Abgott deines
Volks — aber der böſe Feind ſchmollte darzu! *Er
fährt auf.* Warum bin ich hiehergekommen? daß
mirs gienge wie dem Gefangenen, den der klirren=
de Eiſenring aus Träumen der Freyheit aufjagt —
nein ich gehe in mein Elend zurück! — der Ge=
fangene hatte das Licht vergeſſen, aber der Traum

der

der Freyheit fuhr über ihm wie ein Bliz, in die
Nacht, der sie finsterer zurückläßt — Lebt wol, ihr
Vaterlandsthäler! einst saht ihr den Knaben Karl,
und der Knabe Karl war ein glücklicher Knabe —
izt saht ihr den Mann, und er war in Verzweif=
lung. *Er dreht sich schnell nach dem äussersten Ende der Gegend, allwo er plözlich stille steht und nach dem Schloß mit
Wehmuth herüberblickt.* Sie nicht sehen, nicht einen
Blick? — und nur eine Mauer gewesen zwischen
mir und Amalia — Nein! sehen muß ich sie —
muß ich ihn — es soll mich zermalmen! *Er kehrt um.*
Vater! Vater! dein Sohn naht — weg mit dir,
schwarzes rauchendes Blut! weg holer grasser zu-
kender Tode blick! Nur diese Stunde laß mir frey
— Amalia! Vater! dein Karl naht! *Er geht schnell
auf das Schloß zu.* — Quäle mich, wenn der Tag
erwacht, laß nicht ab von mir, wenn die Nacht
kommt — quäle mich in schröcklichen Träumen!
nur vergiffte mir diese einzige Wolluft nicht! *Er
steht an der Pforte.* Wie wird mir? was ist das,
Moor? Sey ein Mann! — — Todesschauer —
— Schrecken Ahnbung — —

Er geht hinein.

J 4   Drit=

Dritte Scene.

Gallerie im Schloß.

Räuber Moor. Amalia treten auf.

Amalia. Und getrauten Sie sich wol sein Bild=
niß unter diesen Gemälden zu erkennen?

Moor. O ganz gewiß. Sein Bild war im=
mer lebendig in mir. An den Gemälden herumgehend.
Dieser ists nicht.

Amalia. Errathen! — Er war der Stamm=
vater des gräflichen Hauses, und erhielt den Adel
vom Barbarossa, dem er wider die Seeräuber diente.

Moor immer an den Gemälden. Dieser ists auch
nicht — auch der nicht — auch nicht jener dort
— er ist nicht unter ihnen.

Amalia. Wie, sehen Sie doch besser! ich dach=
te, Sie kennten ihn —

Moor. Ich kenne meinen Vater nicht besser!
Ihm fehlt der sanftmüthige Zug um den Mund,
der ihn aus tausenden kenntlich machte — er ists
nicht.

Amalia. Ich erstaune. Wie? Achtzehn Jah=
re nicht mehr gesehn, und noch —

Moor schnell, mit einer fliegenden Röthe. Dieser ists!
Er steht wie vom Blitz gerührt.

Amalia. Ein vortreflicher Mann!

Moor in seinem Anblick versunken. Vater, Vater!

ver=

vergib mir! — Ja ein vortreflicher Mann! — er wischt sich die Augen. Ein göttlicher Mann!

Amalia. Sie scheinen viel Antheil an ihm zu nehmen.

Moor. Oh ein vortreflicher Mann — und er sollte dahin seyn.

Amalia. Dahin! wie unsere beßten Freuden dahingehn — sanft seine Hand ergreiffend. Lieber Herr Graf, es reift keine Seeligkeit unter dem Monde.

Moor. Sehr wahr, sehr wahr — und sollten Sie schon diese traurige Erfahrung gemacht haben? Sie kbunen nicht drey und zwanzig Jahr alt seyn.

Amalia. Und habe sie gemacht. Alles lebt um traurig wieder zu sterben. Wir interessiren uns nur darum, wir gewinnen nur darum, daß wir wieder mit Schmerzen verlieren.

Moor. Sie verloren schon etwas?

Amalia. Nichts. Alles. Nichts — wollen wir weiter gehen, Herr Graf?

Moor. So eilig? weß ist diß Bild rechter Hand dort? mich deucht, es ist eine unglückliche Physiognomie.

Amalia. Diß Bild linker Hand ist der Sohn des Grafen, der wirkliche Herr — kommen Sie, kommen Sie!

Moor. Aber diß Bild rechter Hand?

Amalia. Sie wollen nicht in den Garten gehn?

Moor·

Moor. Aber diß Bild rechter Hand? — du weinst, Amalia?

Amalia schnell ab.

Moor.

Sie liebt mich, sie liebt mich! — ihr ganzes Wesen fieng an sich zu empören, verrätherisch rollten die Tränen von ihren Wangen. Sie liebt mich! — Elender, das verdientest du um sie! Steh ich nicht hier wie ein Gerichteter vor dem tödlichen Block? Ist das der Sopha, wo ich an ihrem Halse in Wonne schwamm? Sind das die väterlichen Säle? *Ergriffen vom Anblik seines Vaters.* Du, du — Feuerflammen aus deinem Auge — Fluch, Fluch, Verwerfung! — wo bin ich? Nacht vor meinen Augen — Schrecknisse Gottes — Ich, ich hab ihn getödtet! *Er rennt davon.*

Franz von Moor *in tiefen Gedanken.*

Weg mit diesem Bild! weg, feige Memme! was zagst du und vor wem? ist mirs nicht die wenige Stunden, die der Graf in diesen Mauren wandelt, als schlich immer ein Spion der Hölle meinen Fersen nach — Ich sollt ihn kennen! Es ist so was großes und oft gesehenes in seinem wilden sonnverbrannten Gesicht, das mich beben macht — auch Amalia ist nicht gleichgültig gegen ihn! Läßt sie nicht

so

so gierig schmachtende Blicke auf dem Kerl herum-
kreuzen, mit denen sie doch gegen alle Welt sonst
so geizig thut? — Sah ichs nicht, wie sie ein Paar
diebische Tränen in den Wein fallen ließ, den er
hinter meinem Rüken so hastig in sich schlürfte,
als wenn er das Glas mit hineinziehen wollte.
Ja das sah ich, durch den Spiegel sah ichs mit
diesen meinen Augen. Holla Franz! siehe dich
vor! dahinter stekt irgend ein Verderben schwan-
geres Ungeheuer!

Er steht forschend dem Portrait Karls gegen über. Sein
langer Gänsehals — seine schwarzen Feuerwerfen-
den Augen hin! hin! — sein finsteres überhan-
gendes buschichtes Augenbraun. Plözlich zusammen-
fahrend — schadenfrohe Hölle! jagst du mir diese
Ahndung ein? Es ist Karl! ja! izt werden mir
alle Züge wieder lebendig — Er ists! truz seiner
Larve! — Er ists! truz seiner Larve! — Er ists —
Tod und Verdammniß! auf und ab mit heftigen Schritten. Hab ich darum meine Nächte verpraßt, —
darum Felsen hinweggeränmt, und Abgründe eben
gemacht — bin ich darum gegen alle Instinkte der
Menschheit rebellisch worden, daß mir zulezt dieser
unstete Landstreicher durch meine künstlichsten Wir-
bel tölple — Sachte! Nur sachte! Es ist nur
noch Spielarbeit übrig — Bin ich doch ohnehin
schon biß an die Ohren in Todsünden gewatet
daß es Unsinn wäre zurükzuschwimmen, wenn das
Ufer

Ufer schon so weit hinten liegt — Ans Umkehren
ist doch nicht mehr zu gedenken — die Gnade
selbst würde an den Bettelstab gebracht, und die
unendliche Erbarmung bankerot werden wenn
sie für meine Schulden all gut sagen wollte —
Also vorwärts wie ein Mann — Er schaut — Er
versammle sich zu dem Geist seines Vaters und
komme, der Toten spott ich. — Daniel, he Da=
niel! — Was gilts den haben sie auch schon ge=
gen mich aufgewiegelt? Er sieht so geheimniß voll.

Daniel kommt.

Daniel. Was steht zu befehl, mein Gebieter?

Franz. Nichts. Fort, fülle diesen Becher
Wein, aber hurtig! Daniel ab. Wart Alter! dich
will ich fangen, ins Auge will ich dich faffen, so
starr, daß dein getroffenes Gewiffen durch die Lar=
ve erblaffen soll! — Er soll sterben! — Der ist
ein Stümper, der sein Werk nur auf die Helfte
bringt, und dann weggeht, und müffig zugafft,
wie es weiter damit werden wird.

Daniel mit Wein.

Franz. Stell ihn hieher! Sieh mir fest ins
Auge! Wie deine Knie schlottern! Wie du zitterst!
Gesteh Alter!. Was hast du gethan?

Daniel. Nichts, gnädiger Herr, so wahr Gott
lebt, und meine arme Seele!

Franz.

Franz. Trink diesen Wein aus! — Was? Du zauderst? — Heraus, schnell! Was hast du in den Wein geworfen?

Daniel. Hilf Gott! Was! Ich — in den Wein?

Franz. Gift hast du in den Wein geworfen! Bist du nicht bleich wie Schnee? Gesteh, gesteh! Wer hats dir gegeben? Nicht wahr, der Graf, der Graf hat dirs gegeben?

Daniel. Der Graf? Jesus Maria! der Graf hat mir nichts gegeben?

Franz *Greift ihn hart an.* Ich will dich würgen, daß du blau wirst, eisgrauer Lügner du! Nichts? Und was stalet ihr denn so beysammen? Er und du und Amalia? Und was flüstertet ihr immer zusammen? Heraus damit! Was für Geheimnisse, was für Geheimnisse hat er dir anvertraut?

Daniel. Das weis der allwissende Gott. Er hat mir keine Geheimnisse anvertraut.

Franz. Willst du es läugnen? Was für Kabalen habt ihr angezettelt, Mich aus dem Weg zu räumen? Nicht wahr? Mich im Schlaf zu erdrosseln? Mir beym Bartscheren die Gurgel abzuschneiden? Mir im Wein oder im Chokolade zu vergeben? Heraus, heraus! — oder mir in der Suppe den ewigen Schlaf zu geben. Heraus damit! ich weis alles.

Daniel. So helfe mir Gott, wenn ich in Noth bin,

bin, wie ich euch izt nichts anders sage, als die reine lautere Wahrheit!

Franz. Dismal will ich dir verzeihen. Aber gelt, er stekte dir gewis Geld in deinen Beutel? Er drükte dir die Hand stärker als der Brauch ist? so ungefähr, wie man sie seinen alten Bekannten zu drüken pflegt?

Daniel. Niemals, mein Gebieter.

Franz. Er sagte dir, zum Erempel, daß er dich etwa schon kenne? — daß du ihn fast kennen solltest? Daß dir einmal die Deke von den Augen fallen würde — daß — was? Davon sollt er dir niemals gesagt haben?

Daniel. Nicht das mindeste.

Franz. Das gewise Umstände ihn abhielten — daß man oft Masken nehmen müsse um seinen Feinden zuzukönnen — daß er sich rächen wolle, aufs grimmigste rächen wolle.

Daniel. Nicht einen Laut von diesem allem.

Franz. Was? Gar nichts? Besinne dich recht. — daß er den alten Herrn sehr genau — besonders genau gekannt — daß er ihn liebe — ungemein liebe — wie ein Sohn liebe —

Daniel. Etwas dergleichen erinnere ich mich von ihm gehört zu haben.

Franz. *blas* Hat er, hat er wirklich? Wie, so laß mich doch hören! Er sagte, er sey mein Bruder?

Daniel *betroffen* Was, mein Gebieter? —

Nein

Nein, das sagte er nicht. Aber wie ihn das Fräu=
lein in der Gallerie herumführte, ich puzte eben
den Staub von den Rahmen der Gemälde ab,
stand er bey dem Portrait des seeligen Herrn
plözlich still, wie vom Donner gerührt. Das gnä=
dige Fräulein deutete drauf hin, und sagte: ein
vortreflicher Mann! ja ein vortreflicher Mann gab er
zur Antwort, indem er sich die Augen wischte.

Franz. Höre Daniel! Du weist, ich bin im=
mer ein gütiger Herr gegen dich gewesen, ich hab
dir Nahruug und Kleider gegeben, und dein schwa=
ches Alter in allen Geschäften geschonet —

Daniel. Dafür lohn euch der liebe Herr Gott!
und ich hab euch immer redlich gedienet.

Franz. Das wollt ich eben sagen. Du hast
mir in deinem Leben noch keine Wiederrede gege=
ben, denn du weist gar zn wohl, daß du mir Ge=
horsam schuldig bist in allem, was ich dich heisse.

Daniel. In allem von ganzem Herzen, wenn
es nicht wider Gott und mein Gewissen geht.

Franz. Possen, Possen! Schämst du dich nicht?
Ein alter Mann, und an das Weynacht=
Märgen zu glauben! Geh Daniel! das war ein
dummer Gedanke. Ich bin ja Herr. Mich wer=
den Gott und Gewissen strafen, wenn es ja einen
Gott und ein Gewissen gibt.

Daniel schlägt die Hände zusammen. Barmherziger
Himmel!

Franz

Franz. Bey deinem Gehorsam! Verstehst du das Wort auch? Bey deinem Gehorsam befehl ich dir, morgen darf der Graf nimmer unter den Lebendigen wandeln.

Daniel. Hilf, heiliger Gott! Weswegen?

Franz. Bey deinem blinden Gehorsam! — und an dich werd ich mich halten.

Daniel. An mich? Hilf selige Mutter Gottes! An mich? Was hab ich alter Mann denn böses gethan?

Franz. Hier ist nicht lang Besinnszeit, dein Schicksaal steht in meiner Hand. Willst du dein Leben im tiefsten meiner Thürme vollends ausschmachten, wo der Hunger dich zwingen wird, beine eigene Knochen abzunagen, und der brennende Durst, dein eigenes Wasser wieder zu saufen? — Oder willst du lieber dein Brod essen in Frieden, und Ruhe haben in deinem Alter?

Daniel. Was Herr? Fried und Ruhe im Alter? und ein Todschläger?

Franz. Antwort auf meine Frage!

Daniel. Meine grauen Haaren, meine grauen Haare!

Franz. Ja oder Nein!

Daniel. Nein! — Gott erbarme sich meiner!

Franz. *Im Begrif zu gehen.* Gut, du sollts nöthig haben. *Daniel hält ihn auf und fällt vor ihm nieder.*

Daniel. Erbarmen Herr! Erbarmen!

Franz.

Franz. Ja oder Nein!

Daniel. Gnädiger Herr! ich bin heute ein und siebenzig Jahr alt, und hab Vater und Mutter geehret, und niemand meines Wissens um des Hellers Werth im Leben vervortheilt, und hab an meinem Glauben gehalten, treu und redlich, und hab in eurem Hause gedienet vier und vierzig Jahr, und erwarte izt ein ruhig seeliges Ende, ach Herr, Herr! *umfaßt seine Knie heftig* und ihr wollt mir den lezten Trost rauben im sterben, daß der Wurm des Gewissens mich um mein leztes Gebet bringe, daß ich ein Greuel vor Gott und Menschen schlafen gehen soll. Nein, nein, mein liebster bester liebster gnädiger Herr, das wollt ihr nicht, das könnt ihr nicht wollen von einem ein und siebenzig jährigen Manne.

Franz. Ja oder Nein! was soll das Geplapper?

Daniel. Ich will euch von nun an noch eifriger dienen. Will meine dürren Sehnen in eurem Dienst wie ein Taglöhner abarbeiten, will früher aufstehen, will später mich niederlegen — ach und will euch einschliessen in mein Abend- und Morgengebet, und Gott wird das Gebet eines alten Mannes nicht wegwerfen.

Franz. Gehorsam ist besser, denn Opfer. Hast du je gehört, daß sich der Henker zierte, wenn er ein Urtheil vollstrecken sollte?

K

Dani-

Daniel. Ach ja wohl! aber eine Unschuld er=
würgen — einen —

Franz. Bin ich dir etwa Rechenschaft schul=
dig? darf das Beil den Henker fragen, warum
dahin und nicht dorthin? — aber sieh, wie
langmüthig ich bin — ich biete dir eine Belohnung
für das, was du mir huldigtest.

Daniel. Aber ich hoffte ein Christe bleiben zu
dörfen, da ich euch huldigte.

Franz. Keine Wiederrede! siehe ich gebe dir
einen ganzen Tag noch Bedenkzeit! Ueberlege es
nochmals. Glück und Unglück — hörst du, ver=
stehst du? das höchste Glük, und das äusserste
Unglük! Ich will Wunder thun im Peinigen.

Daniel nach einigem Nachdenken. Ich wills thun,
morgen will ichs thun;   ab.

Franz.

Die Versuchung ist stark, und der war wohl nicht
zum Märtyrer seines Glaubens geboren —
Wolbekomms dann, Herr Graf! Allem Ansehen
nach werden sie morgen Abend ihr Henker Mahl
halten! — Es kommt alles nur darauf an, wie
man davon denkt, und der ist ein Narr, der wi=
der seine Vortheile denkt. Den Vater, der viel=
leicht eine Bouteille Wein weiter getrunken hat,
kommt der Kizel an — und draus wird ein Mensch,
und der Mensch war gewiß das lezte, woran bey
                                                    ganz

ganzen Herkules Arbeit gedacht wird. Nun kommt
mich eben auch der Kizel an — und dran krepirt
ein Mensch, und gewis ist hier mehr Verstand und
Absichten, als dort bey seinem Entstehen war —
Hängt nicht das Daseyn der meisten Menschen
mehrentheils an der Hize eines Julius Mittags,
oder am anziehenden Anblick eines Bettruchs, oder
an der wagrechten Lage einer schlafenden Küchen-
Grazie, oder an einem ausgelöschten Licht? — Ist
die Geburt des Menschen das Werk einer viehi-
schen Anwandlung, eines Ungefährs, wer sollte wegen der Verneinung seiner Geburt sich einkom-
men lassen an ein bedeutendes etwas zu denken?
Verflucht sey die Thorheit unserer Ammen und
Wärterinnen, die unsere Phantasie mit schröklichen
Mährgen verderben, und gräßliche Bilder von Straf-
gerichten in unser weiches Gehirnmark drücken,
daß unwillkührliche Schauder die Glieder des Mannes noch in froslige Angst rütteln, unsere kühnste
Entschlossenheit sperren, unsere erwachende Vernunft an Ketten abergläubischer Finsterniß legen —
Mord! wie eine ganze Hölle von Furien um das
Wort flattert — die Natur vergaß einen Mann
mehr zu machen — die Nabelschnur ist nicht un-
terbunden worden — der Vater hat in der Hoch-
zeit-Nacht glatten Leib bekommen — und die ganze Schattenspielerey ist verschwunden. Es war etwas und wird nichts — Heißt es nicht eben so

K 2

viel,

viel, als: es war nichts und wird nichts und um nichts
wird kein Wort mehr gewechselt — der Mensch entste-
het aus Morast, und watet eine Weile im Morast. und
macht Morast, und gährt wieder zusammen in Morast,
bis er zulezt an den Schuhsohlen seines Uhrenkels
unflätig anklebt. Das ist das Ende vom Lied —
der morastige Zirkel der menschlichen Bestimmung,
und so mit — glükliche Reise, Herr Bruder! Der
milzsüchtige podagrische Moralist von einem Gewissen mag runzlichte Weiber aus Bordellen jagen,
und alte Wucherer auf dem Todesbett foltern —
bey mir wird er nimmermehr Audienz bekommen.

Er geht ab.

Dritte Scene.

Andres Zimmer im Schloß.

Räuber Moor. von der einen Seite. Daniel
von der andern.

Moor. hastig. Wo ist das Fräulein?

Daniel. Gnädiger Herr! Erlaubt einem armen Mann, euch um etwas zu bitten.

Moor. Es ist dir gewährt, was willst du?

Daniel. Nicht viel, und alles, so wenig und
doch so viel — laßt mich eure Hand küssen!

Moor. Das sollst du nicht, guter Alter! umarmt ihn. Den ich Vater nennen möchte.

Dani-

Daniel. Eure Hand, eure Hand! ich bitt euch.

Moor. Du sollst nicht.

Daniel. Ich muß! *Er greift sie, betrachtet sie schnell, und fällt vor ihm nieder.* Lieber, bester Karl!

Moor. *erschrikt, faßt sich, fremd.* Freund, was sagst du? Ich verstehe dich nicht.

Daniel. Ja, läugnet es nur, verstellt euch! Schön, schön! Ihr seyd immer mein bester köstlicher Junker — Lieber Gott! daß ich alter Mann noch die Freude — dummer Tölpel ich, daß ich euch nicht gleich — ey du himmlischer Vater! So seyd ihr ja wiedergekommen, und der alte Herr ist unterm Boden, und da seyd ihr ja wieder — was für ein blinder Esel ich doch war, *sich vor den Kopf schlagend* daß ich euch nicht im ersten Hui — ey du mein! Wer hätte sich das träumen lassen! — um was ich mit Thränen betete, — Jesus Christus! Da steht er ja leibhaftig wieder in der alten Stube!

Moor. Was ist das für eine Sprache? Seyd ihr vom hizigen Fieber aufgesprungen, oder wollt ihr eine Komödien Rolle an mir probiren?

Daniel. Ey pfui doch, pfui doch! Das ist nicht fein, einen alten Knecht so zum besten haben — Diese Narbe! He, wißt ihr noch? — Grosser Gott! Was ihr mir da für eine Angst einjagtet — ich hab euch immer so lieb gehabt, und was ihr mir da für Herzeleid hättet anrich=

ten können — ihr faßt mir im Schoos, — wißt ihr noch? — Dort in der runden Stube — gelt Vogel? Das habt ihr freylich vergessen — auch den Kukuk, den ihr so gern hörtet — denkt doch! der Kukuk ist zerschlagen, in Grund Boden geschlagen — die alte Susel hat ihn verwettert, wie sie die Stube fegte — ja freylich, und da faßt ihr mir im Schoos, und rieft hotto! und ich lief fort, euch den Hotto Gaul zu holen — Jesus Gott! Warum mußt ich alter Esel auch fortlaufen? — und wie mirs siedigheiß über den Bukel lief — wie ich das Zettergeschrey hörte draussen im Oehrn, spring herein, und da lief das helle Blut, und laget am Boden, und hattet — heilige Mutter Gottes! War mirs nicht, als wenn mir ein Kübel eiskalt Wasser übern Naken sprizte — aber so gehts, wenn man nicht alle Augen auf die Kinder hat. Grosser Gott, wenns ins Aug gegangen wäre — Wars darzu noch die rechte Hand. Mein Lebens = Tag, sagt ich, soll mir kein Kind mehr ein Messer oder eine Scheere oder so was spiziges, sagt ich, in die Hände kriegen, sagt ich, — war zum Glük noch Herr und Frau verreiset — ja ja, das soll mir mein Tag des Lebens eine Warnung seyn, sagt ich — Jemini, jemini! ich hätte vom Dienst kommen können, ich hätte, Gott der Herr verzeyhs euch, gottloses Kind — aber gottlob! es heilte glüklich, biß auf die wüste Narbe.

Moor.

Moor. Ich begreiffe kein Wort von allem, was du sagst.

Daniel. Ja gelt, gelt? Das war noch eine Zeit? Wie manches Zuckerbrod, oder Bisquit oder Makrone ich euch hab zugeschoben, hab euch immer am gernsten gehabt, und wißt ihr noch, was ihr mir drunten sagtet im Stall, wie ich euch auf des alten Herrn seinen Schweißfuchsen sezte, und euch auf der grossen Wiese ließ herumjagen? Daniel! sagtet ihr, laß mich nur einen grossen Mann werden, Daniel, so sollst du mein Verwalter seyn, und mit mir in der Kutsche fahren, — ja sagt ich und lachte, wenn Gott Leben und Gesundheit schenkt, und ihr euch eines alten Mannes nicht schämen werdet, sagt ich, so will ich euch bitten, mir das Häusgen drunten im Dorf zu räumen, das schon eine gute Weil leer steht, und da wollt ich mir ein Eimer zwanzig Wein einlegen, und wirtschaften in meinen alten Tagen. — Ja lacht nur, lacht nur! Gelt junger Herr, das habt ihr rein ausgeschwizt? — den alten Mann will man nicht kennen, da thut man so fremd, so fürnehm — o ihr seyd doch mein goldiger Junker — freylich halt ein bißgen luker gewesen — nimmt mirs nicht übel! — Wie's eben das junge Fleisch meistens ist — am Ende kann noch alles gut werden.

Moor. fällt ihm um den Hals. Ja! Daniel ich wills nicht mehr verhehlen! Ich bin dein

Karl, dein verlorner Karl! Was macht meine Amalia?

Daniel fängt an zu weinen. Daß ich alter Sünder noch die Freude haben soll, — und der Herr seelig weinete umsonst! — Abe, abe, weiser Schedel! mürbe Knochen, fahret in die Grube mit Freuden! Mein Herr und Meister lebt, ihn haben meine Augen gesehen!

Moor. Und will halten, was er versprochen hat, — nimm das, ehrlicher Graukopf, für den Schweißfuchsen im Stall dringt ihm einen schweren Beutel auf nicht vergessen hab ich den alten Mann.

Daniel. Wie, was treibt ihr? Zuviel! Ihr habt euch vergriffen.

Moor. Nicht vergriffen, Daniel! Daniel will niederfallen. Steh auf, sage mir, was macht meine Amalia?

Daniel. Gottes Lohn! Gottes Lohn! Ey Herr Jerem! — Eure Amalia, oh die wirds nicht überleben, die wird sterben vor Freude!

Moor heftig. Sie vergaß mich nicht?

Daniel. Vergessen? Wie schwätzt ihr wieder? Euch vergessen? — da hättet ihr sollen dabey seyn, hättets sollen mit ansehen, wie sie sich gebehrdete, als die Zeitung kam, ihr wärt gestorben, die der gnädige Herr ausstreuen ließ —

Moor Was sagst du? mein Bruder —

Daniel. Ja euer Bruder, der gnädige Herr,

euer

euer Bruder — ich will euch ein andermal mehr davon erzählen, wenns Zeit dazu ist — und wie sauber sie ihm abkappte, wenn er ihr alle Tage, die Gott schikt, seinen Antrag machte, und sie zur gnädigen Frau machen wollte. O ich muß hin, muß hin, ihr sagen, ihr die Botschaft bringen will fort.

Moor. Halt, halt! sie darfs nicht wissen, darfs niemand wissen, auch mein Bruder nicht —

Daniel. Euer Bruder? Nein bey leibe nicht, er darfs nicht wissen! Er gar nicht! — Wenn er nicht schon mehr weißt, als er wissen darf — Oh ich sage euch, es gibt garstige Menschen, garstige Brüder, garstige Herren — aber ich möcht nun alles Gold meines Herrn willen kein garstiger Knecht seyn — der gnädige Herr hielt euch lob

Moor. Hum! Was brummst du da?

Daniel leiser. Und wenn man freylich so ungebeten auferstecht — euer Bruder war des Herrn selig einziger Erbe —

Moor. Alter! — Was murmelst du da zwischen den Zähnen, als wenn irgend ein Ungeheuer von Geheimniß auf deiner Zunge schwebte, das nicht heraus wollte, und doch heraus sollte, rede deutlicher!

Daniel. Aber ich will lieber meine alte Knochen abnagen vor Hunger, lieber vor Durst mein eigenes
K 5

Was=

Waſſer ſaufen, als Wohlleben die Fülle verdienen
mit einem Todſchlag.   (ſchnell ab.

Moor auffahrend aus ſchröklichem Pauſen.
Betrogen, betrogen! da fährt es über meine See=
le wie der Bliz! — Spizbübiſche Künſte!
Himmel und Hölle! nicht du, Vater! Spizbübi=
ſche Künſte! Mörder, Räuber durch ſpizbübi=
ſche Künſte! Angeſchwärzt von ihm! verfälſcht,
unterdrükt meine Briefe — voll Liebe ſein Herz —
ob ich Ungeheuer von einem Thoren — voll Liebe
ſein Vater‚Herz — oh Schelmerey, Schelmerey!
Es hätte mich einen Fusfall gekoſtet, es hätte
mich eine Thräne gekoſtet — oh ich blöder, blöder,
blöder Thor! Wieder die Wand rennend   Ich hätte
glüklich ſeyn können — oh Büberey, Büberey!
das Glük meines Lebens bubiſch, bubiſch hinweg=
betrogen. Er läuft wütend auf und nieder   Mörder, Räu=
ber durch ſpizbübiſche Künſte! — Er grollte nicht
einmal. Nicht ein Gedanke von Fluch in ſeinem
Herzen — oh Böſewicht! unbegreifflicher, ſchlei=
chender, abſcheulicher Böſewicht!

Koſinsky kommt.
Koſinsky. Nun Hauptmann, wo ſtikſt du?
Was iſts? Du willſt noch länger hier bleiben,
merk ich?

Moor. Auf! Sattle die Pferde! Wir müſſen vor
Sonnen‚Untergang noch über den Gränzen ſeyn!
Ko=

Kosinsky. Du spassest.

Moor *Befehlend.* Hurtig, hurtig! Zaudre nicht
lang, laß alles da! und daß kein Aug dich gewahr
wird.   *Kosinsky ab.*

Moor.

Ich fliehe aus diesen Mauren. Der geringste Ver-
zug könnte mich wütig machen, und er ist meines
Vaters Sohn — Bruder, Bruder! Du hast mich
zum elendesten auf Erden gemacht, ich habe dich
niemals beleidigt es war nicht brüderlich gehandelt — Ernde die Früchte deiner Unthat in Ruhe, meine Gegenwart soll dir den Genuß nicht
länger vergällen — aber gewiß, es war nicht brüderlich gehandelt. Finsternis verlösche sie auf ewig,
und der Tod rühre sie nicht auf!

Kosinsky.

Kosinsky. Die Pferde stehn gesattelt, ihr könnt
aufsizen, wenn ihr wollt.

Moor. Presser, Presser! Warum so eilig?
Soll ich sie nicht mehr sehn?

Kosinsky. Ich zäume gleich wieder ab, wenn
ihrs haben wollt, ihr hießt mich ja über Hals
und Kopf eilen.

Moor. Noch einmal! ein Lebewohl noch! ich
mus den Gifttrank dieser Seeligkeit vollends aus-
schlürfen, und dann — halt Kosinsky! Zehn Minuten

nuten noch — hinten am Schloßhof — und wir
sprengen davon!

Vierte Scene.

Im Garten.

Amalia

Du weinst Amalia? — und das sprach er mit
einer Stimme! mit einer Stimme — mir wars,
als ob die Natur sich verjüngete — die genosse:
nen Lenze der Liebe dämmerten auf mit der Stim:
me! Die Nachtigall schlug wie damals — die Blu:
men hauchten wie damals — und ich lag Wonne
berauscht an seinem Hals — Ha falsches treu:
loses Herz! Wie du deinen Meineid beschönigen
willst! Nein, nein, weg aus meiner Seele du
Frevel-Bild — ich hab meinen Eid nicht gebro:
chen, du einziger! Weg aus meiner Seele, ihr
verrätherischen gottlosen Wünsche! im Herzen, wo
Karl herrscht, darf kein Erdensohn nisten. —
Aber warum meine Seele, so immer, so wider
Willen nach diesem Fremdling? Hängt er sich nicht
so hart an das Bild meines einzigen? Ist er nicht
der ewige Begleiter meines einzigen? Du weinst
Amalia? — Ha ich will ihn fliehen! — fliehen!
— Nimmer sehen soll mein Aug diesen Fremd:
ling!

Ama:

Räuber Moor öfnet die Gartenthüre.

Amalia fährt zusammen. Horch! horch! Rauschte die Thüre nicht? Sie wird Karln gewahr, und springt anf. Er? — wohin? — was? — da hat michs angewurzelt, daß ich nicht fliehen kann — verlaß mich nicht, Gott im Himmel! — Nein, du sollst mir meinen Karl nicht entreissen! Meine Seele hat nicht Raum für zwey Gottheiten, und ich bin ein sterbliches Mädgen! Sie nimmt Karls Bild heraus. Du, mein Karl, sey mein Genius wider diesen Frembs ling, den Liebeslörer! dich, dich. ansehen, unvers wandt, — und weg alle gottlosen Blicke nach diesem sie sие stumm — das Auge starr auf das Bild ge heftet.

Moor. Sie da, gnädiges Fräulein? — und traurig? — und eine Träne auf diesem Gemäl be? — Amalia gibt ihm keine Antwort. — Und wer ist der glückliche, um den sich das Aug eines Engels versilbert? darf auch ich diesen Verherrlichten — er will das Gemälde betrachten.

Amalia. Nein, ja, nein!

Moor zurückfahrend. Ha! — und verdient er diese Vergötterung? verdient er? —

Amalia. Wenn sie ihn gekannt hätten!

Moor. Ich würd ihn beneidet haben.

Amalia. Angebetet, wollen sie sagen.

Moor. Ha!

Ama:

Amalia. Oh sie hätten ihn so lieb gehabt — es war so viel, so viel in seinem Angesicht — in seinen Augen — im Ton seiner Stimme, das ihnen so gleich kommt — das ich so liebe —

Moor *steht zur Erde.*

Amalia. Hier, wo sie stehen, stand er tausendmal — und neben ihm die, die neben ihm Himmel und Erde vergaß — hier durchirrte sein Aug die um ihn prangende Gegend — sie schien den grosen belohnenden Blik zu empfinden, und sich unter dem Wohlgefallen ihres Meisterbilds zu verschönern — hier hielt er mit himmlischer Musik die Hörer der Lüfte gefangen — hier an diesem Busch pflückte er Rosen, und pflückte die Rosen für mich — hier hier lag er an meinem Halse, brannte sein Mund auf dem meinen, und die Blumen starben gern unter der Liebenden Fußtritt —

Moor. Er ist nicht mehr?

Amalia. Er seegelt auf ungestümmen Meeren — Amalias Liebe seegelt mit ihm — er wandelt durch ungebahnte sandigte Wüsten — Amalias Liebe macht den brennenden Sand unter ihm grünen, und die wilden Gesträuche blühen — der Mittag sengt sein entblößtes Haupt, nordischer Schnee schrumpft seine Sohlen zusammen, stürmischer Hagel regnet um seine Schläfe, und Amalias Liebe wiegt ihn in Stürmen ein — Meere und Berge und Horizonte zwischen den Liebenden —

aber

aber die Seelen verſezen ſich aus dem ſtaubigten
Kerker, und treffen ſich im Paradieſe der Liebe—
Sie ſcheinen traurig, Herr Graf?

Moor. Die Worte der Liebe machen auch meine Liebe lebendig.

Amalia blaß. Was? Sie lieben eine andre?
— Weh mir, was hab ich geſagt?

Moor. Sie glaubte mich tod, und blieb treu
dem Todgeglaubten — ſie hörte wieder, ich lebe,
und opferte mir die Krone einer Heiligen auf. Sie
weiß mich in Wüſten irren, und im Elend her-
umſchwärmen, und ihre Liebe fliegt durch Wüſten
und Elend mir nach. Auch heißt ſie Amalia wie
Sie, gnädiges Fräulein.

Amalia. Wie beneid ich ihre Amalia!

Moor. Oh ſie iſt ein unglückliches Mädgen,
ihre Liebe iſt für einen, der verlohren iſt, und wird
— ewig niemals belohnt.

Amalia. Nein, ſie wird im Himmel belohnt.
Sagt man nicht, es gebe eine beſſere Welt, wo
die Traurigen ſich freuen, und die Liebenden ſich
wiedererkennen?

Moor. Ja, eine Welt, wo die Schleyer hin-
wegfallen, und die Liebe ſich ſchröcklich wiederfin-
det — Ewigkeit heißt ihr Name — meine Amalia iſt ein unglückliches Mädgen.

Amalia. Unglücklich, und Sie lieben?

Moor. Unglücklich, weil ſie mich liebt! wie,
wenn

wenn ich ein Todschläger wäre? wie mein Fräulein? wenn ihr Geliebter ihnen für jeden Kuß einen Mord aufzählen könnte? wehe meiner Amalia! Sie ist ein unglückliches Mädchen.

Amalia froh aufhüpfend. Ha! wie bin ich ein glükliches Mädgen! Mein einziger ist Nachstrahl der Gottheit, und die Gottheit ist Huld und Erbarmen! Nicht eine Fliege könnt er leiden sehen — Seine Seele ist so fern von einem blutigen Gedanken, als fern der Mittag von der Mitternacht ist.

Moor kehrt sich schnell ab, in ein Gebüsch, blikt starr in die Gegend.

Amalia singt und spielt auf der Laute.

> Willst dich Hektor ewig mir entreissen,
>
> Wo des Aaciden mordend Elsen
>
> Dem Patroklus schröklich Opfer bringt?
>
> Wer wird künftig deinen Kleinen lehren,
>
> Speere werfen und die Götter ehren,
>
> Wenn hinunter dich der Xanthus schlingt?

Moor nimmt die Laute stillschweigend und spielt.

> Theures Weib, geh, hol die Todestanze! —
>
> Laß — mich fort — zum wilden Kriegeslanze —
>
> Er wirft die Laute weg, und flieht davon.

Fünfte Scene.

Nahgelegener Wald. Nacht.

Ein altes verfallenes Schloß in der Mitte.

Die Räuberbande gelagert auf der Erde.

Die Räuber singen.

Stehlen, morden, huren, balgen
Heißt bey uns nur die Zeit zerstreun,
Morgen hangen wir am Galgen,
Drum laßt uns heute lustig seyn.

Ein freyes Leben führen wir,
Ein Leben voller Wonne;
Der Wald ist unser Nachtquartier,
Bey Sturm und Wind handthieren wir,
Der Mond ist unsre Sonne,
Merkurius ist unser Mann,
Der's Prakticiren treflich kann.

Heut laden wir bey Pfaffen uns ein,
Bey maßten Pächtern morgen,
Was drüber ist, da laßen wir fein
Den lieben Herrgott sorgen.

Und haben wir im Traubensaft
Die Gurgel ausgebadet,
So machen wir uns Muth und Kraft,

L

Und mit dem Schwarzen Bruderschaft,
Der in der Hölle bratet.

Das Wehgeheul geschlagner Väter,
Der bangen Mütter Klaggezetter,
Das Winseln der verlaßnen Braut
Ist Schmauß für unsre Trommelhaut!

Ha! wenn sie euch unter dem Beile so zucken
Ausbrüllen wie Kälber umfallen wie Mucken,
Das kitzelt unsern Augenstern,
Das schmeichelt unsern Ohren gern,

Und wenn mein Stündlein kommen mun,
Der Henker soll es holen,
So haben wir bald unsern Lohn,
Und schmieren unsre Sohlen,
Ein Schlükchen auf den Weg vom heissen Traubensohn
Und hura rax das! gehts, als flögen wir davon.

Schweizer. Es wird Nacht, und der Hauptmann noch nicht da!

Razmann. Und versprach doch Schlag acht
Uhr wieder bey uns einzutreffen.

Schweizer. Wenn ihm leides geschehen wäre
— Kameraden! wir zünden an und morden den
Säugling.

Spiegelberg nimmt Razmann beyseite. Auf ein Wort
Razmann.

Schwarz

Schwarz zu Grimm. Wollen wir nicht Spionen ausstellen?

Grimm. Laß du ihn! Er wird einen Fang thun daß wir uns schämen müssen.

Schweizer. Da brennst du dich, beym Henker! Er gieng nicht von uns wie einer der einen Schelmenstreich im Schild führt. Hast du vergessen was er gesagt hat als er uns über die Hande führte? — „Wer nur eine Rube vom Acker stiehlt, daß ichs erfahre läßt seinen Kopf hier, so wahr ich Moor heiße. — Wir dörffen nicht rauben.

Razmann leise zu Spiegelberg. Wo will das hinaus — rede deutscher.

Spiegelberg. Pst! Pst! — Ich weis nicht, was du oder ich für Begriffe von Freyheit haben, daß wir an einem Karrn ziehen, wie Stiere, und dabey wunderviel von Indepenbenz deklamiren — Es gefällt mir nicht.

Schweizer zu Grimm. Was wol dieser Windkopf hier an der Kunkel hat?

Razmann leise zu Spiegelberg. Du sprichst vom Hauptmann? —

Spiegelberg. Pst doch! Pst! — Er hat so seine Ohren unter uns herumlauffen — Hauptmann sagst bu? wer hat ihn zum Hauptmann über uns gesezt, oder hat er nicht diesen Titel usurpirt, ber von rechtswegen mein ist? — Wie? legen wir barum unser Lebeit auf Würffel — ba=

ben

den darum alle Milzsuchten des Schickfals aus,
daß wir am End noch von Glük fagen, die Leib=
eigenen eines Sklaven zu fenn? — Leibeigenen da
wir Fürften fenn könnten? — Bey Gott! Raz=
mann — das hat mir niemals gefallen.

Schweizer zu den andern. Ja — du bift mir der
rechte Held, Frösche mit Steinen breit zu fchmeif=
fen — Schon der Klang feiner Nafe wenn er fich
fchneuzte könnte dich durch ein Nadelöhr jagen —

Spiegelberg zu Razmann. Ja — Und Jahre
fchon dicht' ich darauf: Es foll anders werden.
Razmann — wenn du bift wofür ich dich immer
hielt — Razmann. — Man vermißt ihn — gibt
ihn halb verloren — Razmann — Mich deucht,
feine fchwarze Stunde fchlägt — wie? Nicht ein=
mal röther wirft du, da dir die Gloke zur Frey=
heit läutet? Haft nicht einmal fo viel Muth,
einen kühnen Wink zu verftehen?

Razmann. Ha Satan! worinn verftikft du
meine Seele?

Spiegelberg. Hats gefangen? — Gut! fo
folge. Ich hab mirs gemerkt, wo er hinfchlich —
Komm! Zwey Piftolen fehleu felten, und dann —
fo find wir die erfte die den Säugling erdroffeln.
Er will ihn fortreiffen.

Schweizer zieht wütend fein Meffer. Ha Beftie!
Eben recht erinnerft du mich an die Böhmifchen
Wälder! — Warft du nicht die Memme die an=
hub

hub zu schnabern, als sie riefen: Der Feind kommt?
Ich hab damals bey meiner Seele geflucht —
fahr hin Meuchelmörder *Er sticht ihn todt.*

Räuber *In Bewegung.* Mordjo! Mordjo! —
— Schweizer — Spiegelberg — Reißt sie aus:
einander —

Schweizer *Wirfft das Messer über ihn.* Da! —
Und so krepier du — Ruhig Kameraden — Laßt
euch den Bettel nicht unterbrechen, — Die Bestie
ist dem Hauptmann immer giftig gewesen, und
hat keine Narbe auf ihrer ganzen Haut — Noch
einmal, gebt euch zufrieden — ha! über den Ra-
fer — von hinten her will er Männer zu schau-
ben schmeissen? Männer von hinten her! — Ist
uns darum der helle Schweiß über die Baken gelauf-
fen, daß wir aus der Welt schleichen wie Hunds-
vbtter? Bestie du! Haben wir uns darum unter
Feuer und Rauch gebettet, daß wir zuletzt wie
Ratten verreken?

Grimm. Aber zum Teufel — Kammerad —
was hattet ihr mit einander? — Der Hauptmann
wird rasend werden.

Schweizer. Dafür laß mich sorgen — Und
du heillofer *zu Razmann* du warst sein Helfershelfer,
du! — Pak dich aus meinen Augen — der Schufterle hats auch so gemacht, aber dafür hängt er
izt auch in der Schweiz. wies ihm mein Hauptmann prophezeyt hat — *Man schießt.*

L 3   Schwarz.

Schwarz *aufspringend.* Horch! ein Pistolschuß! *Man schießt wieder.* Noch einer! Holla! Der Hauptmann!

Grimm. Nur Geduld! Er muß zum drittenmal schiessen *Man hört noch einen Schuß.*

Schwarz. Er ists! — Ists! — Salvier dich, Schweizer — laßt uns ihm antworten.

Sie schließen.

Moor. Rofinsky *treten auf.*

Schweizer. *ihnen entgegen.* Sey willkommen mein Hauptmann — Ich bin ein bißchen vorlaut gewesen seit du weg bist *Er führt ihn an die Leiche.* Sei du Richter zwischen mir und diesen — von hinten hat er dich ermorden wollen.

Räuber *Mit Bestürzung.* Was? Den Hauptmann?

Moor. *In den Anblik versunken, bricht heftig aus.* O unbegreiflicher Finger der rachekundigen Nemesis! — Wars nicht dieser, der mir das Sirenenlied trillerte? — Weihe dis Messer der dunklen Vergelterin! — das hast du nicht gethan Schweizer.

Schweizer. Bei Gott! ich habs warlich gethan, und es ist beim Teufel nicht das schlechtste was ich in meinem Leben gethan habe *geht unwillig ab.*

Moor *Nachdenkend.* Ich verstehe — Lenker im Himmel — ich verstehe — die Blätter fallen von

den

den Bäumen — und mein Herbſt iſt kommen — Schafft mir dieſen aus den Augen *Spiegelbergs Leiche wird hinweg getragen.*

Grimm. Gib uns Ordre Hauptmann — was ſollen wir weiter thun?

Moor. Bald — bald iſt alles erfüllet — Gebt mir meine Laute — Ich habe mich ſelbſt verloren, ſeit ich dort war — Meine Laute ſag ich — Ich muß mich zurük luüen in meine Krafft — verlaßt mich.

Räuber. Es iſt Mitternacht Hauptmann.

Moor. Doch warens nur die Tränen im Schau ſpielhauß — den Römergeſang muß ich hören, daß mein ſchlafender Genius wieder aufwacht — Meine Laute her — Mitternacht ſagt ihr?

Schwarz. Wohl bald vorüber. Wie Bley liegt der Schlaf in uns. Seit drei Tagen kein Auge zu.

Moor, Sinkt denn der Balſamiſche Schlaf auch auf die Augen der Schelmen? Warum fliehet er mich? Ich bin nie ein Feiger geweſen, oder ein ſchlechter Kerl — Legt euch ſchlafen — Morgen am Tag gehen wir weiter.

Räuber. Gute Nacht Hauptmann *Sie lagern ſich auf der Erde und ſchlafen ein.*

Tiefe Stille.

Moor. Nimmt die Laute und spielt.

Brutus.

Sey willkommen friedliches Gefilde,
 Nimm den Lezten aller Römer auf,
Von Philippi, wo die Mordschlacht brüllte
 Schleicht mein Gram gebeugter Lauf.
Kaßius wo bist du? — Rom verloren!
 Hingewürgt mein brüderliches Heer,
Meine Zuflucht zu des Todes Thoren!
 Keine Welt für Brutus mehr.

Cesar.

Wer mit Schritten eines Niebesiegten
 Wandere dort vom Felsenhang? —
Ha! wenn meine Augen mir nicht lügten?
 Das ist eines Römers Gang. —
Tobersohn — von wannen deine Reise?
 Dauert noch die Siebenhügelstadt?
Offt geweinet hab ich um die Wayse,
 Daß sie nimmer einen Cesar hat.

Brutus.

Ha! du mit der drei und zwanzigfachen Wunde!
 Wer rief Todter dich an's Licht?

Schaudre rükwärts, zu des Orkus Schlunde,

    Stolzer Weiner! — Triumfire nicht!

Auf Philippis eisernem Altare

    Raucht der Freiheit leztes Opferblut:

Rom verröchelt über Brutus Bahre,

    Brutus geht zu Minos — Kreuch in deine Flut!

Cesar.

O ein Todesstoß von Brutus Schwerdte!

    Auch du — Brutus — du?

Sohn — es war dein Vater — Sohn — die Erde

    Wär gefallen dir als Erbe zu,

Geh — du bist der gröste Römer worden,

    Da in Vaters Brust dein Eisen drang,

Geh — und heul es biß zu jenen Pforten:

Brutus ist der gröste Römer worden

    Da in Vaters Brust sein Eisen drang;

Geh — du weißts nun was an Lethes Strande

    Mich noch bannte —

    Schwarzer Schiffer stoß vom Lande!

Brutus.

Vater halt! — Im ganzen Sonnenreiche

    Hab ich Einen nur gekannt,

Der dem großen Cesar gleiche

    Diesen Einen hast du Sohn genannt.

Nur ein Cesar mochte Rom verderben

    Nur nicht Brutus mochte Cesar flehn.

Wo ein Brutus lebt muß Cäsar sterben,

Geh du linkswärts, laß mich rechtswärts gehn.

Er legt die Laute hin, geht tiefdenkend auf und nieder.

Wer mir Bürge wäre? — — Es ist alles so fin:
ster — verworrene Labyrinthe — kein Ausgang
— kein leitendes Gestirn — wenns aus wäre mit
diesem lezten Odemzug — Aus wie ein schaales
Marionetenspiel — Aber wofür der heise Hunger
nach Glückseligkeit? Wofür das Ideal einer un:
erreichten Vollkommenheit? Das hinausschie:
ben unvollendeter Plane? — wenn der armselige
Druk dieses armseligen Dings *Die Pistole vors Gesicht
haltend.* den Weisen dem Thoren — den Feigen
dem Tapfern — den Edlen dem Schelmen gleich
macht? — Es ist doch eine so göttliche Harmonie
in der seelenlosen Natur, warum sollte dieser Miß:
klang in der vernünfftigen seyn? — Nein! Nein!
es ist etwas mehr, denn ich bin noch nicht glüklich
gewesen.

Glaubt ihr, ich werde zittern? Geister meiner
Erwürgten! ich werde nicht zittern. *Heftig zitternd.*
— Euer banges Sterbegewinsel — euer schwarzge:
würgtes Gesicht — eure fürchterlich klaffenden
Wunden sind ja nur Glieder einer unzerbrechlichen
Kette des Schicksals, und hängen zulezt an mei:
nen Feyerabenden, an den Launen meiner Armen
und Hofmeister, am Temperament meines Vaters,

am

am Blut meiner Mutter — *von Schauer geschüttelt.*
Warum hat mein Perillus einen Ochsen aus mir
gemacht, daß die Menschheit in meinem glühenden
Bauche bratet?

Er setzt die Pistolen an. Zeit und Ewigkeit — ge=
kettet aneinander durch ein einzig Moment! —
Grauser Schlüssel, der das Gefängniß des Lebens
hinter mir schließt, und vor mir aufriegelt die Be=
hausung der ewigen Nacht — sage mir — o sa=
ge mir — wohin — wohin wirst du mich füh=
ren? — Fremdes, nie umsegeltes Land! — Siehe,
die Menschheit erschlappt unter diesem Bilde, die
Spannkraft des Endlichen läßt nach, und die
Phantasey, der muthwillige Affe der Sinne
gaukelt unserer Leichtgläubigkeit seltsame Schat=
ten vor — Nein! Nein! Ein Mann muß nicht
straucheln — Sei wie du wilt namenloses
Jenseito — bleibt mir nur dieses mein Selbst
getreu — Sei wie du willt, wenn ich nur mich
selbst mit hinübernehme — Außendinge sind uur
der Anstrich des Manns — Ich bin mein Him=
mel und meine Hölle.

Wenn Du mir irgend einen eingeäscherten Welt=
kreis allein liessest, den Du aus deinen Augen
verbannt hast, wo die einsame Nacht, und die
ewige Wüste meine Aussichten sind? — Ich würde
dann die schweigende Oede mit meinen Phantasien
bevölkern, und hätte die Ewigkeit zur Muße, das

ver=

verworrene Bild des allgemeinen Elends zu zerglie=
dern. — Oder willst du mich durch immer neue
Geburten und immer neue Schaupläze des Elends
von Stufe zu Stufe — zur Vernichtung — füh=
ren? Kann ich nicht die Lebensfäden, die mir jen=
seits gewoben sind so leicht zerreissen wie diesen? —
Du kannst mich zu nichts machen — Diese Frey=
heit kannst du mir nicht nehmen Er ladt die Pistole.
Plözlich hält er inn. Und soll ich für Furcht eines
qualvollen Lebens sterben? — Soll ich dem Elend
den Sieg über mich einräumen? — Nein! ich wills
dulden Er wirft die Pistole weg. Die Qual erlahme an
meinem Stolz! Ich wills vollenden.

Es wird immer Finsterer.

Herrmann. Der durch den Wald kommt.

Horch! Horch! grausig heulet der Kauz — zwölf
schlägts drüben im Dorf — wohl, wohl — das
Bubenstük schläft — in dieser Wilde kein Lauscher.
Tritt an das Schloß und pocht. Komm herauf, Jam=
miermann, Thurmbewohner! — Deine Mahlzeit ist
bereitet.

Moor Sachte zurücktretend. Was soll das bedeu=
ten?

Eine Stimme aus dem Schloß. Wer pocht da?
He? Bist dus Herrmann mein Rabe?

Herrmann. Bins Herrmann, dein Rabe. Steig
herauf ans Gitter und iß. Eulen schreyen. Fürchter=
lich

lich trillern deine Schlaftammeraden Alter — dir
schmekt?

Die Stimme. Hungerte mich sehr. Habe Dank,
Rabensender fürs Brod in der Wüste! — Und
wie gehts meinem lieben Kind, Herrmann?

Herrmann. Stille — Horch — Geräusch wie
von schnarcheuden! hörst du nicht was?

Stimme. Wie? hörst du etwas?

Herrmann. Den seufzeuden Wind-laut durch
die Rizen des Thurms — Eine Nachtmusik davon
einem die Zähn klappern, und die Nägel blau werden — Horch noch einmal — Immer ist mir, als
hört ich ein Schnarchen. — Du hast Gesellschafft
Alter — Hu hu hu!

Stimme. Siehst du etwas?

Herrmann. Leb wohl — leb wohl — Grausig
ist diese Stätte — Steig ab ins Loch — droben
dein Helffer, dein Rächer — verfluchter Sohn! —
                                   Will fliehen.

Moor Mit Entsezen hervortretend. Steh!

Herrmann Schreyend. Oh mir!

Moor. Steh, sag ich!

Herrmann. Weh! Weh! Weh! Nun ist alles
verrathen!

Moor. Steh! Rede! Wer bist du? Was hast
du hier zu thun! Rede!

Herrmann. Erbarmen o Erbarmen gestrenger
Herr — Nur ein Wort höret an, eh ihr mich
umbringt.   Moor.

Morr *Indem er den Degen zieht.* Was werd ich hören?

Herrmann. Wohl habt ihr mirs beim Leben verboten — Ich konnt nicht anders — durft nicht anders — im Himmel ein Gott — euer leiblicher Vater dort — mich jammerte sein — Stecht mich nieder.

Moor. Hier steckt ein Geheimniß — heraus! Sprich! Ich will alles wissen.

Die Stimme *aus dem Schloß.* Weh! Weh! Bist dus Herrmann der da redet? Mit wem redst du Herrmann?

Moor. Drunten noch jemand — Was geht hier vor? *Läuft dem Thurme zu.* Ists ein Gefangener den die Menschen abschüttelten — Ich will seine Ketten lösen. — Stimme! noch einmal! wo ist die Thüre?

Herrmann. O habt Barmherzigkeit Herr — dringt nicht weiter, Herr — geht aus Erbarmen vorüber *Vetrennt ihm den Weg.*

Moor. Vierfach geschlossen! Weg da — Es muß heraus — Izt zum erstenmahl komm mir zu Hülfe, Dieberey, *Er nimmt Brechinstrumente, und* und öffnet das Gitterthor. *Aus dem Grunde steigt ein Alter, ausgemergelt wie ein Gerippe.*

Der Alte. Erbarmen einem Elenden! Erbarmen!

Moor *Springt erschrocken zurück.* Das ist meines Vaters Stimme!

D. A.

D. a. Moor. Habe Dauk, o Gott! Erschienen ist die Stunde der Erlbsung.

Moor. Geist des alten Moors! Was hat dich beunruhigt in deinem Grab? Hast du eine Sünde in jene Welt geschleppt, die der den Eingang in die Pforten des Paradises verrammelt? Ich will Messen lesen lassen, den irrenden Geist in seine Heymath zu senden. Hast du das Gold der Wittwen und Way= sen unter die Erde vergraben, das dich zu dieser mitternächtlichen Stunde heulend herumtreibt, ich will den unterirrdischen Schaz aus den Klauen des Zauberdrachen reiffen, udd wenn er tausend ro= the Flammen auf mich speyt, und seine spizen Zäh= ne gegen meinem Degen blekt, oder kommst du auf meine Fragen die Räthsel der Ewigkeit zu entfalten? Rede, rede! ich bin der Mann der bleichen Furcht nicht.

D. a. Moor. Ich bin kein Geist. Taste mich an, ich lebe, oh ein elendes erbärmliches Leben!

Moor. Was? Du bist nicht begraben worden?

D. a. Moor. Ich bin begraben worden — das heißt: ein toder Hund ligt in meiner Väter Grufft; und ich — drey volle Monde schmacht ich schon in diesem finstern unterirrdischen Gewöl= be, von keinem Strahle beschienen, von keinem warmen Lüftchen angewehr, von keinem Freunde besucht, wo wilde Raben krächzen, und mitternäch= iche Uhus heulen —

Moor.

Moor. Himmel und Erde! Wer hat das ge=
than?

D. a. Moor. Verfluch ihn nicht! — Das hat
mein Sohn Franz gethan.

Moor. Franz? Franz? Oh ewiges Chaos!

D. a. Moor. Wenn du ein Mensch bist, und
ein menschliches Herz hast, Erlöser, den ich nicht
kenne, o so höre den Jammer eines Vaters, den
ihm seine Söhne bereitet haben — drey Monden
schon hab ichs tauben Felsenwänden zugewinselt,
aber ein holer Wiederhall äffte meine Klagen nur
nach. Darum, wenn du ein Mensch bist, und
ein menschliches Herz hast.

Moor. Diese Aufforderuug könnte die wilden
Bestien aus ihren Löchern hervorrufen!

D. a. Moor. Ich lag eben auf dem Siechbett,
hatte kaum angefangen aus einer schweren Krank=
heit etwas Kräfte zu sammeln, so führte man einen
Mann zu mir, der vorgab, mein Erstgeborner
sey gestorben in der Schlacht, und mit sich brach=
te ein Schwerd, gefärbt mit seinem Blut, und sein
leztes Lebewohl, und daß ihn mein Fluch gejagt
hätte in Kampf und Tod und Verzweifflung.

Moor heftig von ihm abgewandt. Es ist offenbar!

D. a. Moor. Höre weiter! ich ward unmäch=
tig bey der Bottschaft. Man muß mich für tod
gehalten haben, denn als ich wieder zu mir selber
kam, lag ich schon in der Bahre, und ins Leichentuch

ge=

gewickelt wie ein Toder. Ich kratzte an dem De=
ckel der Bahre. Er ward aufgethan. Es war
finstere Nacht, mein Sohn Franz stand vor mir, —
Was? rief er mit entsezlicher Stimme, willst du
dann ewig leben? — und gleich flog der Sargde=
kel wieder zu. Der Donner dieser Worte hatte mich
meiner Sinne beraubt, als ich wieder erwachte,
fühlt ich den Sarg erhoben und fortgeführt in ei=
nem Wagen eine halbe Stunde lang. Endlich
ward er geöffnet — ich stand am Eingang dieses
Gewölbes, mein Sohn vor mir, und der Mann,
der mir das blutige Schwerd von Karln gebracht
hatte — zehnmal umfaßt ich seine Knie, und bat
und flehte, und umfaßte sie und beschwur — das
Flehen seines Vaters reichte nicht an sein Herz —
hinab mit dem Balg! donnerte es von seinem Mun=
de, er hat genug gelebt, und hinab ward ich ge=
stosen ohn Erbarmen, und mein Sohn Franz schlos
hinter mir zu.

Moor. Es ist nicht möglich, nicht möglich!
Ihr müßt euch geirrt haben.

Der alte Moor. Ich kann mich geirrt haben.
Höre weiter, aber zürne doch nicht! So lag ich
zwanzig Stunden, und kein Mensch gedachte mei=
ner Noth. Auch hat keines Menschen Fußtritt je
diese Einöde betreten, denn die allgemeine Sage
geht, daß die Gespenster meiner Väter in diesen
Ruinen rasselnde Ketten schleifen, und in mitter=

M

nächt

nächtlicher Stunde ihr Todenlied raunen. Endlich
hört ich die Thür wieder aufgehen, dieser Mann
brachte mir Brod und Waſſer, und entdekte mir,
wie ich zum Tod des Hungers verurtheilt geweſen, und wie er ſein Leben in Gefahr ſeze, wenn
es herauskäm, daß er mich ſpeiſe. So ward ich
kümmerlich erhalten dieſe lange Zeit, aber der un-
aufhörliche Froſt — die faule Luft meines Unraths,
— der gränzenloſe Kummer — meine Kräffte wi-
chen, mein Leib ſchwand, tauſendmal bat ich Gott
mit Tränen um den Tod, aber das Maas meiner
Strafe mus noch nicht gefüllet ſeyn — oder mus
noch irgend eine Freude meiner warten, daß ich ſo
wunderbarlich erhalten bin. Aber ich leide gerecht
— Mein Karl! mein Karl! — und er hatte noch
keine graue Haare.

Moor. Es iſt genug. Auf! ihr Klbze, ihr
Eisklumpen! Ihr trägen fühlloſen Schläfer! Auf!
will keiner erwachen? Er thut einen Piſtolſchuß über die
ſchlafenden Räuber.

Die Räuber aufgejagt. He, holla! holla! was
gibts da?

Moor. Hat euch die Geſchichte nicht aus dem
Schlummer gerüttelt? der ewige Schlaf würde
wach worden ſeyn! Schaut her, ſchaut her! die
Geſeze der Welt ſind Würfelſpiel worden, das Band
der Natur iſt entzwey, die alte Zwietracht iſt los,
der Sohn hat ſeinen Vater erſchlagen.

Die

Die Räuber. Was sagt der Hauptmann!

Moor. Nein, nicht erschlagen! das Wort ist Beschönigung! — der Sohn hat den Vater tausendmal gerädert, gespießt, gefoltert, geschunden! die Worte sind mir zu menschlich — worüber die Sünde roth wird, worüber der Kannibale schaudert, worauf seit Aeonen kein Teufel gekommen ist. — Der Sohn hat seinen eigenen Vater — oh seht her, seht her! er ist in Unmacht gesunken, — in dieses Gewölbe hat der Sohn seinen Vater — Frost, — Blöse, — Hunger, — Durst — oh seht doch, seht doch! — es ist mein eigner Vater, ich wills nur gestehn.

Die Räuber springen herbey und umringen den Alten. Dein Vater? dein Vater?

Schweizer tritt ehrerbietig näher, fällt vor ihm nieder. Vater meines Hauptmanns! Ich küsse dir die Füsse! du hast über meinen Dolch zu befehlen.

Moor. Rache, Rache, Rache dir! grimmig beleidigter, entheiligter Greis! So zerreis ich von nun an auf ewig das brüderliche Band, er zerreißt sein Kleid von oben an bis unten. So verfluch ich jeden Tropfen brüderlichen Bluts im Antliz des offenen Himmels! Höre mich Mond und Gestirne! Höre mich mitternächtlicher Himmel! der du auf die Schandthat herunterblikteft! Höre mich dreymalschröcklicher Gott, der da oben über dem Monde waltet, und rächt und verdammt über den Ster-

M 3

nen,

nen, und feuerflammt über der Nacht! Hier knie
ich — hier strek ich empor die drey Finger in die
Schauer der Nacht — hier schwör ich, und so
speye die Natur mich aus ihren Gränzen wie eine
bösartige Bestie aus, wenn ich diesen Schwur ver=
leze, schwör ich das Licht des Tages nicht mehr
zu grüssen, bis des Vater=Mörders Blut, vor die=
sem Steine verschüttet, gegen die Sonne dampft.

Er steht auf.

Die Räuber. Es ist ein Belials Streich!
Sag einer, wir seyen Schelmen! Nein bey allen
Drachen! So bund haben wirs nie gemacht!

Moor. Ja! und bey allen schröcklichen Seuf=
zern derer, die jemals durch eure Dolche sturben,
derer, die meine Flamme fraß und mein fallender
Thurm zermalmte, — eh soll kein Gedanke von
Mord oder Raub Plaz finden in eurer Brust, bis
euer aller Kleider von des verruchten Blute schar=
lachroth gezeichnet sind — das hat euch wol niemals
geträumet, daß ihr der Arm höherer Majestäten
seyd? der verworrene Kneul unsers Schicksals ist
aufgelößt! Heute, heute hat eine unsichtbare Macht
unser Handwerk geadelt! Betet an vor dem, der
euch dis erhabene Loos gesprochen, der euch hieher
geführt, der euch gewürdiget hat die schröckliche
Engel seines finstern Gerichtes zu seyn! Entblößet
eure Häupter! Kniet hin in den Staub, und stehet
geheiliget auf! sie knien.

Schwei=

Schweizer. Gebeut Hauptmann! was sollen wir thun?

Moor. Steh auf Schweizer! Und rühre diese heilige Locken an! *er führt ihn zu seinem Vater und gibt ihm eine Locke in die Hand.* Du weißt noch, wie du einsmals jenem böhmischen Reuter den Kopf spaltetest, da er eben den Säbel über mich zukte, und ich athemlos und erschöpft von der Arbeit in die Knie gesunken war? dazumal verhieß ich dir eine Belohnung, die königlich wäre, ich könnte diese Schuld bisher niemals bezahlen, —

Schweizer. Das schwurst du mir, es ist wahr, aber laß mich dich ewig meinen Schuldner nennen!

Moor. Nein, itzt will ich bezahlen. Schweizer, so ist noch kein Sterblicher geehrt worden wie du! — Räche meinen Vater! *Schweizer steht auf.*

Schweizer. Grosser Hauptmann! Heut hast du mich zum erstenmal stolz gemacht! — Gebeut, wo, wie, wann soll ich ihn schlagen?

Moor. Die Minuten sind geweiht, du mußt eilends gehn — lies dir die würdigsten aus der Bande, und führe sie gerade nach des Edelmanns Schloß! zerr ihn aus dem Bette, wenn er schläft, oder in den Armen der Wollust ligt, schlepp ihn vom Mahle weg, wenn er besoffen ist, reiß ihn vom Krucifix, wenn er betend vor ihm auf den Knien ligt! Aber ich sage dir, ich schärf es dir hart ein,

liefr'

ließ' ihn mir nicht tod! deſſen Fleiſch will ich in Stücken reiſſen, und hungrigen Geyern zur Speiſe geben, der ihm nur die Haut rizt, oder ein Haar kränkt! Ganz muß ich ihn haben, und wenn du ihn ganz und lebendig bringſt, ſo ſollſt du eine Million zur Belohnung haben, ich will ſie einem Könige mit Gefahr meines Lebens ſtehlen, und du ſollſt frey ausgehn, wie die weite Luft — haſt du mich verſtanden, ſo eile davon!

Schweizer. Genug Hauptmann — Hier haſt du meine Hand darauf: Entweder, du ſiehſt zwey zurückkommen, oder gar keinen. Schweizers Würgengel kommt ab mit einem Geſchwader.

Moor. Ihr übrigen zerſtreut euch im Wald — Ich bleibe.

Fünfter Akt.

Erste Scene.

Aussicht von vielen Zimmern.

Finstre Nacht.

Daniel kommt mit einer Laterne und einem Reisebündel.

Lebewol, theures Mutterhauß — Hab so manch guts und liebs in dir genoßen, da der Herr seeliger noch lebete — Tränen auf deine Gebeine du lange verfaulter! das verlangt er von einem alten Knecht — es war das Obdach der Waysen, und der Port der Verlaßenen, und dieser Sohn hats gemacht zur Mördergrube — Lebe wol du guter Boden! wie oft hat der alte Daniel dich abgefegt — Lebe wol du lieber Ofen, der alte Daniel nimmt schweren Abschied von dir — es war dir alles so vertraut worden — wird dir weh thun, alter Elieser — Aber Gott bewahre mich in Gnaden vor dem Trug und List des Argen — Leer kam ich hieher — leer zieh ich wieder hin — aber meine Seele ist gerettet wie er gehen will kömmt

Franz im Schlafrock hereingestürzt.

Daniel. Gott steh mir bey! Mein Herr! löscht die Laterne aus.

M 4

Franz.

Franz. Verrathen! Verrathen! Geiſter ausgeſpien aus Gräbern — Losgerüttelt das Todenreich
aus dem ewigen Schlaf brüllt wider mich Mörder!
Mörder! — wer regt ſich da?

Daniel ängſtlich. Hilf heilige Mutter Gottes!
ſeyd ihrs geſtrenger Herre, der ſo gräßlich durch
die Gewölbe ſchreit, daß alle Schläfer auffahren?

Franz. Schläfer? Wer heißt euch ſchlafen?
Fort zünde Licht an Daniel ab, es kommt ein andrer Bedienter. Es ſoll niemand ſchlafen in dieſer Stunde.
Hörſt du? Alles ſoll auf ſeyn — in Waffen — alle
Gewehre geladen — Sahſt du ſie dort den Bogengang hinſchweben?

Bedienter. Wen gnädiger Herr?

Franz. Wen, Dummkopf, wen? So kalt, ſo
leer fragſt du, wen? hat michs doch angepackt
wie der Schwindel? wen, Eſelskopf! wen? Geiſter und Teufel! wie weit iſts in der Nacht?

Bedienter. Eben izt ruft der Nachtwächter
zwey an.

Franz. Was? will dieſe Nacht währen bis an
den jüngſten Tag? hörteſt du keinen Tumult in
der Nähe? Kein Siegsgeſchrey? Kein Geräuſch
galoppirender Pferde? wo iſt Kar — der Graf,
will ich ſagen?

Bedienter. Ich weiß nicht, mein Gebieter.

Franz. Du weiſts nicht? Du biſt auch unter
der Rotte? Ich will dir das Herz aus den Rippen
ſtam

stampfen! mit deinem verfluchten: ich weis nicht!
Fort, hole den Pastor!

Bedienter. Gnädiger Herr!

Franz. Murrst du? zögerst du? Erster Bedienter eilend ab. Was? auch Bettler wider mich verschwo=
ren? Himmel, Hölle! alles wider mich verschwo=
ren?

Daniel kommt mit dem Licht. Mein Gebieter —

Franz. Nein! ich zittere nicht! Es war lebig
ein Traum. Die Toden stehen noch nicht auf —
wer sagt, daß ich zittere und bleich bin? Es ist
mir ja so leicht, so wol.

Daniel. Ihr seyd todenbleich, eure Stimme
ist bang und lallet.

Franz. Ich habe das Fieber. Sage du nur,
wenn der Pastor kommt, ich habe das Fieber.
Ich will morgen zur Ader lassen, sage dem Pastor.

Daniel. Befehlt ihr, daß ich, euch Lebensbal=
sam auf Zucker tröpfle?

Franz. Tröpfle mir auf Zucker! der Pastor
wird nicht sogleich da seyn. Meine Stimme ist
bang und lallet, gib Lebensbalsam auf Zucker!

Daniel. Gebt mir erst die Schlüssel, ich will
drunten holen im Schrank —

Franz. Nein. nein, nein! Bleib! oder ich will
mit dir gehn. Du siehst, ich kann nicht allein
seyn! wie leicht könnt ich, du siehst ja — unmäch=

M 5

tig —

tig — wenn ich allein bin. Laß nur, laß nur!
Es wird vorübergehen, du bleibst.

Daniel. Oh ihr seyd ernstlich krank.

Franz. Ja freylich, freylich! das ists alles.
— Und Krankheit verstöret das Gehirn, und brü-
tet tolle und wunderliche Träume aus —
Träume bedeuten nichts — nicht wahr Daniel?
Träume kommen ja aus dem Bauch. und Träume
bedeuten nichts — ich hatte so eben einen lustigen
Traum er sinkt unmächtig nieder.

Daniel. Jesus Christus! was ist das? Georg!
Conrad! Bastian! Martin! so gebt doch nur eine
Urkund von euch! Rüttelt ihn. Maria, Magdalena
und Joseph! so nimmt doch nur Vernunft an!
So wirds heissen, ich hab ihn tod gemacht, Gott
erbarme sich meiner!

Franz verwirrt. Weg — weg! was rüttelst du
mich so, scheußliches Todengeripp? — die Toden
stehen noch nicht auf —

Daniel. O du ewige Güte! Er hat den Verstand verloren.

Franz richtet sich matt auf. Wo bin ich? — du
Daniel? was hab ich gesagt? merke nicht drauf!
ich hab eine Lüge gesagt, es sey was es wolle —
komm! hilf mir auf! — es ist nur ein Anstos von
Schwindel — weil ich — weil ich — nicht aus-
geschlafen habe.

Da:

Daniel. Wär nur der Johann da! ich will Hülfe rufen, ich will nach Aerzten rufen.

Franz. Bleib! sez dich neben mich auf diesen Sopha — so — du bist ein gescheuter Mann, ein guter Mann. Laß dir erzählen!

Daniel. Izt nicht, ein andermal! ich will euch zu Bette bringen, Ruhe ist euch besser.

Franz. Nein, ich bitte dich, laß dir erzählen, und lache mich derb aus! — Siehe mir dauchte, ich hätte ein königlich Mahl gehalten, und mein Herz wär guter Dinge, und ich läge berauscht im Rasen des Schloßgartens, und plözlich — es war zur Stunde des Mittags — plözlich, aber ich sage dir, lache mich derb aus! —

Daniel. Plözlich?

Franz Plözlich traf ein ungeheurer Donner mein schlummerndes Ohr, ich taumelte bebend auf, und siehe da war mirs, als säh ich aufflammen den ganzen Horizont in feuriger Lohe, und Berge und Städte und Wälder, wie Wachs im Ofen zerschmolzen, und eine heulende Windsbraut fegte von hinnen Meer Himmel und Erde — da erscholls wie aus ehernen Posaunen: Erde gib deine Toden, gib deine Toden, Meer! und das nakte Gefild begonn zu kreisen, und aufzuwerfen Schedel und Rippen und Kinnbacken und Beine, die sich zusammenzogen in menschliche Leiber, und daher strömten unübersehlich, ein lebendiger Sturm:

Da-

Damals sah ich aufwärts, und siehe, ich stand am
Fus des donnernden Sina, und über mir Gewim=
mel und. unter mir, und oben auf der Höhe des
Bergs auf drey rauchenden Stühlen drey Männer,
vor deren Blick flohe die Kreatur —

Daniel. Das ist ja das leibhaft Konterfey vom
jüngsten Tage.

Franz. Nicht wahr? das ist tolles Gezeuge?
Da trat hervor Einer, anzusehen wie die Sternen=
nacht, der hatte in seiner Hand einen eisernen Sie=
gelring, den hielt er zwischen Aufgang und Nie=
dergang und sprach: Ewig, heilig, gerecht, unver=
fälschbar! Es ist nur Eine Wahrheit, es ist nur
Eine Tugend! Wehe, wehe, wehe dem zweiffeln=
den Wurme! — da trat hervor ein Zweyter, der
hatte in seiner Hand einen blizenden Spiegel, den
hielt er zwischen Aufgang und Niedergang, und
sprach: Dieser Spiegel ist Wahrheit; Heucheley
und Larven bestehen nicht. — da erschrack ich und
alles Volk, denn wir sahen Schlangen und Tyger
und Leoparden Gesichter zurückgeworfen aus dem
entsetzlichen Spiegel. — Da trat hervor ein Drit=
ter, der hatte in seiner Hand eine eherne Wage,
die hielt er zwischen Aufgang und Niedergang,
und sprach: tretet herzu, ihr Kinder von Adam —
ich wäge die Gedanken in der Schaale meines Zor=
nes! und die Werke mit dem Gewicht meines
Grimms! —

Da

Daniel. Gott erbarme ſich meiner.

Franz. Schneebleich ſtunden alle, ängſtlich klopfte die Erwartung in jeglicher Bruſt. Da war mirs, als hört ich meinen Namen zuerſt genannt aus den Wettern des Berges, und mein innerſtes Mark gefror in mir, und meine Zähne klapperten laut. Schnell begonn die Waage zu klingen, zu donnern der Fels, und die Stunden zogen vorüber, eine nach der andern an der links hangenden Schaale, und eine nach der andern warf eine Todſünde hinein —

Daniel. Oh Gott vergeb euch!

Franz. Das that er nicht! — die Schaale wuchs zu einem Gebirge, aber die andere voll vom Blut der Verſöhnung hielt ſie noch immer hoch in den Lüften — zulezt kam ein alter Mann, ſchwer gebeuget von Gram, angebiſſen den Arm von wütendem Hunger, aller Augen wanden ſich ſcheu vor dem Mann, ich kannte den Mann, er ſchnitt eine Locke von ſeinem ſilbernen Haupthaar, warf ſie hinein in die Schaale der Sünden, und ſiehe, ſie ſank, ſank plözlich zum Abgrund, und die Schaale der Verſöhnung flatterte hoch auf! — Da hört ich eine Stimme ſchallen aus dem Rauche des Felſen: Gnade, Gnade jedem Sünder der Erde und des Abgrunds! du allein biſt verworfen! — *Eine Pauſe.* Nun, warum lachſt du nicht?

Daniel. Kann ich lachen, wenn mir die Haut
schaubert? Träume kommen von Gott.

Franz. Pfui doch, pfui doch! sage das nicht!
Heiß mich einen Narren, einen aberwitzigen, abgeschmackten Narren! Thu das, lieber Daniel, ich
bitte dich drum, spotte mich tüchtig aus!

Daniel. Träume kommen von Gott. Ich will
für euch beten.

Franz. Du lügst, sag ich — geh den Augenblick, lauf, spring, sieh, wo der Pastor bleibt,
heiß ihn eilen, eilen, aber ich sage dir, du lügst.

Daniel im Abgehn. Gott sey euch gnädig!

Franz.

Pöbel-Weisheit, Pöbelfurcht! — Es ist ja noch
nicht ausgemacht, ob das Vergangene nicht vergangen ist, oder ein Auge findet über den Sternen
— hum, hum! wer raunte mir das ein? Rächet
denn droben über den Sternen einer? — Nein,
neiu! Ja, ia! Fürchterlich zischelts um mich: Richtet droben einer über den Sternen! Entgegen gehen
dem Rächer über den Sternen diese Nacht noch!
Nein! sag ich — Elender Schlupfwinkel, hinter
den sich deine Feigheit verstecken will — öd, ein-
sam, taub ists droben über den Sternen — wenns
aber doch etwas mehr wäre? Nein, nein, es ist
nicht! Ich befehle, es ist nicht! wenns aber doch
wäre? Weh dir, wenns nachgezählt worden wäre!

wenns

wenns dir vorgezählt würde diese Nacht noch! — warum schaudert mir so durch die Knochen? — Sterben! warum packt mich das Wort so? Rechenschaft geben dem Rächer droben über den Sternen — und wenn er gerecht ist, Waisen und Wittwen, Unterdrückte, Geplagte heulen zu ihm auf, und wenn er gerecht ist? — warum haben sie gelitten, warum hast du über sie triumphiret? —

Pastor Moser tritt auf.

Moser. Ihr ließt mich holen, gnädiger Herr. Ich erstaune. Das erstemal in meinem Leben! Habt ihr im Sinn über die Religion zu spotten, oder fangt ihr an vor ihr zu zittern?

Franz. Spotten oder zittern, je nachdem du mir antwortest. — Höre Moser, ich will dir zeigen, daß du ein Narr bist, oder die Welt fürn Narren halten willst, und du sollst mir antworten. Hörst du? Auf dein Leben sollst du mir antworten.

Moser. Ihr fordert einen höheren vor euren Richterstul. Der höhere wird euch dermaleins antworten.

Franz. Izt will ichs wissen, izt, diesen Augenblick, damit ich nicht die schändliche Thorheit begehe, und im Drange der Noth den Götzen des Pöbels anrufe, ich habs dir oft mit Hohnlachen beym Burgunder zugesoffen: Es ist kein Gott! — Izt red ich im Ernste mit die, ich sage dir: es ist

kei=

keiner! du sollst mich mit allen Waffen widerlegen,
die du in deiner Gewalt hast, aber ich blase sie weg
mit dem Hauch meines Mundes.

Mofer. Wenn du auch eben so leicht den Donner wegblasen könnteſt, der mit zehntaufendfachem
Centner-Gewicht auf deine ſtolze Seele fallen wird!
dieſer allwiſſende Gott, den du Thor und Böſewicht mitten aus ſeiner Schöpfung zernichteſt, braucht ſich nicht
durch den Mund des Staubes zu rechtfertigen. Er
iſt eben ſo gros in deinen Tyranneyen, als irgend
in eiuem Lächeln der ſiegenden Tugend.

Franz. Ungemein gut Pfaffe! So gefällſt du
mir.

Mofer. Ich ſtehe hier in den Angelegenheiten
eines grbſſeren Herrn, und rede mit einem, der
Wurm iſt wie ich, dem ich nicht gefallen will.
Freylich müßt ich Wunder thun können, wenn ich
deiner halsſtarrigen Bosheit das Geſtändnis abzwingen könnte, — aber wenn deine Ueberzeugung
ſo feſt iſt? warum lieſſeſt du mich rufen, ſage mir
doch, warum lieſſeſt du mich in der Mitternacht
rufen?

Franz. Weil ich lange Weile hab, und eben
am Schachbrett keinen Geſchmack finde. Ich will
mir einen Spaß machen, mich mit Pfaffen her-
umzubeiſſen. Mit dem leeren Schrecken wirſt du
meinen Muth nicht entmannen. Ich weis wol,
daß derjenige auf Ewigkeit hofft, der hier zu kurz
ge-

gekommen ist: aber er wird garstig betrogen. Ich
habs immer gelesen, daß unser Wesen nichts ist
als Sprung des Geblüts, und mit dem lezten
Blutstropfen zerrinnt auch Geist und Gedanke.
Er macht alle Schwachheiten des Körpers mit,
wird er nicht auch aufhören bey seiner Zerstörung?
nicht bey seiner Fäulung verdampfen? Laß einen
Wassertropfen in deinem Gehirne verirren, und dein
Leben macht eine plözliche Pause, die zunächst an
das Nichtseyn gränzt, und ihre Fortdauer ist der
Tod. Empfindung ist Schwingung einiger Saiten,
und das zerschlagene Klavier tönet nicht mehr.
Wenn ich meine sieben Schlösser schleifen lasse,
wenn ich diese Venuß zerschlage, so ists Symmetrie
und Schönheit gewesen. Siehe da! das ist eure
unsterbliche Seele!

Moser. Das ist die Philosophie eurer Verzweiflung. Aber euer eigenes Herz, das bey diesen
Beweisen ängstlich bebend wider eure Rippen
schlägt, straft euch Lügen. Diese Spinnweben
von Systemen zerreißt das einzige Wort: du mußt
sterben! — ich fordere euch auf, das soll die Probe seyn, wenn ihr im Tode annoch feste steht,
wenn euch eure Grundsätze auch da nicht im Sti-
che lassen, so sollt ihr gewonnen haben; wenn euch
im Tode nur der mindeste Schauer anwandelt, weh
euch dann! ihr habt euch betrogen.

N   Franz

Franz *verwirrt.* Wenn mich im Tode ein Schauer anwandelt?

Moor. Ich habe wol mehr solche Elende gesehn, die bis hieher der Wahrheit Riesentroz boten, aber im Tode selbst flattert die Täuschung dahin. Ich will an eurem Bette stehn, wenn ihr sterbet — ich möchte so gar gern einen Tyrannen sehen dahinfahren — ich will dabeystehn, und euch starr ins Auge fassen, wenn der Arzt eure kalte nasse Hand ergreift, und den verloren schleichenden Puls kaum mehr finden kann, und aufschaut, und mit jenem schröcklichen Achselzucken zu euch spricht: menschliche Hülfe ist umsonst! Hütet euch dann, o hütet euch ja, daß ihr da nicht aufseht, wie Richard und Nero!

Franz. Nein, nein!

Moser. Auch dieses Nein wird dann zu einem heulenden Ja — ein innerer Tribunal, den ihr nimmermehr durch sektptische Grübeleyen bestechen könnt, wird izo erwachen, und Gericht über euch halten. Aber es wird ein Erwachen seyn, wie des lebendig begrabenen im Bauche des Kirchhofs, es wird ein Unwille seyn wie des Selbstmörders, wenn er den tödtlichen Streich schon gethan hat und bereut, es wird ein Bliz seyn, der die Mitter-Nacht eures Lebens zumal überflammt, es wird Ein Blick seyn, und wenn ihr da noch feste steht, so sollt ihr gewonnen haben!

Franz.

Franz unruhig im Zimmer auf und abgehend. Pfaffen: gewäsche, Pfaffengewäsche!

Mofer. Izt zum erstenmal werden die Schwerder einer Ewigkeit durch eure Seele schneiden, und izt zum erstenmal zu spät. — Der Gedanke Gott wekt einen fürchterlichen Nachbar auf, sein Name heißt Richter. Sehet Moor, ihr habt das Leben von tausenden an der Spize eures Fingers, und von diesen tausenden habt ihr neunhundert neun und neunzig elend gemacht. Euch fehlt zu einem Nero nur das römische Reich, und nur Peru zu einem Pizarro. Nun glaubt ihr wol, Gott werde es zugeben, daß ein einziger Mensch in seiner Welt wie ein Wütrich hause, und das oberste zu unterst lehre? Glaubt ihr wol, diese neunhundert und neun und neunzig seyen nur zum Verderben, nur zu Puppen eures satanischen Spieles da? Oh glaubt das nicht! Er wird jede Minute, die ihr ihnen getödtet, jede Freude, die ihr ihnen vergiftet, jede Vollkommenheit, die ihr ihnen versperret habt, von euch fodern dereinst, und wenn ihr darauf antwortet, Moor, so sollt ihr gewonnen haben.

Franz. Nichts mehr, kein Wort mehr! willst du, daß ich deinen schwarzlebrigen Grillen zu Gebot steh?

Mofer. Sehet zu, das Schicksaal der Menschen stehet unter sich in fürchterlich schönem Gleichgewicht. Die Waagschaale dieses Lebens sinkend

wird

wird hoch steigen in jenem, steigend in diesem wird in jenem zu Boden fallen. Aber was hier zeitliches Leiden war, wird dort ewiger Triumf, was hier endlicher Triumf war, wird dort ewige unendliche Verzweiflung.

Franz *wild auf ihn losgehend.* Daß dich der Donner stumm mache, Lügengeist du! Ich will dir die verfluchte Zunge aus dem Munde reissen!

Moser. Fühlt ihr die Last der Wahrheit so früh? Ich habe ja noch nichts von Beweisen gesagt. Laßt mich nur erst zu den Beweisen —

Franz. Schweig, geh in die Hölle mit deinen Beweisen! zernichtet wird die Seele, sag ich dir, und sollst mir nicht darauf antworten!

Moser. Darum winseln auch die Geister des Abgrunds, aber der im Himmel schüttelt das Haupt. Meynt ihr, dem Arm des Vergelters im öden Reich des Nichts zu entlaufen? und führet ihr gen Himmel, so ist er da! und bettet ihr euch in der Hölle, so ist er wieder da! uud sprächet ihr zu der Nacht: verhülle mich! und zu der Finsterniß: birg mich! so muß die Finsternis leuchten um euch, und um den Verdammten die Mitternacht tagen — aber euer unsterblicher Geist sträubt sich unter dem Wort, und siegt über den blinden Gedanken.

Franz. Ich will aber nicht unsterblich seyn — sey es, wer da will, ich wills nicht hindern. Ich
will

will ihn zwingen, daß er mich zernichte, ich will
ihn zur Wuth reizen, daß er mich iu der Wuth
zernichte. Sag mir, was ist die größte Sünde,
und die ihn am grimmigsten aufbringt?

Moser. Ich kenne nur zwo. Aber sie werden
nicht von Menschen begangen, auch ahnden sie
Menschen nicht.

Franz. Diese zwo! —

Moser sehr bedeutend. Vatermord heißt die
eine, Brudermord die andere — Was macht euch
auf einmal so bleich?

Franz. Was Alter? Stehst du mit dem Him=
mel oder mit der Hölle im Bündnis? Wer hat dir
das gesagt?

Moser. Wehe dem, der sie beyde auf dem
Herzen hat! Ihm wäre besser, daß er nie geboren
wäre! Aber seyd ruhig, ihr habt weder Vater noch
Bruder mehr!

Franz. Ha! — was, du kennst keine drüber?
Besinne dich nochmals — Tod, Himmel, Ewig=
keit, Verdammnis schwebt auf dem Laut deines
Mundes — keine einzige drüber?

Moser. Keine einzige drüber.

Franz fällt in einen Stul. Zernichtung! Zernich=
tung!

Moser. Freut euch, freut euch doch! preißt
euch doch glücklich! — Bey allen euren Greueln
seyd ihr noch ein Heiliger gegen den Vatermörder.

Der

Der Fluch, der euch trift, ist gegen den, der auf diesen lauert, ein Gesang der Liebe — die Vergeltung —

Franz aufgesprungen. Geh in tausend Grüfte, du Eule! wer hies dich hieher kommen? geh, sag ich, oder ich stos dich durch und durch!

Moser. Kann das Pfaffengewäsche so einen Philosophen in Harnisch jagen? Blaßt es doch weg mit dem Hauch eures Mundes! geht ab.

Franz wirft sich in seinem Sessel herum in schröcklichen Bewegungen, tiefe Pause.

Ein Bedienter eilig.

Bedienter. Amalia ist entsprungen, der Graf ist plözlich verschwunden.

Daniel kommt ängstlich.

Daniel. Gnädiger Herr, jagt ein Trupp feuriger Reuter die Staig herab, schreyen Mordjo, Mordjo — das ganze Dorf in Allarm.

Franz. Geh laß alle Glocken zusammenläuten alles soll in die Kirche — auf die Knie fallen alles. — beten für mich — alle Gefangne sollen los seyn, und ledig, ich will den Armen alles doppelt und dreyfach wiedergeben, ich will — so geh doch — so

— so ruf doch den Beichtvater, daß er mir meine Sünden hinwegseegne — bist du noch nicht fort? *Das Getümmel wird hörbarer.*

Daniel. Gott verzeih mir meine schwere Sünde! Wie soll ich das wieder reimen? Ihr habt ja immer das liebe Gebet über alle Häusser hinausgeworffen, habt mir so manche Postill und Bibelbuch an den Kopf gejagt, wenn ihr mich ob dem Beten ertapptet —

Franz. Nichts mehr davon — Sterben! siehst du? Sterben? — Es wird zu spät *man hört Schweizern toben.* Bete doch! Bete!

Daniel. Ich sagt's euch immer — ihr verachtet das liebe Gebet so — aber gebt acht, gebt acht! wenn die Noth an Mann geht, wenn euch das Wasser an die Seele geht, ihr werdet alle Schäze der Welt um ein christliches Seufzerlein geben — Seht ihrs? Ihr verschimpftet mich! Da habt ihrs nun! Seht ihrs?

Franz *umarmt ihn ungestüm.* Verzeih, lieber, goldner Perlendaniel verzeih — ich will dich kleiden von Fuß auf — so bet doch — ich will dich zum Hochzeiter machen — ich will — so bet doch — ich beschwöre dich — auf den Knien beschwör ich dich — Ins T—ls Namen! so bet doch! *Tumult auf den Strassen, Geschrey — Gepolter —*

N 4   Schwei-

Schweizer auf der Gasse. Stürmt! Schlagt tod! Brecht ein! Ich sehe Licht! dort muß er seyn.

Franz auf den Knien. Höre mich beten Gott im Himmel! — Es ist das erstemal — soll auch gewiß nimmer geschehen — Erhöre mich Gott im Himmel.

Daniel. Mein doch! Was treibt ihr? Das ist ja gottloß gebetet.

Volksauflauf.

Volk. Diebe! Mörder! wer lärmt so gräßlich in dieser Mitternachtsstunde!

Schweizer lärmet auf der Gasse. Schlag sie zurük Kamerad — der Teufel ists und will euren Herrn holen — wo ist der Schwarz mit seinen Hauffen? — Postir dich ums Schloß Grimm — Lauf Sturm wider die Ringmauer!

Grimm. Holt ihr Feuerbrände — wir hinauf oder er herunter — Ich will Feuer in seine Sääle schmeißen.

Franz betet. Ich bin kein gemeiner Mörder gewesen mein Herrgott — hab mich nie mit Kleinigkeiten abgegeben mein Herrgott —

Daniel.

Daniel: Gott sey uns gnädig. Auch seine Ge:
bete werden zu Sünden. *Es fliegen Steine und Feuer:*
brände. Die Scheiben fallen. Das Schloß brennt.

Franz. Ich kann nicht beten — hier hier! *Auf Brust*
und Stirn schlagend. Alles so öd — so verdorret steht
auf. Nein ich will auch nicht beten — diesen Sieg
soll der Himmel nicht haben, diesen Spott mir
nicht anthun die Hölle —

Daniel. Jesus Maria! helft — rettet — das
ganze Schloß steht in Flammen!

Franz. Hier nimm diesen Degen. Hurtig.
Jag mir ihn hinterrücks in den Bauch, daß nicht
diese Buben kommen und treiben ihren Spott aus
mir. *Das Feuer nimmt überhand.*

Daniel. Bewahre! Bewahre! Ich mag nie:
mand zu früh in den Himmel fördern, viel weniger
zu früh *er entrinnt.*

Franz *ihm graß nachstierend, nach einer Pause.*

In die Hölle wolltest du sagen? — Wirklich!
ich wittere so etwas — *wahnsinnig.* Sind das ihre
hellen Triller? hör ich euch zischen ihr Nattern des
Abgrunds? — Sie dringen herauf — Belagern die
Thüre — warum zag ich so vor dieser bohrenden
Spitze? — die Thüre kracht — stürzt — unent:

N 5   rinnbar

rinnbar — Ha! so erbarm du dich meiner! *er reist seine goldene Hutschnur ab, und erdrosselt sich.*

Schweizer *mit seinen Leuten.*

Schweizer. Mordkanaille wo bist du? — Saht ihr wie sie flohen? — hat er so wenig Freunde? — Wohin hat sich die Bestie verkrochen?

Grimm *stößt an die Leiche.* Halt! was liegt hier im Weeg? Zündet hieher —

Schwarz Er hat das Prevenire gespielt. Steckt eure Schwerder ein, hier liegt er wie eine Kaze verreckt.

Schweizer. Todt! was? todt? ohne mich todt — Erlogen sag ich — Gebt acht wie hurtig er auf die Beine springt? *rüttelt ihn.* Hey du! Es gibt einen Vater zu ermorden.

Grimm. Gib dir keine Müh. Er ist maustodt.

Schweizer *tritt von ihm weg.* Ja! Er freut sich nicht — Er ist maustodt — Gehet zurück und saget meinem Hauptmann: Er ist maustodt — mich sieht er nicht wieder. *Schießt sich vor die Stirn.*

Zwey=

Zweyte Scene.

Der Schauplatz, wie in der letzten Scene des vorigen Akts.

Der alte Moor auf einem Stein sitzend. Räuber Moor gegenüber. Räuber hin und her im Wald.

R. Moor. Er kommt noch nicht? schlägt mit dem Dolch auf einen Stein daß es Funken giebt.

D. a. Moor. Verzeihung sey seine Strafe --- meine Rache verdoppelte Liebe.

R. Moor. Nein,. bey meiner grimmigen See-le. Das soll nicht seyn. Ich wills nicht haben. Die große Schandthat soll er mit sich in die Ewig-keit hinüber schleppen! — Wofür hab ich ihn dann umgebracht?

D. a. Moor in Tränen ausbrechend. O mein Kind.

R. Moor. Was? — du weinst um ihn --- an diesem Thurme?

D. a. Moor. Erbarmung! o Erbärmung! heftig die Hände ringend. Izt — izt wird mein Kind gerichtet!

R. Moor erschrocken. Welches?

D. a. Moor. Ha! was ist das für eine Frage?

R. Mo-

R. Moor. Nichts. Nichts.

D. a. Moor. Bist du kommen Hohngelächter anzustimmen über meinem Jammer?

R. Moor. Verräthrisches Gewissen! — Merket nicht auf meine Rede.

D. a. Moor. Ja ich hab einen Sohn gequält, und ein Sohn mußte mich wieder quälen, das ist Gottes Finger — o mein Karl! mein Karl! wenn du um mich schwebst im Gewand des Friedens. Vergib mir. Oh vergib mir!

R. Moor schnell. Er vergibt euch. Betroffen. Wenn ers werth ist euer Sohn zu heissen — Er muß euch vergeben.

D. a. Moor. Ha! Er war zu herrlich für mich — Aber ich will ihm entgegen mit meinen Thränen, meinen schlaflosen Nächten, meinen quälenden Träumen, seine Knie will ich umfassen — rufen — laut rufen: Ich hab gesündigt im Himmel, und vor dir. Ich bin nicht werth, daß du mich Vater nennst.

R. Moor sehr gerührt. Er war euch lieb euer andrer Sohn?

D. a. Moor. Du weißt es o Himmel. Warum ließ ich mich doch durch die Ränke eines bösen Sohnes bethören? Ein gepriesener Vater gieng

ich

ich einher unter den Vätern der Menschen. Schön
um mich blühten meine Kinder voll Hoffnung.
Aber — o der unglückseligen Stunde! — der bö=
se Geist fuhr in das Herz meines zweyten, ich
traute der Schlange — verloren meine Kinder
beyde. Verhüllt sich das Gesicht.

R. Moor geht weit von ihm weg. Ewig verlo=
ren.

D. a. Moor. Oh ich fühl es tief was mir
Amalia sagte, der Geist der Rache sprach aus ih=
rem Munde. Vergebens ausstrecken deine sterben=
den Hände wirst du nach einem Sohn, vergebens
wähnen zu umfassen die warme Hand deines Karls,
der nimmermehr an deinem Bette steht —

Räuber Moor reicht ihm die Hand mit abgewandtem
Gesicht.

D. a. Moor. Wärst du meines Karls Hand!
— Aber er liegt fern im engen Hause, schläft
schon den eisernen Schlaf, höret nimmer die Stim=
me meines Jammers — weh mir! Sterben in den
Armen eines Fremdlings — Kein Sohn mehr —
kein Sohn mehr, der mir die Augen zudrücken
könnte —

R. Räuber in der heftigsten Bewegung. Izt muß
es seyn — izt — verlaßt mich zu den Räubern. Und
doch

doch — Kann ich ihm denn seinen Sohn wieder
schenken? — Ich kann ihm seinen Sohn doch nicht
mehr schenken — Nein! Ich wills nicht thun.

D. a. Moor. Wie Freund? Was hast du da
gemurmelt?

R. Moor. Dein Sohn — Ja alter Mann —
stammelnd. Dein Sohn — ist — ewig verloren.

D. a. Moor. Ewig?

R. Moor in der fürchterlichsten Beklemmung gen Himmel sehend. O nur dißmal — Laß meine Seele
nicht matt werden — nur dißmal halte mich aufrecht.

D. a. Moor. Ewig sagst du?

R. Moor. Frage nichts weiter. Ewig, sagt ich.

D. a. Moor. Frembling! Frembling! Warum
zogst du mich aus dem Thurme?

R. Moor. Und wie? — Wenn ich jezt seinen
Seegen weghaschte — haschte wie ein Dieb, und
mich davonschlich mit der göttlichen Beute — Va-
terseegen sagt man, geht niemals verloren.

D. a. Moor. Auch mein Franz verloren? —

R. Moor stürzt vor ihm nieder. Ich zerbrach die
Riegel deines Thurms — Gib mir deinen Seegen.

D. a.

D. a. Moor *mit Schmerz.* Daß du den Sohn vertilgen mußteſt Retter des Vaters! — Siehe die Gottheit ermüdet nicht im Erbarmen, und wir armſeligen Würmer gehen ſchlafen mit unſerm Groll legt ſeine Hand auf des Räubers Haupt. Sei ſo glücklich, als du dich erbarmeſt.

R. Moor *weichmüthig aufſtehend.* O — wo iſt mei⹶ ne Mannheit? Meine Sehnen werden ſchlapp, der Dolch ſinkt aus meinen Händen.

D. a. Moor. Wie köſtlich iſts wenn Brüder einträchtig beyſammen wohnen, wie der Thau der vom Hermon fällt auf die Berge Zion — Lern dieſe Wolluſt verdienen junger Mann, und die Engel des Himmels werden ſich ſonnen in deiner Glorie. Dei⹶ ne Weißheit ſei die Weißheit der grauen Haare, aber dein Herz — dein Herz ſei das Herz der un⹶ ſchuldigen Kindheit.

R. Moor. O einen Vorſchmack dieſer Wolluſt. Küße mich göttlicher Greiß!

D. a. Moor *küßt ihn.* Denk es ſei Vaterskuß, ſo will ich denken ich küße meinen Sohn — du kannſt auch weinen?

R. Moor. Ich dacht, es ſei Vaterskuß! — Weh mir, wenn ſie ihn jetzt brächten!

Schweizers Gefährten treten auf im stummen Trauerzug, mit gesenkten Häuptern, und verhüllten Gesichtern.

K. Moor. Himmel! tritt scheu zurück und sucht sich zu verbergen. Sie ziehen an ihm vorüber. Er sieht weg von ihnen. Tiefe Pause. Sie halten.

Grimm mit gesenktem Ton. Mein Hauptmann. K. Moor antwortet nicht und tritt weiter zurück.

Schwarz. Theurer Hauptmann. Räuber Moor weicht weiter zurück.

Grimm. Wir sind unschuldig mein Haupt= mann.

K. Moor ohne nach ihnen hinzuschaun. Wer seid ihr?

Grimm. Du blikst uns nicht an. Deine Ge= treuen.

K. Moor. Weh euch wenn ihr mir getreu wart!

Grimm. Das lezte Lebewol von deinem Knecht Schweizer — er kehrt nie wieder dein Knecht Schwei= zer.

K. Moor aufspringend. So habt ihr ihn nicht gefunden?

Schwarz.

Schwarz. Tod gefunden.

R. Moor froh empor hüpfend. Habe Dank Lenker der
Dinge — Umarmet mich meine Kinder — Erbarmung
sei von nun an die Loosung — Nun wär auch das überstanden — Alles überstanden.

Neue Räuber. Amalia.

Räuber.   Heysa, heysa! Ein Fang, ein super-
ber Fang!

Amalia mit fliegenden Haaren. Die Toden schreyen
sie, seyen erstanden auf seine Stimme — mein Oheim
lebendig — in diesem Wald — wo ist er? Karl!
Oheim! — Ha! Stürzt auf den Alten zu.

D. a. Moor. Amalia! Meine Tochter! Amalia! Hält sie in seinen Armen gepreßt.

R. Moor zurückspringend. Wer bringt dis Bild
vor meine Augen?

Amalia entspringt dem Alten, und springt auf
den Räuber zu, und umschlingt ihn entzückt. Ich
hab ihn, o ihr Sterne! Ich hab ihn! —

Moor sich losreissend, zu den Räubern. Brecht
auf ihr! Der Erzfeind hat mich verrathen!

Amalia. Bräutigam, Bräutigam, du ra-
sest! Ha! Vor Entzückung! Warum bin ich

auch so fühllos, mitten im Wonnewirbel so kalt?

D. a. Moor sich aufraffend. Bräutigam? Tochter! Tochter! Ein Bräutigam?

Amalia. Ewig sein! Ewig, ewig, ewig mein! — Oh ihr Mächte des Himmels! Entlastet mich dieser tödtlichen Wolluft, daß ich nicht unter der Bürde vergehe!

R. Moor. Reißt sie von meinem Halse! Tödtet sie! Tödtet ihn! mich! euch! alles! Die ganze Welt geh zu Grunde! Er will davon.

Amalia. Wohin? was? Liebe Ewigkeit! Wonn Unendlichkeit, und du fliehst?

R. Moor. Weg, weg! — Unglückseeligste der Bräute! — Schau selbst, frage selbst, höre! — Unglückseeligster der Väter! Laß mich immer ewig davon rennen!

Amalia. Haltet mich! Um Gottes willen, haltet mich! — Es wird mir so Nacht vor den Augen — Er flieht!

R. Moor. Zu spät! Vergebens! Dein Fluch,

Fluch, Vater, — frage mich nichts mehr! — ich bin, ich habe — dein Fluch — dein vermeynter Fluch! — Wer hat mich hergelockt? *Mit gezogenem Degen auf die Räuber losgehend.* Wer von euch hat mich hieher gelockt, ihr Kreaturen des Abgrunds? So vergeh dann, Amalia! — Stirb Vater! Stirb durch mich zum drittenmal! — Diese deine Retter sind Räuber und Mörder! Dein Karl ist ihr Hauptmann. *Der alte Moor gibt seinen Geist auf.*

Amalia steht stumm, und starr wie eine Bildsäule. Die ganze Bande in fürchterlicher Pause.

Räuber Moor wider eine Eiche rennend. Die Seelen derer, die ich erdroßelte im Taumel der Liebe — derer, die ich zerschmetterte im heiligen Schlaf, derer, — hahaha! Hört ihr den Pulverthurm knallen über der kreisenden Stülen? Seht ihr die Flammen schlagen an den Wiegen der Säuglinge? das ist Brautfackel, das ist Hochzeitmusik — oh er vergißt nicht, er weis zu knüpfen — darum von mir die Wonne der

Liebe! darum mir zur Folter die Liebe! das ist Vergeltung!

Amalia. Es ist wahr! Herrscher im Himmel! Es ist wahr. — Was hab ich gethan, ich unschuldiges Lamm? Ich hab diesen geliebt!

R. Moor. Das ist mehr als ein Mann erdulder. Hab ich doch den Tod aus mehr denn tausend Röhren auf mich zupfeiffen gehört, und bin ihm keinen Fusbreit gewichen, soll ich izt erst lernen beben wie ein Weib? beben vor einem Weib? — Nein, ein Weib erschüttert meine Mannheit nicht — Blut, Blut! Es ist nur ein Anstos vom Weibe — Blut mus ich saufen, es wird vorübergehen. *Er will davon fliehn.*

Amalia *fällt ihm in die Arme.* Mörder! Teufel! Ich kann dich Engel nicht lassen.

Moor *schleudert sie von sich.* Fort falsche Schlange, du willst einen rasenden höhnen, aber ich poche dem Tyrannen-Verhängniß — was, du weinest? Oh ihr losen boshaften Gestirne! Sie thut als ob sie weine, als ob um mich eine Seele weine. *Amalia fällt ihm um den Hals.* Ha was ist das? Sie speyt mich nicht an, stößt mich nicht von sich — Amalia! Hast du vergessen? weist du auch, wen du umarmest, Amalia?

Ama=

Amalia. Einziger, unzertrennlicher!

Moor aufblühend in elstatischer Wonne. Sie vergibt mir, sie liebt mich! Rein bin ich wie der Aether des Himmels, sie liebt mich. — Weinenden Dank dir, Erbarmer im Himmel! Er fällt auf die Knie und weinet heftig. Der Friede meiner Seele ist wiedergekommen, die Qual hat ausgetobt, die Hölle ist nicht mehr — Sieh, o sieh, die Kinder des Lichts weinen am Hals der weinenden Teufel — aufstehend zu den Räubern. So weinet doch auch! weinet, weinet, ihr seyd ja so glücklich — O Amalia! Amalia! Amalia! Er hängt an ihrem Mund, sie bleiben in stummer Umarmung.

Ein Räuber grimmig hervortretend. Halt ein Verräther! — Gleich laß diesen Arm fahren — oder ich will dir ein Wort sagen. daß dir die Ohren gellen, und deine Zähne vor Entsezen klappern! Strekt das Schwerd zwischen beyde.

Ein alter Räuber. Denk an die böhmischen Wälder! Hörst du, zagst du? — an die böhmischen Wälder sollst du denken! Treuloser, wo sind deine Schwüre? Vergißt man Wunden so bald? da wir Glück, Ehre und Leben in die Schanze schlugen für dich? Da

O 3 wir

wir dir standen wie Mauren, auffiengen wie Schilder die Hiebe, die deinem Leben galten, — hubst du da nicht deine Hand zum eisernen Eid auf, schwurest, uns nie zu verlassen, wie wir dich nicht verlassen haben? — Ehrloser! Treuvergessener! Und du willst abfallen, wenn eine Mädze greint?

Ein dritter Räuber. Pfui, über den Meineid! der Geist des geopferten Rollers, den du zum Zeugen aus dem Todenreich zwangest, wird erröthen über deine Feigheit, und gewafnet aus seinem Grabe steigen, dich zu züchtigen.

Die Räuber durcheinander, reissen ihre Kleider auf. Schau her, schau! Kennst du diese Narben? du bist unser! Mit unserem Herzblut haben wir dich zum Leibeigenen angekauft, unser bist du, und wenn der Erzengel Michael mit dem Moloch ins Handgemeng kommen sollte! — Marsch mit uns, Opfer um Opfer! Amalia für die Bande!

R. Moor läßt ihre Hand fahren. Es ist aus! — Ich wollte umkehren und zu meinem Vater gehn

gehn, aber der im Himmel sprach, es soll nicht seyn. *Kat.* Blöder Thor ich, warum wollt ich es auch? Kann denn ein grosser Sünder noch umkehren? Ein grosser Sünder kann nimmermehr umkehren, das hätt' ich längst wissen können — Sey ruhig, ich bitte dich, sey ruhig! so ists ja auch recht — Ich habe nicht gewollt, da er mich suchte, izt da ich ihn suche, will Er nicht, was ist billiger? — Rolle doch deine Augen nicht so — er bedarf ja meiner nicht. Hat er nicht Geschöpfe die Fülle, Einen kann er so leicht missen, und dieser Eine bin nun ich. — Kommt Kameraden!

Amalia reißt ihn zurück. Halt, halt! Einen Stoß! einen Todesstoß! Neu verlassen! Zeuch dein Schwerd, und erbarme dich!

R. Moor. Das Erbarmen ist zu den Bären geflohen, — ich tödte dich nicht!

Amalia seine Knie umfassend. Oh um Gotteswillen, um aller Erbarmungen willen! Ich will ja nicht Liebe mehr, weis ja wol, daß droben unsere Sterne feindlich von einander

 flie-

fliehen, — Tod iſt meine Bitte nur. — Verlaſſen, verlaſſen! Nimm es ganz in ſeiner entſezlichen Fülle, verlaſſen! Ich kanns nicht überdulden. Du ſiehſt ja, das kann kein Weib überdulden. Tod iſt meine Bitte nur! Sieh, meine Hand zittert! Ich habe das Herz nicht zu ſtoſen. Mir bangt vor der blizenden Schneide — dir iſts ja ſo leicht, ſo leicht, biſt ja Meiſter im Morden, zeuch dein Schwerd, und ich bin glücklich!

R. Moor. Willſt du allein glücklich ſeyn? Fort, ich ſbbe kein Weib!

Amalia. Ha Würger! du kannſt nur die Glüklichen tödten, die Lebensſatten gehſt du vorüber. Kriecht zu den Räubern. So erbarmet euch meiner, ihr Schüler des Henkers! — Es iſt ein ſo blutdürſtiges Mitleid in euren Blicken, das dem Elenden Troſt iſt — euer Meiſter iſt ein eitler feigherziger Praler.

R. Moor. Weib, was ſagſt du? Die Räuber wenden ſich ab.

Ama=

Amalia. Kein Freund? auch unter diesen nicht ein Freund? *Sie steht auf.* Nun denn, so lehre mich Dido sterben! *Sie will gehen, ein Räuber zielt.*

R. Moor. Halt! Wag es — Moors Geliebte soll nur durch Moor sterben! *Er ermordet sie.*

Die Räuber. Hauptmann, Hauptmann! Was machst du, bist du wahnsinnig worden?

Moor *auf den Leichnam mit starrem Blick.* Sie ist getroffen! Dis Zucken noch, und dann wirds vorbey seyn — Nun, seht doch! habt ihr noch was zu fordern? Ihr opfertet mir ein Leben auf, ein Leben, das schon nicht mehr euer war, ein Leben voll Abscheulichkeit und Schande — ich hab euch einen Engel geschlachtet. Wie, seht doch recht her! Seyd ihr nunmehr zufrieden?

Grimm. Du hast deine Schuld mit Wucher bezahlt. Du hast gethan, was kein

Mann

Mann würde für seine Ehre thun. Komm izt
weiter!

Moor. Sagst du das? Nicht wahr, das
Leben einer Heiligen um das Leben der Schelmen, es ist ungleicher Tausch? — O ich sage euch, wenn jeder unter euch aufs Blut-
gerüste gieng, und sich ein Stück Fleisch nach
dem andern mit glühender Zange abzwicken
ließ, daß die Marter eilf Sommertäge dauer-
te. es wiege diese Tränen nicht auf. Mit bitte-
rem Gelächter. Die Narben, die böhmischen Wälder! Ja ja! Dis mußte freylich bezahlt werden.

Schwarz. Sey ruhig, Hauptmann! Komm
mit uns, der Anblick ist nicht für dich. Führe
uns weiter!

R. Moor. Halt — noch ein Wort eh wir
weiter gehn — Merket auf ihr schadenfrohe
Schergen meines barbarischen Winks — Ich höre von diesem Nun an auf euer Hauptmann
zu seyn — Mit Schaam und Grauen leg ich
hier diesen blutigen Stab nieder worunter zu
freveln ihr euch berechtiget wähntet, und mit
Wer-

Werken der Finsterniß dieß himmlische Licht zu besudeln — Gehet hin zur Rechten und Linken — Wir wollen ewig niemals gemeine Sache machen.

Räuber. Ha Muthloser! Wo sind deine hochfliegende Plane? Sinds Saifenblasen gewesen, die beym Hauch eines Weibes zerplazen?

K. Moor. O über mich Narren, der ich wähnete die Welt durch Greuel zu verschönern, und die Geseze durch Gesezlosigkeit aufrecht zu halten. Ich nannte es Rache und Recht — Ich maßte mich an, o Vorsicht die Scharten deines Schwerds auszuwezen und deine Parteylichkeiten gut zu machen — aber — O eitle Kinderey — da steh ich am Rand eines entsezlichen Lebens, und erfahre nun mit Zähnklappern und Heulen, daß zwey Menschen wie ich den ganzen Bau der sittlichen Welt zu Grund richten würden. Gnade — Gnade dem Knaben, der Dir vorgreiffen wollte — Dein eigen allein ist die Rache, Du bedarfst nicht des Menschen Hand. Freylich stehts nun in meiner Macht nicht mehr
die

die Vergangenheit einzuholen — schon bleibt
verdorben, was verdorben ist — was ich gestürzt
habe steht ewig niemals mehr auf — Aber
noch blieb mir etwas übrig, womit ich die
beleidigte Geseze versönen, und die mißhan:
delte Ordnung wiederum heilen kann. Sie
bedarf eines Opfers — Eines Opfers, das
ihre unverletzbare Majestät vor der ganzen
Menschheit entfalter — dieses Opfer bin ich
selbst. Ich selbst muß für sie des Todes ster:
ben.

Räuber. Nimmt ihm den Degen weg — Er
will sich umbringen.

R. Moor. Thoren ihr! Zu ewiger Blind:
heit verdammt! Meynet ihr wol gar eine Tod:
sünde werde das Aequivalent gegen Todsünden
seyn, meinet ihr die Harmonie der Welt wer:
de durch diesen gottlosen Mißlaut gewinnen?
Wirft ihnen seine Waffen verächtlich vor die Füße.
Er soll mich lebendig haben. Ich geh, mich
selbst in die Hände der Justiz zu überlie:
fern.

Räu:

Räuber. Legt ihn an Ketten! Er ist rasend worden.

K. Moor. Nicht, als ob ich zweifelte sie werde mich zeitig genug finden, wenn die obere Mächte es so wollen. Aber sie möchte mich im Schlaf überrumpeln, oder auf der Flucht ereilen, oder mit Zwang und Schwerd umarmen, und dann wäre mir auch das einige Verdienst entwischt, daß ich mit Willen für sie gestorben bin. Was soll ich gleich einem Diebe ein Leben länger verheimlichen, das mir schon lang im Rath der himmlischen Wächter genommen ist?

Räuber. Laßt ihn hinfahren. Es ist die Groß-Mann-Sucht. Er will sein Leben an eitle Bewunderung sezen.

K. Moor. Man könnte mich darum bewundern. *Nach einigem Nachsinnen.* Ich erinnere mich einen armen Schelm gesprochen zu haben als ich herüberkam, der im Taglohn arbeitet und eilf lebendige Kinder hat — Man hat
tau-

tausend Louisdore geboten, wer den großen
Räuber lebendig liefert — dem Mann
kann geholfen werden.

Er geht ab,

Nachwort.

„Wäre ich Gott gewesen, im Begriff die
Welt zu erschaffen, und ich hätte in dem Augenblick vorausgesehen, daß Schillers Räuber darin
würden geschrieben werden, ich hätte die Welt
nicht erschaffen" — diese Worte des russischen
Fürsten Putiatin, eines auch in Kügelgens Jugend-
erinnerungen auftretenden Sonderlings, haben
Goethe so frappiert, daß er sie noch nach Jahren und
zu verschiedenen Zeiten nacherzählte; und in der
That geben sie den ungeheuren Eindruck, den
Schillers Erstlingswerk weit über Deutschland hinaus machte, und die Stimmung, mit der das ancien
régime die Räuber aufnahm, prägnant, wenn auch
wunderlich wieder. Wie ein Wetterleuchten am
schwülen Abendhimmel hatte jene leidenschaftliche
Anklage gegen die bestehenden Zustände als Vorbote
auf die große Revolution hingewiesen, und noch
lange, nachdem diese überwunden war, zitterte die
Erregung nach. So ist es kein chronologischer

Irrtum Goethes, wenn er 1817 in dem Auffatz
„Glückliches Ereigniß" als Hauptvertreter des
Sturms und Drangs, die ihm bei seiner Rückkehr
aus Italien als verhaßte Lieblinge des Publikums
entgegentraten, neben den 1787 erschienenen Ar=
dinghello von Heinse die Räuber setzt, die doch
schon ein Lustrum vor seiner Romfahrt erschienen
waren. Wie sich Heinses italienischer Kunstroman,
nach Schillers eigenen Worten, in den Händen
aller weimarischen Hofdamen befand, so waren
die Räuber noch immer das Lieblingsbuch der
Jugend. Schiller galt, als er im Juli 1787 nach
Weimar kam, trotz des Don Carlos noch immer
als der Vollender des Sturms und Drangs;
das Lieblingslied der Jenaer Studenten war, als
Schiller seine Professur antrat, das Räuber=
lied. Von dem siebzehnjährigen Karlsschüler nach
einer Erzählung Schubarts concipirt als „Der
verlorne Sohn" in Klopstockscher Färbung, unter
dem Einfluß von Klingers „Zwillingen", Leise=
witzens „Julius von Tarent" und in Nachahmung
Shakespeares auf das Thema der feindlichen
Brüder und rivalisirenden Liebhaber gestimmt, von
dem zurückgewiesenen Abiturienten im Laufe des
Jahres 1780 als Protest gegen selbsterlebten Druck
und Zwang niedergeschrieben, haben die Räuber
von jeher auf die Jugend gewirkt und sich mit ihr
die Zukunft erobert. Noch ist jeder kalte Recen=

sent an der elementaren dramatischen Wucht des
Stückes gescheitert, so oft es auf die Bühne kam;
die Räuber spotten, im wahren Sinne des Worts,
jeder Kritik.

Doch es ist hier nicht der Ort, auf die
literarhistorische Bedeutung des Stücks im Allgemeinen näher einzugehen; auch die Änderungen,
die noch im Manuscripte vorgenommen wurden —
so der Auftritt im Nonnenstift, von dem Petersen erzählt (Schillers Persönlichkeit I, 123) —
bleiben hier unberücksichtigt. Was uns angeht, ist
nicht die Entstehung des Werkes, sondern die
Geschichte seiner Drucklegung; und auch diese ist
merkwürdig genug. Während sonst die Entwick-
lungsstufen eines Dichtwerks vor dem ersten Druck
oder in späteren Umarbeitungen offen zu Tage
liegen, ist bei den Räubern noch während des
Drucks ein Umwandlungsprozeß erfolgt, der zum
Theil in Dunkel gehüllt ist; und noch immer
warten wir vergebens, daß ein glücklicher Fund
neue Aufschlüsse giebt.

Die Drucklegung der Räuber erfolgte in den
Monaten März und April des Jahres 1781;
aber schon im November zuvor hatte Schiller in
sicherem Selbstvertrauen aus seinem ungedruckten
Schauspiel zwei Citate in seine Dissertation „Ver-
such über den Zusammenhang der thierischen
Natur des Menschen mit seiner geistigen" angeb-

lich als aus einem englischen Trauerspiel über-
setzt aufgenommen und dadurch seine wissenschaft-
lichen Sätze zu stützen versucht; daß er nebenbei
seinen Lehrern, die seine vorjährige Dissertation
zurückgewiesen hatten, nicht zum wenigsten wegen
ihres schwülstigen Stils und ihrer „blühenden"
Schreibart, dadurch einen Streich spielen wollte,
liegt auf der Hand. Unter zahlreichen Citaten,
die der jugendliche schöngeistige Mediciner aus
seinen Lieblingsschriftstellern Ovid und Vergil,
Addison und Shakespeare, Goethe und Klopstock,
Haller und Gerstenberg in reicher Fülle aus-
wählt, tritt er selbst zweimal auf. Die erste ge-
druckte Räuberstelle, mit dem Citat „Life of
Moor, Tragedy by Krake, A. V, Sc. 1", ist in
der That aus der ersten Scene des fünften Actes
(oben Seite 185) entnommen und weist in der
späteren gedruckten Gestalt mehrere kleine Abweichungen auf. Um zu zeigen, wie die Gewissens-
angst auf die physische Natur des Menschen wirkt,
sagt Schiller auf Seite 26 seiner Dissertation:

„Der von Freveln schwer gedrükte Moor,
der sonst spizfindig genug war, die Empfindungen
der Menschlichkeit durch Skeletisirung der Begriffe in nichts aufzulösen, springt eben izt bleich,
athemloß, den kalten Schweiß auf seiner Stirne,
aus einem schreklichen Traum auf. Alle die Bilder
zukünftiger Strafgerichte, die er vielleicht in den

Jahren der Kindheit eingefaugt, und als Mann obfopirt hatte, haben den umnebelten Verftand unter dem Traum überrumpelt. Die Senfationen find allzuverworren, als daß der langfamere Gang der Vernunft fie einholen und noch einmal zerfafern könnte. Noch kämpfet fie mit der Phantafie, der Geift mit den Schrecken des Mechanismus. —(e)

Moor. Nein, ich zittere nicht. Wars doch lebig ein Traum — Die Todten ftehen noch nicht auf — Wer fagt, daß ich zittere und bleich bin? Es ift mir ja fo leicht, fo wohl.

Bed. Ihr feyd todesbleich, eure Stimme ift bang und lallend.

Moor. Ich habe das Fieber. Ich will morgen zur Ader laffen. Sage du nur, wenn der Priefter kommt, ich habe das Fieber.

Bed. O, ihr feyd ernftlich krank.

Moor. Ja freilich, freilich, das ifts alles; und Krankheit verftöhret das Gehirn, und brütet tolle wunderliche Träume — Träume bedeuten nichts — Pfui, pfui der weiblichen Feigheit! — Träume kommen aus dem Bauch, und Träume bedeuten nichts — Ich hatte fo eben einen luftigen Traum — (Er finkt ohnmächtig nieder).

Hier bringt das plötzlich auffahrende Integralbild des Traums das ganze Syftem der dunklen Ideen in Bewegung, und rüttelt gleichfam den ganzen Grund des Denkorgans auf. Aus der Summe aller entfpringt eine ganze äufferft zu-

(e) Life of Moor. Tragedy by Krake. A, V. Sc. I.

7

sammengesezte Schmerzempfindung, die die Seele
in ihren Tiefen erschüttert, und den ganzen Bau
der Nerven per Konsensum lähmt."

Ein zweites Citat Schillers aus seinen „Räubern"
ist etwas versteckter. In § 19 der Dissertation
heißt es (S. 32): „Zerrüttungen im Körper können
auch das ganze System der moralischen Empfindungen in Unordnung bringen, und den
schlimmsten Leidenschaften den Weg bahnen. Ein
durch Wollüste ruinirter Mensch wird leichter zu
Extremis gebracht werden können als der, der
seinen Körper gesund erhält. Diß eben ist ein
abscheulicher Kunstgrif derer, die die Jugend verderben, und jener Banditenwerber muß den Menschen genau gekannt haben, wenn er sagt: „Man
muß Leib und Seele verderben." Schiller spielt
damit auf die dritte Scene des zweiten Aktes an, in
der Spiegelberg zu Razmann sagt (oben Seite 83):
„Du richtest nichts aus, wenn du nicht Leib und
Seele verderbst." In wie weit die Abweichungen
beider Stellen auf einer früheren Gestalt des
Manuscripts oder auf einer Freiheit des Citirens
beruhen, steht dahin.

Am 15. Dezember 1780 aus der Militäraka-
demie entlassen und als Regiments-Medicus in
Stuttgart angestellt legte Schiller nunmehr die
letzte Hand an sein Werk und bemühte sich um
die Drucklegung. Nach vergeblichen Versuchen,

durch seinen Freund Petersen in Mannheim oder
sonst außerhalb Stuttgarts einen Verleger für
sein Schauspiel zu finden, dessen Umfang er mit
einem „neuen Zusaz" auf 12 bis 14 enggedruckte
Bogen berechnete, sah sich Schiller genötigt die
Räuber, wie acht Jahre zuvor Goethe seinen
Götz, auf eigene Kosten drucken zu lassen; und
da in des Regimentsmedikus Kasse, bei 18 Gulden
monatlicher Gage, beständige Ebbe war, mußte er
den Betrag, gegen 150 Gulden, durch eine dritte
Person bei einem Darleiher borgen.

Die Offizin, der Schiller den Druck übertrug,
scheint die von Johann Benedikt Metzler in
Stuttgart gewesen zu sein; zu den Gründen, die
Weltrich (Schiller I, 350) anführt, treten zwei
andre. Einmal ist das bei Metzler in demselben
Jahre anonym erschienene Schillersche Gedicht
„Der Venuswagen" in derselben Schrift gedruckt
wie die Räuber, und sodann hat auch Schillers
späterer Schwager Reinwald in einem Exemplar
von Plümickes Theaterbearbeitung der Räuber
von 1783 handschriftlich notirt: „Schillers Räuber
kamen zuerst in der Oster Meße 1781. zwar ohne
Druckort und Verleger; jedoch bei Metzler in
Stuttgard heraus." — Die Vignetten auf dem Titel
(der alte Moor, Hermann und Karl Moor vor
dem Turm) und am Schluß (Cäsar und Brutus
in Charons Nachen) wurden von Johann Esaias

Nielson in Augsburg gestochen, der 1788 als Direktor der kaiserlich franciskanischen Malerakademie daselbst starb.

Die erste bisher bekannt gewordene Erwähnung der gedruckten Räuber datirt vom 28. April 1781; an diesem Tage schrieb Wilhelm von Wolzogen, der spätere Gatte von Schillers Schwägerin Caroline, seit 1775 ebenfalls Zögling der Karlsschule, in sein Tagebuch, das er monatweise seiner Mutter schickte (Kleine Beiträge zur Schillerlitteratur. Mitgeteilt von P. Schwenke. Weimar 1900, S. 12):

„D. 28. [April 1781.] Es ist einer von der Medicinischen Abtheilung den lezten Jahres Tag aus der Akademie kommen und als Regiments Doktor bey den Regiment Oge versorgt worden, von dem hab ich heute ein Schauspiel gelesen. Man sieht sein junges, feuriges, ungebildete(s) Genie ganz und gar darinn; er kann noch einer von den schönen Geistern Deutschlands werden, wenn er es nicht schon ist. Sie haben gewiß noch kein Stük von einen Deutschen gelesen, daß so nach der Art des vergötterten Scheakspears ist als dieses, nur schade, daß einiges unanständige Zeug in einigen Scenen komt, allemal gut angebracht zwar, aber doch immer unanständig. Er hat auch ettliche Carmen gemacht z. E. auf des Hauptmann Wildmeisters Tod, die sehr schön sind, freilich etwas frei.“

Ob aber dieser Druck der Räuber, der unter den Karlsschülern cirkulirte, derselbe war, wie wir ihn als sogenannte „erste" Ausgabe kennen, bleibt zweifelhaft. Denn ehe das Schauspiel in der Jubilatemesse des Jahres 1781, deren Hauptsonntag auf den 6. Mai fiel, in die breite Öffentlichkeit gelangte, hatte es neue bedeutsame Veränderungen durchgemacht, bei denen wir ausführlicher verweilen müssen.

Schillers getreuer Jugendfreund und Chronist Andreas Streicher berichtet über den Hergang folgendermaßen (Schillers Persönlichkeit I, 187): „Um zu versuchen, ob er nicht zu einigem Ersatz seiner Auslagen gelangen könne, und um sein Werk auch im Ausland bekannt zu machen, schrieb er, noch ehe der Druck ganz beendigt war, an Herrn Hofkammerrath und Buchhändler Schwan zu Mannheim, der durch den vortheilhaftesten Ruf bekannt war, und schickte ihm die fertigen Bogen zu, welche er, mit Bemerkungen begleitet, wieder zurück erhielt.

Ob allein die Ansichten des Herrn Schwan den Verfasser aufmerksam machten, oder ob er selbst darüber erschrak, wie grell und widerlich sich manches dem Auge darstelle, nachdem es nun gedruckt vor ihm lag, genug, in den letzten Bogen wurde einiges geändert, die von der Presse schon ganz fertig gelieferte Vorrede unterdrückt

und eine neue mit gemilderten Ausdrücken an
deren Stelle gesetzt."

Zur Ergänzung dieser, wie wir sehen werden,
nicht ganz getreuen oder vollständigen Darstellung
dient der erste erhaltene Brief Schwans an
Schiller vom 11. August 1781, aus dem sich er-
giebt, daß Schiller zunächst die ersten sieben
Bogen, also die Hälfte des ganzen Textes, auf
einmal übersandte und daß Schwan ein durch-
schossenes Exemplar nebst eigenen Anmerkungen
an Schiller durch den Postwagen zurückschickte.
In wie weit neben Schwans Kritik und selbst-
erzieherischem Streben Schillers auch die man-
gelnde Preßfreiheit im württembergischen Lande,
in wie weit Bedenken des Druckers oder ein
direktes Eingreifen der Zensur, die von dem
Gymnasialdirektor Volz auch sonst im Schiller-
feindlichen Sinne ausgeübt wurde, in Frage
kommen, wird sich schwerlich je ermitteln lassen;
als Thatsache steht fest, daß in mehreren bereits
gedruckten Bogen nachträglich Veränderungen
vorgenommen und die fertige Vorrede nebst Titel
und Personenverzeichniß durch eine neue ersetzt
wurden.

Daß ein Exemplar dieser unterdrückten Vorrede
sich im Besitz seines Jugendfreundes Petersen
erhalten habe, erfuhr Schiller zu Ende des
Jahres 1797 durch Cotta; dieser schickte ihm

am Weihnachtsabend eine Abschrift des, wie er vermeinte, einzigen Abdrucks derselben mit den Worten: „Das Original selbst bewahrt Petersen wie ein Heiligthum." Aus dessen Nachlaß ging das Exemplar dann (vgl. Briefwechsel zwischen Schiller und Cotta, S. 279, Anm. 4) in den Besitz des Freiherrn Karl von Cotta, des Enkels Johann Friedrichs, über. Der jetzige Besitzer ist nicht bekannt; im Archiv der Cottaschen Buchhandlung befindet es sich, nach gütiger Mitteilung des Herrn Geh. Kommerzienrats Adolf von Kröner, nicht.

Ein vollständiges Exemplar der Räuber von 1781 mit der ursprünglichen Vorrede erwarb Eduard von Bülow am 14. October 1842 von Dr. Sillig in Dresden; von ihm ging es an den Buchhändler Albert Cohn über (vgl. das Verzeichniß der zur hundertjährigen Geburtsfeier Schiller's im Saale der Kgl. Akademie vom 12.— 22. November 1859 aufgestellten Bildnisse, Handschriften, Drucke, Musikalien und Erinnerungen. Zweiter Abdruck. Berlin [1859], Nr. 161) und mit dessen Schillerbibliothek in den Besitz des Schiller-Museums zu Marbach, dem ich die Einsicht verdanke. Ein drittes Exemplar endlich, das nach W. Vollmer (Briefwechsel zwischen Schiller und Cotta S. 279, Anm. 5) der Besitzer des Antiquariats Calvary & Co. (Simon) in Berlin 1873 erworben haben soll, ist verschollen.

13

Nach einem diefer drei bisher bekannt gewor=
denen Abdrucke wurde die urfprüngliche Vorrede
von Hoffmeifter in die Nachlefe zu Schillers
Werken, Stuttgart 1840, IV, 86—91 aufge=
nommen, genauer in „Schillers Jugendjahre" von
Eduard Boas, 1856, I, 246—250 und in die
Hempelfche Schillerausgabe II, 1—9. Diplo=
matifch getreu ift fie endlich abgedruckt von
W. Vollmer in Goedekes hiftorifch=kritifcher Aus=
gabe II, 4—8. Ein lithographiertes Fakfimile,
mit Auslaffung der Titelvignette, die im zweiten
Abdruck diefelbe blieb, veranftaltete der Senator
Friedrich Culemann in Hannover; der Reft der
noch vorhandenen Abzüge gelangte mit feinem
Nachlaß in die dortige Stadtbibliothek, deren
Direction mir die Erlaubniß zur Benutzung für
den hier folgenden zeilengetreuen Neudruck bereit=
willig gewährte.

Die
Räuber.

Ein Schauspiel.

Frankfurt und Leipzig.

1781.

Quæ medicamenta non fanant, *ferrum* fanat,
quod ferrum non fanat, *ignis*, fanat.

Hippocrat.

Perſonen.

Maximilian, regierender Graf von Moor.

Karl, \
Franz, } ſeine Söhne.

Amalia, von Edelreich.

Spiegelberg, \
Schweizer, \
Grimm, \
Schwarz, \
Schufterle, } Banditen. \
Roller, \
Razmann, \
Koſinsky, /

Paſtor, Moſer.

Ein Pater.

Daniel, Haußknecht der Grafen von Moor.

Herrmann, Baſtard von einem Edelmann.

Nebenperſonen.

Die Scene iſt Deutſchland, die Zeit ohngefehr 2 Jahre.

Vorrede.

Es mag beym erſten in die Hand nehmen
auffallen, daß dieſes Schauſpiel niemals
das Bürgerrecht auf dem Schauplaz bekommen
wird. Wenn nnn dieſes ein unentbehrliches Re-
quiſitum zu einem Drama ſeyn ſoll, ſo hat freilich
das meinige einen groſſen Fehler mehr.

Nun weiß ich aber nicht, ob ich mich dieſer
Forderung ſo ſchlechtweg unterwerffen ſoll. So-
phokles und Menander mögen ſich wohl die ſinn-
liche Darſtellung zum Haupt-Augenmerk gemacht
haben, denn es iſt zu vermuthen, daß dieſe ſinn-
liche Vorbildung erſt auf die Idee des Dramas geführt habe: in der Folge aber fand ſichs, daß

* 3

schon

schon allein die Dramatische Methode auch ohne Hinsicht auf theatralische Verkörperung, vor allen Gattungen der rührenden und unterrichtenden Poesie einen vorzüglichen Werth habe. Da sie uns ihre Welt gleichsam gegenwärtig stellt, und uns die Leidenschafften und geheimsten Bewegungen des Herzens in eigenen Aeusserungen der Personen schildert, so wird sie auch gegen die beschreibende Dichtkunst um so mächtiger würken, als die lebendige Anschauung kräfftiger ist, denn die historische Erkenntniß. Wenn der unbändige Grimm in dem entsezlichen Ausbruch: Er hat keine Kinder: aus Makduff redet, ist diß nicht wahrer und Herzeinschneidender als wenn der alte Diego seinen Sakspiegel herauslangt, und sich aus offenem Theater beguckt.

o Ra-

Vorrede.

o Rage! o Desespoir!

Wirklich ist dieses große Vorrecht der Dramatischen Manier, die Seele gleichsam bey ihren verstohlensten Operationen zu ertappen, für den Franzosen durchaus verloren. Seine Menschen sind, (wo nicht gar Historiographen und Heldendichter ihres eigenen hohen Selbsts) doch selten mehr als eißkalte Zuschauer ihrer Wuth, oder altkluge Professore iher Leidenschafft.

Wahr also ist es, daß der ächte Genius des Dramas, welchen Schakespear, wie Prospero seinen Ariel in seiner Gewalt mag gehabt haben, daß sage ich der wahre Geist des Schauspiels tiefer in die Seele gräbt, schärffer ins Herz schneidet, und lebendiger

* 4

be=

21

belehrt als Roman und Epopee, und daß es der sinnlichen Vorspiegelung gar nicht einmal bedarf uns diese Gattung von Poesie vorzüglich zu empfehlen. Ich kann demnach eine Geschichte Dramatisch abhandeln, ohne darum ein Drama schreiben zu wollen. Das heißt: Ich schreibe einen dramatischen Roman, und kein theatralisches Drama. Im ersten Fall darf mich nur den allgemeinen Gesezen der Kunst, nicht aber den besondern des Theatralischen Geschmacks unterwerffen.

Nun auf die Sache selbst zu kommen, so muß ich bekennen, daß nicht sowohl die körperliche Ausdehnung meines Schauspiels, als vielmehr sein Innhalt ihm Siz und Stimm auf dem Schauplaze absprechen.

Die

Vorrede.

Die Oekonomie deſſelben machte es nothwendig
daß mancher Karakter auftreten mußte, der
das feinere Gefühl der Tugend beleidigt,
und die Zärtlichkeit unſerer Sitten empört.
(Ich wünſchte zur Ehre der Menſcheit, daß
ich hier nichts denn Karrikaturen geliefert
hätte, muß aber geſtehen, ſo fruchtbarer
meine Weltkenntniß wird, ſo ärmer wird mein
Karrikaturen-Regiſter,) Noch mehr — Dieſe unmoraliſche Karaktere mußten von gewiſſen Seiten glänzen, ja offt von Seiten des
Geiſts gewinnen, was ſie von Seiten des
Herzens verlieren. Jeder Dramatiſche Schrift-
ſteller iſt zu dieſer Freiheit berechtigt, ja ſo gar
genöthigt, wenn er anders der getreue Ko-
piſt der wirklichen Welt ſeyn ſoll. Auch iſt,
wie Garve lehrt, kein Menſch durchaus un-

* 5

voll-

vollkommen: auch der Lasterhaffteste hat noch viele Ideen, die richtig, viele Triebe die gut, viele Thätigkeiten, die edel sind. Er ist nur minder vollkommen.

Man trifft hier Bösewichter an, die Erstaunen abzwingen, ehrwürdige Missethäter, Ungeheuer mit Majestät; Geister, die das abscheuliche Laster reizet, um der Grösse willen, die ihm anhänget, um der Krafft willen, die es erfordert, um der Gefahren willen, die es begleiten. Man stößt auf Menschen, die den Teufel umarmen würden, weil er der Mann ohne seines Gleichen ist; die auf den Weg zur höchsten Vollkommenheit die unvollkommensten werden, die unglükseligsten auf dem Wege zum höchsten Glück, wie

sie

ste es wähnen. Mit einem Wort, man wird
sich auch für meine Jago's interessiren,
man wird meinen Mordbrenner bewundern,
ja fast sogar lieben. Niemand wird ihn
verabscheuen; jeder darf ihn bedauren. Aber
eben darum möchte ich selbst nicht gerathen
haben, dieses mein Trauerspiel auf der Bühne zu wagen. Die Kenner die den Zusammenhang des Ganzen befassen, und die
Absicht des Dichters errathen, machen immer das dünnste Häuflein aus. Der Pöbel
hingegen (worunter ich L. v. v. nicht die
Mistpantscher allein, sondern auch und noch
vielmehr manchen Federhut, und manchen
Tressenrok, und manchen weissen Kragen zu
zählen Ursache habe,) der Pöbel, will ich
sagen, würde sich durch eine schöne Seite
bestechen lassen, auch den häßlichen Grund
zu schäzen, oder wohl gar eine Apologie
des Lasters darinn finden, und seine eige-

ne

ne Kurzsichtigkeit den armen Dichter entgelten laſſen, dem man gemeiniglich alles nur nicht Gerechtigkeit, wiederfahren läßt.

Es iſt das ewige Da capo mit Abdera und Demokrit, und unſere gute Hippokrate müßten ganze Plantagen Nießwurz erſchöpffen, wenn ſie dieſem Unweſen durch einen heilſamen Kräutertrank abhelffen wollten. Noch ſo viele Freunde die Wahrheit und Tugend mögen zuſammenſtehen ihren Mitbürgern auf offener Bühne Schule zu halten, der Pöbel hört nie auf Pöbel zu ſeyn, und wenn Sonne und Mond ſich wandeln, und Himmel und Erde veralten wie ein Kleid, die Narren bleiben immer ſich ſelbſt gleich, wie die Tugend. Mort de ma vie ſagt Herr Eiſenfreſſer das heiß ich einen Sprung! Fy — Fy fliſtert die Mamſell, die Coeffure der kleinen Sängerin war viel zu altmodiſch —

Sacre

Vorrede.

Sacre dieu sagt der Friseur, welche göttliche Simfonie! da führen die Deutsche Hunde dagegen! — Sternhagelbataillon, den Kerl hätteſt du ſehen ſollen das roſenfarbene Mädel hinter die ſpaniſche Wand ſchmeiſſen, ſagt der Kutſcher zum Laquaien, der ſich vor Frieren und Langeweile in die Komödie eingeſchlichen hatte — Sie fiel recht artig, ſagt die gnädige Tante recht guſtös ſur mon honneur (und ſpreitet ihren damaſtenen Schlamp weit aus) — was koſtet Sie dieſe Eventaille mein Kind? — Und auch mit viel Expreſſion viel ſubmiſſion — Fahr zu Kutſcher! —

Nun gehe man hin und frage! — Sie haben die Emilia geſpielt. —

Diß könnte mich allenfalls ſchon entſchuldigen, daß mirs gar nicht darum zu thun

thun war, für die Bühne zu schreiben. Nicht aber das Auditorium allein, auch selbst das Theater schröfte mich ab. Wehe genug würde es mir thun, wenn ich so manche lebendige Leidenschafft mit allen Vieren zerstampfen, so manchen großen und eblen Zug erbärmlich maßafriren, und meines Räubers Majestät in der Stellung eines Stallknechts müßte erzwingen sehen. Ich würde mich übrigens glücklich schätzen, wenn mein Schauspiel die Aufmerkſamkeit eines deutſchen Roscius verdiente.

Schließlich will ich nicht bergen, daß ich der Meinung bin, der Applauſus des Zuſchauers ſey nicht immer der Maaßſtab für den Werth eines Dramas. Der Zuſchauer

vom

vom gewaltigem Licht der Sinnlichkeit ge-
blendet, überfieht offt eben sowohl die feinsten
Schönheiten, als die untergeflossenen Flecken,
die sich nur dem Auge des bedachtsamen Le-
fers entblößen. Vielleicht ist das größte Mei-
sterstük des brittischen Aeschylus nicht am
meisten beklatscht worden, vielleicht muß er
in seiner rohen scythischen Pracht denen à la
mode (verschönerten oder verhunzten?) Ko-
pien von Gotter, Weiße und Stephanie
weichen.

So viel von meiner Versündigung gegen den Schauplaz — Eine Rechtfertigung über
die Dekonomie meines Schauspiels selbst würde wohl keine Vorrede erschöpffen. Ich über-
laffe sie daher ihrem eigenen Schiksal, weit

ent-

entfernt meine Richter mit zierlichen Worten zu bestechen wenn ich ihre Strenge zu
befürchten fände, oder auf Schönheiten aufmerksam zu machen, wenn ich irgend welche
darinn gefunden hätte.

Geschrieben in der Ostermesse.

1781.

Der Herausgeber.

Er-

Merkwürdiger Weise weicht das Original der
unterdrückten Vorrede, das sich jetzt im Schiller-
Museum zu Marbach befindet, auf zwei Blättern von dem Faksimile Culemanns und der
Collation Vollmers in der historisch-kritischen
Ausgabe ab. Das Motto auf der Rückseite des
Titels hat bei Culemann und Vollmer das rich-
tige Komma hinter „sanat“ nicht, sondern nur
das falsche hinter „ignis“; außerdem lautet bei
Vollmer die Unterschrift „Hippokrat.“ statt „Hippocrat.“ Ferner fehlt im Personenverzeichniß auf
Blatt 2 bei Beiden das Komma hinter „Karl“
und „Franz“. Da wenigstens für das Culemann-
sche Faksimile ein Versehen zweifelhaft erscheint
(man müßte denn annehmen, daß es bei der
Übertragung auf den Stein geschehen wäre), so
wäre es möglich, daß auch von der unterbrückten
Vorrede zwei Ausgaben existiren, die sich aber
nur auf diesen zwei Blättern unterschieden, da die
eigentliche Vorrede dieselben gemeinsamen Druckfehler (z. B.: „nnn“ Bl. 3, Z. 5; „iher“ Bl. 4,
Z. 10; das fehlende „ich“ Bl. 4a, Z. 9; „Menscheit“
Bl. 5, Z. 5; „verabscheueu“ Bl. 6, Z. 5) zeigt. Eine
sichere Entscheidung über diesen Punkt wird sich
nur erreichen lassen, wenn die Vorlagen, die Culemann und Vollmer benutzt haben, wieder zugäng-
lich werden.

Das Verhältnis der unterbrückten Vorrede zu

der späteren ist von allen Schillerbiographen zum Gegenstand eifriger Untersuchung gemacht worden, da sie für die schnell fortschreitende Entwicklung des Dichters von großer Bedeutung ist. Wie Goethe später von ihm sagte: „Alle acht Tage war er ein anderer und ein vollendeterer; jedesmal wenn ich ihn wiedersah, erschien er mir vorgeschritten in Belesenheit, Gelehrsamkeit und Urtheil", so sehen wir schon hier in dem kurzen Zeitraum weniger Wochen die Selbsterziehung Schillers eminent fortschreiten, vielleicht zu Ungunsten der ursprünglichen Frische, aber gewiß zu Gunsten ruhiger Selbsteinschätzung. In der alten Vorrede beschäftigt sich der Dichter vornehmlich mit dem Theater; er verzichtet von vornherein auf die Bühnendarstellung, moquiert sich in den stärksten Ausdrücken über den Theaterpöbel, und greift, von Lessings Hamburgischer Dramaturgie beeinflußt, das klassische Theater der Franzosen aufs heftigste an. In der neuen dagegen sucht er sein Drama in sittlicher und ästhetischer Beziehung zu vertheidigen; man fühlt, daß der Dichter durch fremde Kritik zurückhaltender und bedächtiger geworden ist. Die erste war eine freie und kühne Expektoration, knapp im Stil und schlagkräftig in der Beweisführung; die zweite ist eine ruhige und sorgfältige Auseinandersetzung, mit besserer Motivirung und in

sanfterem Ton. Daß der Dichter in der ursprünglichen Vorrede sein Schauspiel für ein bloßes
Buchdrama ausgiebt, und zwar nicht wegen der
„körperlichen Ausdehnung" desselben, sondern weil
sein Inhalt es auf der Bühne unmöglich mache,
dürfen wir nicht ernst nehmen. Aus dem oben
erwähnten Briefe an Petersen geht hervor, daß
er durch den Druck der Räuber auch als Dramatiker sein Glück machen wollte; und er selbst
lenkt am Schluß der Vorrede deutlich genug
wieder ein, wenn er sagt: „Ich würde mich
übrigens glücklich schätzen, wenn mein Schauspiel
die Aufmerksamkeit eines deutschen Roscius verdiente." Diesem Versteckspiel gegenüber ist die
neue Vorrede in ihrem würdigeren und männ-
licheren Ton ein entschiedener Fortschritt, trotz
ihrer stark moralisirenden Tendenz; der Stand-
punkt des Dichters ist dem Publikum wie seinem
eigenen Stücke gegenüber ein höherer geworden.

Daß es sich nicht nur um die Vorrede, sondern um mehrere unterdrückte Bogen handle,
war zwar schon in Streichers oben angeführtem
Bericht angedeutet, aber erst durch den zweiten
Band von Karl Goedekes historisch-kritischer
Schiller-Ausgabe (1867) wurde es zur Gewiß-
heit, daß wenigstens einer derselben in der ursprünglichen Fassung sich erhalten habe; doch
mußte der Herausgeber im Vorwort (pag. VI)

noch klagen, daß das im Privatbesitz befindliche
Exemplar aller gemachten Anstrengungen un=
geachtet der Benutzung vorenthalten blieb. Der
Besitzer des kostbaren Unikums, der bekannte
Sammler Freiherr Wendelin von Maltzahn, hat
dann in seiner fahrigen Art fragmentarische Mit=
teilungen daraus in seiner Einleitung für die
Hempelsche Schiller=Ausgabe (1868) gegeben, die
den Wunsch nach dem Ganzen nur noch reger
machten. Zeilengetreu abgedruckt hat ihn erst
1880 im Archiv für Litteraturgeschichte IX, 281
Albert Cohn, aus dessen Besitz er schließlich in
den des Schiller=Museums zu Marbach überging;
hier folgt ein nochmaliger diplomatisch getreuer
Abdruck des Bogens nach dem gütigst zur Ver=
fügung gestellten Original.

lung viehischer Begierden? — Oder ſtikt es viel‐
leicht im Reſultat dieſes Aktus, das doch nichts
iſt als blinde Folge, eiſerne Nothwendig‐
keit, die man oft ſo gern wegwünſchte, wenn es
nicht auf Unkoſten von Fleiſch und Blut geſchehen
müßte? Soll ich ihm vielleicht darum gute Worte
geben, daß er mich ernährte? Das thut auch je‐
des Thier — daß er mich erzog? Das iſt er als
ein Weltbürger verbunden? — Daß er mich liebt?
Das iſt eine Eitelkeit von ihm, die Schooß‐Sünde
aller Künſtler, die ſich in ihrem Werke bewundern,
wär es auch noch ſo häßlich — Sehet alſo, das
iſt die ganze Hexerey, die ihr in einen religiöſen
Nebel hüllet, unſere Furchtſamkeit zu mißbrauchen.
Soll auch ich mich dadurch ins Bockshorn jagen
laſſen? — Seichte Träumer mögen ſich an der
Schaale mäſten, mögen in den Vorhöfen der Wahr‐
heit niederſitzen, höhere Geiſter dringen auf den
Kern und die Quelle.

Nun alſo, mutig ans Werk. Ich will alles
um mich her ausrotten, was mich einſchränkt,
daß ich nicht Herr bin. Herr muß ich ſeyn, daß
ich das mit Gewalt ertrotze, wozu mir Liebenswür‐
digkeit gebricht. Ab ins Nebenzimmer.

Zweyte Scene.

An den Gränzen von Sachsen.

Schenke.

Karl Moor. Spiegelberg am Tisch.

Spiegelberg sezt sich. Daß dich die Pest! — Aber ich muß Geld haben, und die Uhr ist doch nur gestolen. Gott weiß wie mirs seyn wird, wenn ich wieder zu ein paar Kreuzer sagen kann; ihr seyd mein! — wir wollens uns wol seyn lassen Moor! So sieh doch nicht so sauer drein, wie der alte Urehni Tobias, als er sich den Schwalbenmist aus den Augen rieb. Wir wollens uns schmecken lassen auf die Uhr. Frisch Mutter — zwey Bouteillen Ungrischen! — So sey doch lustig Moor. Izt hast du ja Geld im Sack, und sind wir ja Herren. — Auch Schinken dazu Mutter. — Und laß dir nicht bang seyn Bruder; Laß dir keine graue Haare drum wachsen Bruder! Gibt ja noch Narren genug in der Welt, denen man um ihr Geld ihren Steckengaul sattlen kann — sag doch einmal was das für Schmiererey ist? — Glaub, es soll den verlorenen Sohn vorstellen.

Moor. Ich habs schon lang drum betrachtet, wenigstens die Schweine würd ich nicht hüten, auch keine Träber fressen.

Spie-

Spiegelberg. Morbbleu! ich auch nicht. Lieber stehlen!

Moor mit den Füßen stampfend. Über die verfluchte Ungleichheit in der Welt! Das Geld verrostet
in den Kisten ausgedörrter Pickelhäringe und Man-
gel muß Bley an die kühnsten Begierden des Jüng-
lings legen. Kerls, die zehnmal krepiren, eh sie
ihre Thaler auszählen, trippelten mir das Haus
ab, ein paar elende Schulden einzutreiben — so
warm ich ihnen die Hand drückte — Nur noch
einen Tag — Umsonst — Bitten! Schwüre! Tränen — prallten ab von ihrer bockledernen Seele!

Spiegelberg trinkt. Was sagst du Moor? Du
hast ganz recht. Um so ein paar tausend lausige
Dukaten trinkt. Das heiß ich einen Bettelbuben
in die Hölle geworfen.

Moor. Warum sind Despoten da? Warum
sollen sich tausende, und wieder tausende unter die
Laune Eines Magens krümmen, und von seinen
Blähungen abhängen? — Das Gesetz bringt es
so mit sich — Fluch über das Gesetz, das zum
Schneckengang verderbt was Adlerflug worden wäre! Das Gesetz hat noch keinen großen Mann
gebildet, aber die Freiheit springt über die Pallisaden des Herkommens, und brütet Kolosse und
Extremitäten aus. — Ich weis nicht Moriz ob du
den Milton gelesen hast — Jener der es nicht dulden konnte daß einer über ihn war, und sich an-

B 2

maßte

37

maßte den Allmächtigen vor seine Klinge zu fordern, war er nicht ein ausserordentliches Genie?
— Er hatte den Unüberwundenen angegriffen, und
ob er schon erlag, so hatte er doch seine ganze
Kraft erschöpft, und ward doch nicht gedemüthi-
get, und macht immer neue Versuche bis auf diesen Tag, und alle seine Streiche fallen auf seinen
eigenen Kopf zurück, und wird doch nicht gedemü-
thigt. Dieser ists über den unsere Waschweiber
das Kreutz machen —

Spiegelberg. Scheußlich anzuschauen vor unsern Kirchthren mit einem lästerlichen Schwanz,
und Bocksfüßen, und einem Horn auf der Glaze.

Moor. Ein weiterer Kopf, der gemeine Pflichten überspringt um höhere zu erreichen soll ewig
unglücklich seyn, wenn die Kanaille die ihren Freund
verrieth, und vor dem Feinde floh, auf einem wol
angebrachten Seufzer gen Himmel reutet. Wer
möchte nicht lieber im Backofen Belials braten
mit Borgia und Katilina als mit jedem Alltags-
Esel dort droben zu Tische sitzen?

Spiegelberg. Geh mir mit dem Schlaraffen
Leben — dank du Gott daß der alte Adam den
Apfel angebissen hat, sonst wären wir mit sammt
unsern Talenten und Geisteskraft auf den Polstern
des Müssiggangs vermodert.

Moor lacht. Gelt Moriz das Schäferleben hätte
dir nicht behagt — O ich sage dir, wüßt ich
nur

nur der Geist Herrmanns wäre nicht ganz ausgestorben in uns? — Stelle mich vor ein Heer Kerls wie ich, und aus Deutschland soll eine Republik werden, gegen die Rom und Athen Nonnenklöster seyn sollen — es ist nichts so unmöglich, das ein Mann nicht zu Stand bringen kann.

Spiegelberg aufspringend. Bravo! Bravissimo! Du bringst mich eben recht auf das Chapitre. Ich will dir was sagen Moor, das schon lang mit mir umgeht, und du bist der Mann, dem ich das sagen kann — Sauf Bruder sauf — was meinst du, wenn wir uns beschneiden ließen, Juden würden, und das Königreich wieder aufs Tapet brächten?

Moor. Hahaha! Nun merk ich, warum du schon gegen Dreyviertel Jahr eine hebräische Grammatik herumschleifst.

Spiegelberg. S — ßkerl! Just deswegen. Aber sag, ist das nicht ein schlauer und herzhafter Plan? Wir wollen sie im Thal Josaphat wieder versammeln, die Türken aus Asien scheuchen, und Jerusalem wieder aufbauen. Alle alten Gebräuche müssen wieder aus dem Holzbügel hervor. Die Bundslade wird wieder zusammengeleimt. Brandopfer die schwere Meng. Das neue Testament wird hinausvotirt. Auf den Messias wird noch gewartet, oder du, oder ich, oder einer von beyden — —

Moor. Hahaha!

Spiegelberg. Nein! lach nicht. Es ist hol mich der Teufel mein Ernst. Wir sezen dir eine Taxe aufs Schweinefleisch, daß fressen kann, wer zahlt, und das muß horrend Geld abwerfen. Mittlerweile lassen wir uns Zedern hauen aus dem Libanon, bauen Schiffe, und schachern mit alten Borden und Schnallen, das ganze Volk.

Moor. Saubere Nation! Sauberer König!

Spiegelberg. Drauf kriegen wir dir die benachbarten Ortschafften, Amoriter, Moabiter, Russen, Türken und Jethiter, ohne Schwerdstreich, unter den Pantoffel. Dann, must du wissen, wir sind mächtig im Feld, und der Würgengel reutet vor uns her, und mäht sie dir nieder wie Spizgras. — Und haben wir erst um uns herum Feyerabend gemacht, so kommen wir uns selbst zwischen Jerusalem und Samaria in die Haare — du, König Moor von Israel, ich, König Spiegelberg von Juda und zausen einander wacker herum im Wald Ephraim, und wer Sieger ist geht her, läßt die Dächer abdecken und beschläft die Kebsweiber des andern, daß da zugaffen alle zwölf Stämme Israel.

Moor nimmt ihn lächelnd bey der Hand. Bruder, mit unsern Donquixotereien ists nun am Ende. Ich bin lang genug herumgeschwärmt, wie ein Spring ins Feld, von nun an wirds nach einer andern Melodie gehen. Spie-

Spiegelberg. Wie zum Teufel! — du wirst doch nicht gar den verlornen Sohn spielen wollen. „Ich habe gesündigt im Himmel und vor dir — bin nicht werth" — Pfuy! Schäme dich! — das Unglück muß einen großen Mann nicht zur Memme machen.

Moor. Ich will ihn spielen Moriz, und ich schäme mich nicht. Nenn es Schwäche daß ich meinen Vater ehre — es ist die Schwäche eines Menschen, und wer sie nicht hat, muß entweder ein Gott oder — ein Vieh seyn. Laß mich immer mitten inne bleiben.

Spiegelberg. Geh, geh. Du bist nicht mehr Moor. Weißt du noch wie tausendmal du die Flasche in der Hand den alten Filzen hast aufgezogen, und gesagt. Er soll nur drauf los schaben und scharren, du wollest dir dafür die Gurgel absauffen. — Weißt du noch? he? weißt du noch? O du heilloser, erbärmlicher Pralhanß! das war noch männlich gesprochen, und edelmännisch, aber —

Moor. Verflucht seyst du, daß du mich dran erinnerst! Verflucht ich, daß ich es sagte! Aber es war nur im Dampfe des Weins, und mein Herz hörte nicht was meine Zunge pralte.

Spiegelberg schüttelt den Kopf. Nein! nein! nein! das kann nicht seyn. Unmöglich Bruder, das kann dein Ernst nicht seyn. Sag, Brüderchen, ist es nicht die Noth die dich so stimmt? Komm, laß

B 4 dir

dir ein Stückchen aus meinen Bubenjahren erzäh=
len. Da hatt ich neben meinem Hauß einen Gra=
ben, der, wie wenig, seine acht Schuh breit war,
wo wir Buben uns in die Wette bemühten hinüber
zu springen. Aber das war umsonst. Pflumpf!
lagst du, und ward ein Gezisch und Gelächter über
dir, und wurdest mit Schneeballen geschmissen über
und über. Neben meinem Hauß lag eines Jägers
Hund an seiner Kette, eine so bißige Bestie, die
dir die Mädels wie der Blitz am Rockzipfel hatte,
wenn sie sichs versahn, und zu nah dran vorbey=
strichen. Das war nun mein Seelengaudium, den
Hund überall zu necken wo ich nur konnte, und
wollt halb krepiren vor Lachen wenn mich dann das
Luder so gifftig anstierte, und so gern auf mich
losgerannt wär, wenns nur gekonnt hätte. — Was
geschieht? Ein andermal mach ichs ihm auch wie=
der so, und werf ihn mit einem Stein so derb an
die Ripp, daß er vor Wuth von der Kette reißt
und auf mich dar, und ich wie alle Donnerwetter
reißaus und davon — Tausend Schwerenoth! Da
ist dir just der vermaledeyte Graben dazwischen.
Was zu thun? Der Hund ist mir hart an den
Fersen und wüthig, also kurz resolvirt — ein An=
lauf genommen — drüben bin ich. Dem Sprung
hatt ich Leib und Leben zu danken; die Bestie hätte
mich zu Schanden gerissen.

Moor. Aber wozu ist das?

Spie=

Spiegelberg. Dazu — daß du sehen sollst, wie die Kräffte wachsen in der Noth. Siehst du der Hund und ich hatten doppelte Kräffte, wie's galt — Und meynst du, ich hätt nachher wieder über den Graben können? Hundertmal hab ichs probirt und hundertmal bin ich abgeprellt. Darum laß ich mirs auch nicht bange seyn, wenns aufs äusserste kommt. Der Muth wächst mit der Gefahr; Die Krafft erhebt sich im Drang. Das Schicksal muß einen großen Mann aus mir haben wollen, weil's mir so queer durch den Weg streicht.

Moor ärgerlich. Ich wüßte nicht wozu wir den Muth noch haben sollten, und noch nicht gehabt hätten.

Spiegelberg. So? — Und du willst also deine Gaben in dir verwittern lassen? Dein Pfund vergraben? Meynst du, deine Stinkereyen in Leipzig machen die Gränzen des menschlichen Witzes aus? Da laß uns erst in die große Welt kommen. Paris und London! — wo man Ohrfeigen einhandelt, wenn man einen mit dem Nahmen eines ehrlichen Mannes grüßt. Da ist es auch ein Seelenjubilo, wenn man das Handwerk ins grose praktizirt. — Du wirst gaffen! Du wirst Augen machen! Wart, und wie man Handschriften nachmacht, Würffel verdreht, Schlösser aufbricht, und den Koffern das Eingeweid ausschüttet — das sollst du noch von Spiegelberg lernen! Die Kanaille soll man an den

B 5   näch‍

43

nächsten besten Galgen knüpffen, die bei geraden Fingern verhungern will.

Moor bitter. Brav Moriz — und wo hast du dergleichen feine Künste gelernt?

Spiegelberg. Eben da wo du das Sauffen und Rauffen und Spielen und Kindermachen ge= lernt hast. Guter Mensch, das lernt sich von selbst. Und wenn's hiezu an Kopf mangelt, der soll sich die Lust vergehen lassen ein Spizbub zu seyn. Es sollte mir leyd thun, wenns damit alle wäre.

Moor zerstreut. Wie? Du hast es wol gar noch weiter gebracht?

Spiegelberg. Ich glaube gar, du setzest ein Mißtrauen in mich. Wart, laß mich erst warm werden; du sollst Wunder sehen, dein Gehirnchen soll sich im Schädel umdrehen, wenn mein kreisen= der Witz in die Wochen kommt, auf den Tisch schla= gend. Aut Cæsar, aut nihil! Du sollst eifersüch= tig über mich werden.

Moor. Moriz! Wie wird dirs? Moriz!

Spiegelberg steht auf, hitzig. Ja! Eifersüchtig — gifftig sollst du, sollt ihr alle über mich werden. Ich will Pfiffe ausspinnen, darüber euch der Ver= stand still stehen soll. — Wie es sich aufhellt in mir! Große Gedanken dämmern auf in meiner See= le! Riesenplane gähren in meinem schöpfrischen Schedel. Verfluchte Schlafsucht! sich vor'n Kopf schla= gend. Die bisher meine Kräffte in Ketten schlug,

meine

meine Aufsichten sperrte und spannte; ich erwache, fühle wer ich bin — wer ich werden muß! Geh, laß mich! Ihr aber sollt noch von mir das Gnadenbrod haben.

Moor. Du bist ein Narr. Der Wein bras marbasirt aus deinem Gehirne.

Spiegelberg hitziger. Spiegelberg, wird es heissen, kannst du hexen Spiegelberg? Es ist Schade daß du kein General worden bist, Spiegelberg, wird der König sagen, du hättest die Östreicher durch ein Knopfloch gejagt. Ja, hör ich die Dokters jammern, es ist unverantwortlich daß der Mann nicht die Medizin studirt hat, er hätte wider den Tripper ein Spezifikum erfunden. Ach! und daß er das Kamerale nicht zum Fach genommen hat, werden die Sullys in ihren Kabinetten seufzen, er hätte aus Steinen Louisd'ore hervorgezaubert. Und Spiegelberg wird es heißen in Osten und Westen, und in den Koth mit euch ihr Memmen, ihr Kröten, indeß Spiegelberg mit ausgespreiteten Flügeln zum Tempel des Nachruhms empor fliegt.

Moor steht auf, tritt ans Fenster. Tropf!

Spiegelberg umarmt ihn mit Heftigkeit. Bruder Bruder! Itzt wollen wir erst anfangen zu leben. Danks deinem Kopf, daß ich dich brauchen kann. Du hängst dich an den Adler Spiegelberg wie der Zaunkönig und kommst mit ihm zur Sonne.

Moor. Glück auf den Weeg! Steig du auf

Schands

Schandsäulen zum Gipfel des Ruhms. Im Schatten meiner väterlichen Hayne, in den Armen meiner Amalia lockt mich ein edler Vergnügen. Schon die vorige Woche hab ich meinem Vater um Vergebung geschrieben, hab ihm nicht den kleinsten Umstand verschwiegen, und wo Aufrichtigkeit ist, ist auch Mitleid und Hilffe. Laß uns Abschied nehmen Moriz. Wir sehen uns heut, und nie mehr. Die Post ist angelangt. Die Verzeihung meines Vaters ist schon innerhalb dieser Stadtmauren.

Schweizer. Grimm. Roller. Schufterle.
Razmann treten auf.

Roller. Wißt ihr auch, daß man uns auskundschaftet? —

Grimm. Daß wir keinen Augenblik sicher sind aufgehoben zu werden?

Moor. Mich wunderts nicht. Es gehe wie es will! saht ihr den Schwarz nicht? sagt er euch von keinem Brief, den er an mich hätte?

Roller. Schon lange sucht er dich, ich vermuthe so etwas.

Moor. Wo ist er, wo, wo? will eilig fort.

Roller. Bleib! wir haben ihn hieher beschieden. Du zitterst? —

Moor. Ich zittre nicht. Warum sollt ich auch zittern? Kameraden! dieser Brief — freut euch mit mir! Ich bin der glücklichste unter der Sonne, warum sollt ich zittern? Schwei-

Schweizer setzt sich an Spiegelbergs Platz, und trinkt seinen Wein aus.

Schwarz tritt auf.

Moor fliegt ihm entgegen. Bruder, Bruder, den Brief! den Brief!

Schwarz lächelnd. Was für einen Brief? — ich weis von keinem Brief.

Moor sucht ihm in den Taschen. Gib, gib! du häst ihn, must ihn haben. Sah ich dich nicht aus dem Posthaus herausgehen?

Schwarz zu den andern. Er will uns verlassen. Nicht wahr? ich soll ihm den Brief nicht in die Hände geben?

Alle. Zerreis ihn, zerreis ihn!

Moor greift an den Degen. Heraus mit, den Augenblick! oder du bist des Todes.

Schwarz giebt ihm den Brief, den er haftig aufbricht. Was ist dir? wirst du nicht wie die Wand?

Moor. Meines Bruders Hand!

Schwarz. Was treibt denn der Spiegelberg!

Grimm. Der Kerl ist unsinnig. Er macht Gestus wie beym sankt Veits Tanz.

Schafterle. Sein Verstand geht im Ring herum. Ich glaub er macht Verse.

Razmann. Spiegelberg! He Spiegelberg! — Die Bestie hört nicht.

Grimm schüttelt ihn. Kerl! träumst du, oder? —
Spie-

Spiegelberg der sich die ganze Zeit über mit dem Pantominen eines Projektmachers im Stubeneck abgearbeitet hat, springt wild auf. La bourse ou la vie! und packt Schweizern an der Gurgel, der ihn gelassen an die Wand wirft, alle lachen. — Moor läßt den Brief fallen, und will hinausrennen. Alle fahren auf.

Roller ihm nach. Moor! wonaus, Moor? was beginnst du?

Grimm. Was hat er, was hat er? Er ist bleich wie die Leiche.

Moor. Verloren, verloren! rennt hinaus.

Grimm. Das müssen schöne Neuigkeiten seyn! Laß doch sehen!

Roller nimmt den Brief von der Erde, und liest.

„Unglücklicher Bruder!" der Anfang klingt lustig. „Nur kürzlich muß ich dir melden, daß deine Hoffnung vereitelt ist — du sollst hingehen, läßt dir der Vater sagen, wohin dich deine Schandthaten führen. Schon lang hört er auf, dich unter seine Söhne zu zählen, und schämt sich von dir Vater genannt zu werden. Auch, sagt er, werdeß du dir keine Hoffnung machen, jemals Gnade zu seinen Füssen zu erwimmern, wenn du nicht gewärtig seyn wollest, im untersten Gewölb seiner Thürme mit Wasser und Brod so lang traktirt zu werden, bis deine Haare wachsen wie Adlers-Federn, und deine Nägel wie Vogels-Klauen werden. Das sind seine eigene Worte. Er befiehlt mir

mir den Brief zu schliessen. Leb wohl auf ewig!
Ich bedaure dich —

Franz von Moor."

Schweizer. Ein zukersüses Brüdergen! In der
That! — Franz heißt die Kanaille?

Spiegelberg. Sachte herbey schleichend. Von Wasser
und Brod ist die Rede? Ein schönes Leben! Da
hab ich anders für euch gesorgt! Sagt' ichs nicht,
ich müßt' am Ende für euch alle denken?

Schweizer. Was sagt der Schafs-Kopf? Der
Esel will für uns alle denken?

Spiegelberg. Haasen, Krüppel, lahme Hunde seyd ihr alle, wenn ihr das Herz nicht habt etwas Grosses zu wagen.

Roller. Nun, das wären wir freylich, du hast
recht — aber wird es uns auch aus dieser vermaledeyten Lage reissen, was du wagen wirst?
wird es? —

Spiegelberg mit einem stolzen Gelächter. Armer
Tropf! aus dieser Lage reissen? hahaha! — aus
dieser Lage reissen? — und auf mehr raffinirt dein
Fingerhut voll Gehirn nicht? und damit trabt dei-
ne Mähre zum Stalle? Spiegelberg müßte ein
Hundsvot seyn, wenn er mit dem nur anfangen
wollte. Zu Helden, sag ich dir, zu Freyherrn, zu
Fürsten, zu Göttern wirds euch machen!

Razmann. Das ist viel auf einen Hieb, wahrlich!

lich! Aber es wird wohl eine halsbrechende Arbeit seyn, den Kopf wirds wenigstens kosten.

Spiegelberg. Dich nicht, Razmann! dafür steh ich dir — es will nichts als Muth, den was den Wiz betrifft, den nehm ich ganz über mich. Muth, sag ich, Schweizer! Muth, Roller, Grimm, Razmann, Schufterle! Muth! —

Schweizer. Muth? Wenns nur das ist — Muth hab ich genug um baarfus mitten durch die Hölle zu gehn.

Schufterle. Muth genug, mich unterm lichten Galgen mit dem leibhaftigen Teufel um einen armen Sünder zu balgen.

Spiegelberg. So gefällt mirs! Wenn ihr Muth habt, tret einer auf, und sag: Er habe noch etwas zu verlieren, und nicht alles zu gewinnen! —

Schwarz. Wahrhaftig, da gäbs manches zu verlieren, wenn ich das verlieren wollte, was ich noch zu gewinnen habe!

Razmann. Ja, zum Teufel! und manches zu gewinnen, wenn ich das gewinnen wollte, was ich nicht verlieren kann.

Schufterle. Wenn ich das verlieren müßte, was ich aufBorgs auf dem Leibe trage, so hätt' ich allenfalls morgen nichts mehr zu verlieren.

Spiegelberg. Also denn! Er stellt sich mitten unter sie mit beschwörendem Ton. Wenn noch ein Tropfen

deut-

Die Abweichungen des neugedruckten Bogens B
von der ursprünglichen Fassung sind nicht so
tiefgreifend wie die der Vorrede, bieten aber
immerhin des Beachtenswerten genug. Das erste
Gespräch Karl Moors mit Spiegelberg hat vor
allem in der Neubearbeitung gewonnen; die breite,
maßlose Ausführung ist einer knapperen und
besser motivirten gewichen. So war es ein entschiedener Fehler, daß in der ersten Fassung gleich
Anfangs Karl Moor zum Mitwisser eines
Spiegelbergschen Diebstahls gemacht wurde; und
die heftigen Tiraden gegen die christliche Religion wie die breiten Ausführungen Spiegelbergs
über seinen Plan, das Königreich Jerusalem
wieder aufzurichten, sind gewiß nicht nur der
Kritik Schwans oder des Zensors aufgeopfert,
sondern eigenen ästhetischen Bedenken und der
Selbsterziehung des Dichters gewichen. Immerhin ist der Verlust mancher realistischen Derb-
heit und kräftigen Äußerung jugendlichen Über-
schwangs in der Umänderung zu bedauern;
auch eine Reminiscenz an die erste Gestalt des
Dramas, das den Titel „Der verlorne Sohn"
führte, ist mit unter den Tisch gefallen. Dafür
entschädigen aber neue Sentenzen, die zu den
Höhepunkten des Ganzen gehören, wie: „Mir
ekelt vor diesem Tintenkleckfenden Seculum, wenn
ich in meinem Plutarch lese von großen
Menschen", oder „Pfui! Pfui über das schlappe

Kastraten Jahrhundert, zu nichts nůze, als die
Thaten der Vorzeit wiederzukäuen" und ähnliche,
zu geflügelten Worten gewordene Kraftausdrücke,
denen eine thatendurstige Jugend immer aufs
neue zujubelt. Auch sonst macht in der neuen
Fassung das Burschikose dem Edleren, das Flüch-
tige dem Motivirten Platz. So war die ver-
zögerte Herausgabe des Briefes an Karl Moor
durch Schwarz eine durch nichts gebotene Retar-
dation; und daß auf Seite 27 ein derber medi-
zinischer Ausdruck durch einen milderen ersetzt
ist, braucht gleichfalls nicht auf Einwirkung der
Zensur zu beruhen. Im großen Ganzen sind auch
die Änderungen dieses Bogens unzweifelhafte Ver-
besserungen und können in der That als Beweise
für das unausgesetzte Streben und Ringen des
Dichters nach höheren Zielen gelten.

Aber diese beiden eben beschriebenen Bogen,
die Vorrede und der zweite Bogen B, sind nach
der bisherigen Ansicht nicht die einzigen, die
während des Druckes eine Umwandlung erlitten
haben; auch in den letzten Bogen sollen Änderungen, die meist in Kürzungen bestanden, vorgenommen sein. Diese Vermutung stellte zuerst
Karl Goedeke im Vorwort zum zweiten Bande
der historisch-kritischen Ausgabe (pag. V) auf
und Albert Cohn hat mit gewohnter Sorgfalt
im Archiv für Litteraturgeschichte IX, 278 den

näheren Nachweis zu führen versucht. Er
weist darauf hin, daß die beiden letzten Bogen
N und O dieselben Unregelmäßigkeiten · in der
Druckeinrichtung zeigen, wie die zweite Fassung
des Bogens B, welche statt der normalen 28 Zeilen
für die volle Seite auf 8 Seiten 21, 22, 24, 26
und 27 Zeilen, auf einer (S. 22) dagegen 29 Zeilen
enthält. — Ähnlich ist das Verhältniß der Bogen
N und O. Von ihren 25 vollen Seiten haben
nur vier (194—197) die normale Zeilenzahl,
während die übrigen Seiten zwischen 21 und
27 Zeilen schwanken.

Aber die Hoffnung, den einen oder andern
dieser ungedruckten Bogen bei Vergleichung aller
erreichbaren Exemplare wieder aufzufinden, hat
sich bisher nicht erfüllt; und es ist wahrscheinlich,
daß sie überhaupt nie existirt haben. Wie wir sahen,
wurde der Neudruck der Vorrede und des zweiten
Bogens hauptsächlich durch die Bedenken Schwans
veranlaßt, dem die ersten sieben Bogen gemein:
sam, die letzten sieben vermutlich nach und nach
einzeln nach Mannheim gesandt wurden. Ent:
weder dürfen wir nun annehmen, daß gegen den
Schluß des Druckes, da die Zeit drängte und
die kostspieligen Erfahrungen bei den ersten Bogen
nicht wiederholt werden sollten, nicht die Rein:
drucke, sondern Correcturbogen an Schwan ge:
schickt wurden, oder wir müssen, da auch in diesem

53

Falle sich eine Erklärung für den weitläufigen
Satz von Bogen N und O nicht findet, zu der
Vermutung gelangen, daß diese veränderte Satz-
einrichtung überhaupt nicht Folge eines Neudrucks
ist, sondern gleich beim ersten Satze beabsichtigt
war, um dem Werke die bereits früher von
Schiller beabsichtigte Stärke bis zu 14 Bogen
zu verschaffen. Ganz anders liegen die Verhält-
nisse beim zweiten Bogen; hier mußten die gemachten Veränderungen, die typographisch nur
auf Kürzungen hinausliefen, durch weitläufigeren
Satz und hauptsächlich durch größeren Durchschuß wieder ausgeglichen werden, da die folgenden Bogen bereits fertig ausgedruckt waren.
In den beiden fraglichen Bogen, zum mindesten
im letzten, lag dagegen keine Veranlassung zu
solcher Raumausnutzung vor.

Die Vermutung Albert Cohns (a. a. O. S. 278),
daß auch vom Bogen M ein früherer Druck existire,
da sich auf Signatur 5 (S. 185) desselben ebenfalls ein auffallend großer Zwischenraum befindet
und die Seite nur 27 Zeilen zählt, scheint gleichfalls
unzutreffend zu sein. Denn der Durchschuß auf
Seite 185 tritt nur ein, weil ein Personenwechsel
innerhalb der Scene stattfindet („Daniel kommt
mit dem Licht"), bei dem auch sonst gewöhnlich
ein Durchschuß von einer Zeile, allerdings mit
Alinea, zur Verwendung kommt; Seiten mit der

Zeilenzahl 27 treten aber auch sonst (z. B. Seite 40,
56, 186, 189) aus typographischen Gründen auf,
wie umgekehrt von 29 Zeilen (S. 9).

Im übrigen stimmen alle mir bekannt gewor-
denen Exemplare überein, auch in den zahlreichen
Druckfehlern, die hier vollständig aufzuführen
zwecklos wäre, da die historisch-kritische Ausgabe
sie bereits verzeichnet. Erwähnt seien nur die
falschen Seitenzahlen 39 statt 69, 263 statt 163,
104 statt 204. Daß Seite 65, Zeile 8, der
Druckfehler „grossrr" für „grosser" von Vollmer
übersehen ist, braucht nicht mit A. Cohn auf eine
abweichende Ausgabe gedeutet zu werden, zumal
da in mehreren Exemplaren der falsche Buchstabe
schlecht herausgekommen ist. Undeutliche Lettern,
besonders „n" und „u", wechseln auch sonst in verschiedenen Drucken, ohne daß mit einem Doppeldruck zu rechnen wäre.

Nur eine, bereits von Albert Cohn constatirte
Verschiedenheit weisen die Ausgaben auf Bogen
K noch auf. Im vierten Akt sind in sämmtlichen Exemplaren die Scenen falsch gezählt: auf
die „Erste" (S. 138) folgt — noch auf Bogen J
— die „Dritte" (S. 136). Während nun aber
der größere Teil der vorhandenen Exemplare
consequent auf S. 148 die „Vierte" und auf
S. 156 die „Fünfte Scene" folgen läßt, an die
sich dann S. 161 nochmals die „Fünfte Scene"

anschließt, haben einige Exemplare (z. B. das in
Weimar und eins in Marbach) die weiteren
Fehler nachträglich verbessert und auf · S. 148
richtig die „Dritte", auf S. 156 die „Vierte
Scene" eingesetzt. Da sonstige Unterschiede nicht
vorhanden sind und es sich keineswegs um einen
Doppeldruck des Bogens K handelt, so dürfte
diese Verschiedenheit folgendermaßen zu erklären
sein: bei Beginn des Satzes von Bogen L mit
der richtigen „Fünfte Scene" auf S. 161 wurde
der Fehler in der Scenenzählung bemerkt; der
Bogen J, auf dem das grundlegende Versehen
vorlag, war bereits ausgedruckt und sollte dieses
Fehlers wegen nicht neu gesetzt oder durch einen
Carton ergänzt werden, von Bogen K dagegen
war erst eine Anzahl Bogen rein gedruckt, sodaß
noch eine Preßcorrectur vorgenommen werden
konnte. Demnach wären die Bogen mit der Les-
art „Dritte" und „Vierte Scene" die späteren.

In dieser veränderten Gestalt traten nun endlich die fertigen Räuber in der Jubilatemesse des
Jahres 1781 ans Tageslicht; aber wie es meistens
beim Selbstverlage zu gehen pflegt, der Absatz
war, trotz des großen Aufsehens, das das Schauspiel machte, ein geringer. Die Ballen von
Exemplaren, welche in der bescheidenen Parterre-
wohnung lagerten, die der Regimentsmedikus
Schiller gemeinsam mit dem Leutnant Kapff

bei der Hauptmannswittwe Bischer am Kleinen
Graben bewohnte, wollten nicht schwinden, und
der erhoffte pekuniäre Gewinn blieb aus. Denn
keineswegs wurden die 800 Exemplare der ersten
Auflage schnell vergriffen, wie Brahm (Schiller
I, 151) sagt, sondern Schiller sah sich genötigt,
den ganzen Rest der Auflage, um einigermaßen
zu seinem Gelde zu kommen, an den Stuttgarter
Antiquar Joh. Christ. Betulius zu verkaufen. Erst
die Aufführung der Räuber in Mannheim am
13. Januar 1782 brachte auch dem Buche den
gehofften Erfolg, der freilich dem Verfasser nur
zum bescheidensten Teile zufiel; da die Nachfrage
nach dem Werke, dessen Absatz Schiller nicht
genug betreiben konnte und durfte, wuchs, ver-
anstaltete der Buchhändler Tobias Löffler in
Mannheim eine zweite verbesserte Auflage, die zu
einer besondern Untersuchung, die hier zu weit
führen würde, hinreichende Veranlassung giebt.

Die erste Ausgabe der Räuber dagegen war
schon zu Ende des 18. Jahrhunderts selten geworden; Kosegarten schreibt am 15. December
1796 an Schiller (Briefwechsel zwischen Schiller
und Cotta, S. 223): „Können Sie sich vorstellen, daß ich von Ihren früheren Schauspielen,
den Räubern, Cabale und Liebe, und dem Fiesko
noch nie einer ächten Ausgabe habe hab-
haft werden können; sondern immer nur der

verstümmelten, verschnittenen, verplümiketen? Sollten jene noch vorhanden seyn und Sie sie mir verschaffen können, so würden Sie mir einen gar großen Gefallen erweisen." Aber Schiller selbst mußte am 14. November 1797 (ebenda S. 270) für die geplante Neubearbeitung der Räuber ein Exemplar der ersten Ausgabe von Cotta erbitten; „wenn es im Buchhandel nicht mehr zu finden wäre," setzt er hinzu, „so findet es sich unfehlbar bei einem Ihrer Stuttgardter Bekannten." Cotta übersendet am Weihnachtsabend desselben Jahres (ebenda S. 279) ein durch Petersens Bemühungen erworbenes Exemplar, nebst einer Abschrift der ersten Vorrede, von der oben bereits die Rede war. Nach ihres Gatten Tode gab Charlotte von Schiller am 2. September 1805 das Buch zurück mit den Worten: „Da die Räuber selten sind, so sende ich Ihnen das Exemplar wieder, welches Sie Schiller einst sendeten. Keine Veränderungen hat er nicht gemacht, eine weiß ich . . . . Überhaupt wäre es ihm schwerer geworden, ein altes Stück zu ändern, als ein neues zu machen; er sagte es auch oft."

Bald bildete sich eine förmliche Legende um die immer seltener werdende Ausgabe; so verwechselt selbst Schillers Jugendgenosse, Friedrich Scharffenstein, sie mit der zweiten, wenn er in

seinen Erinnerungen (Schillers Persönlichkeit
I, 162) schreibt: „Nun sollten die „Räuber" edirt
werden; eine hochwichtige Angelegenheit, bei der
es manche Debatten gab. Zuerst wurde über
eine Vignette deliberirt und solche ohne Mühe
erfunden: ein aufsteigender zorniger Löwe mit
dem Motto: „in Tyrannos", was gratis von
einem Cameraden aus den Kupferstechern radirt
wurde." Von Scharffenstein irregeführt, nahm
auch Hoffmeister 1838 in „Schillers Leben" (I, 94)
die zweite Ausgabe für die erste; erst in der
kleineren, durch Viehoff ergänzten und heraus-
gegebenen Biographie Schillers (I, 101) berich-
tigte er seinen Irrthum.

Während bisher nur das Titelblatt und die
Schlußvignette der ersten Ausgabe von 1781 ver-
einzelt reproducirt sind, bringt unser Neudruck
zum ersten Mal ein Faksimile des Ganzen; und
zwar sind, um die typographischen Fragen, die
sich an die Ausgabe knüpfen, so weit als möglich
endgiltig zu lösen, die sämmtlichen erreichbaren
Exemplare verglichen worden. Es haben sich, wie
es scheint, nicht viel mehr als zwei bis drei
Dutzend von den ursprünglichen achthundert
erhalten; folgende Exemplare habe ich selbst gesehen oder einsehen lassen: Berlin (Königliche
Bibliothek), Haag (Königliche Universitäts-Biblio-
thek), Hannover (Stadtbibliothek), Rittergutsbesitzer

von Jeetze auf Pilgramshain bei Striegau, Ver≤
lagsbuchhändler Klasing in Leipzig, Geh. Justiz≤
rat C. R. Lessing in Berlin (2 Exemplare),
Regierungsrat Dr. E. Magnus in Berlin, Mar≤
bacher Schiller≤Museum (2 Exemplare), München
(Kgl. Hof≤ und Staats≤Bibliothek), Buchhändler
Adolf Weigel in Leipzig, Weimar (Großherzog≤
liche Bibliothek) und Fedor von Zobeltitz in Berlin.
Mehrere nachträglich bekannt gewordene Exemplare
weisen ebenfalls keine Abweichungen auf.

Die Preise für gut erhaltene Exemplare sind
in den letzten zehn Jahren unter dem Einfluß
der frisch aufblühenden Bibliophilie in Deutsch≤
land um das Drei≤ oder Vierfache gestiegen,
und ein begeisterter Auctionskatalog des Jahres
1904 sieht schon die Zeit nahen, in der ein un≤
beschnittenes Exemplar der Räuber einen Wert von
1500 Mark erreichen wird. Möge unser Neudruck
dadurch, daß er die Seltenheit in getreuem Faksimile
mit den beiden Bogen der ursprünglichen Fassung
vereinigt, dem Litterarhistoriker und dem Bücher≤
freunde in gleicher Weise dienen; sollte sich wider
Erwarten durch die nun ermöglichte Vergleichung
mit dem Original doch noch der eine oder andre
unterdrückte Bogen auffinden lassen: um so besser!

Weimar, 22. März 1905.

Carl Schüddekopf.